文春文庫

ある男

平野啓一郎

文藝春秋

ある男

序

この物語の主人公は、私がここしばらく、親しみを込めて「城戸《きど》さん」と呼んできた人物である。苗字に「さん」をつけただけなので、親しみも何も、一般的な呼び方だが、私の引っかかりは、すぐに理解してもらえると思う。

城戸さんに会ったのは、とある書店で催《もよお》されたイヴェントの帰りだった。

私は、二時間半も喋り続けた興奮を少し醒《さ》ましてから帰宅したくて、たまたま見つけた一軒のバーに立ち寄った。そのカウンターで、独りで飲んでいたのが城戸さんだった。マスターと彼との雑談を、私は聞くともなしに聞いていた。そのうち、何かの拍子につい笑ってしまい、話に加わることになった。

彼は自己紹介をしたが、その名前も経歴も、実はすべて嘘だった。しかし、私には疑う理由がないから、最初はその通りに受け取っていた。

黒縁の四角い眼鏡をかけていて、目を惹《ひ》くようなハンサムではないが、薄暗いバーのカウンターが似合う、味わい深い面立ちだった。こういう顔に生まれていたなら、中年になって少々皺《しわ》や白髪が増えてもモテるんじゃないかと思ったが、そう伝えると、彼は怪訝《けげん》そうに、「いえ、全然、……」と首を傾《かし》げただけだった。

私のことは知らなかった様子で、恐縮されてこちらが恐縮した。よくあることである。しかし、小説家という職業には甚《いた》く興味を持っていて、色々と根掘り葉掘り質問した挙げ句、急に感じ入ったような表情になって、「すみません。」と謝られた。私は何ごとかと眉を顰《ひそ》めたが、先ほど教えた名前は偽名で、本名は城戸章良《あきら》というと明かした。そして、ここのマスターには内緒にしてほしいと断って、歳も私と同じ一九七五年生まれで、弁護士をしているのだと言った。

ろくでもない法学部生だった私は、法律の専門家を前にすると少々気後れするのだが、そんなことを告白されたお陰で、この時は卑屈にならなかった。というのも、城戸さんがそれまでに語っていた経歴は、人の憐憫《れんびん》を誘うような、ちょっと気の毒なものだったからである。

私は、どうしてそんな嘘を吐《つ》くのかと率直に尋ねた。悪趣味だと思ったからである。するとと彼は、眉間《みけん》を曇らせてしばらく言葉を探していたあとで、

「他人の傷を生きることで、自分自身を保っているんです。」

と半ば自嘲しつつ、何とも、もの寂しげに笑った。

「ミイラ採りがミイラになって。……嘘のお陰で、正直になれるっていう感覚、わかりますか？　でも、勿論、こういう場所での束の間のことですよ。ほんのちょっとの時間で

す。僕は何だかんだで、僕という人間に愛着があるんです。——本当は直接、自分自身について考えたいんです。でも、具合が悪くなってしまうんです、そうすると。これがつかりはどうしようもなくて。他に出来ることは、全部やってます。多分、もう少し時間が経てば、そんな必要もなくなると思うんですが。——自分でも、こんなことになるとは思ってなかったんです。……」

私は、その思わせぶりにやや鼻白んだが、しかし、言っていること自体は興味深かった。それに、私は何となく、萌《きざ》しかけていた彼に対する好感を捨てきれなかった。

城戸さんは、更にこう言った。

「でも、あなたには、これからは本当のことを言います。」

この最初の嘘を巡《めぐ》るやりとりを除けば、城戸さんは気さくで落ち着いた好人物だった。感じやすい繊細な心を持っていて、しかも言葉の端々からは、奥深い、複雑な性格が覗《うかが》われた。

私は、彼と話をしているのが心地良かった。こちらの言うことが、よく通じ、相手の言っていることがまた、よくわかったからである。そういう人には、なかなか出会えないものではあるまいか。音楽好きというのも、二人の重要な接点だった。それで、偽名を使うのも、何かよほどの事情があるのだろうと忖度《そんたく》したのだった。

次に同じ曜日にその店を訪れた時にも、やはり城戸さんは独りでカウンターで飲んでいて、私は勧められて隣に座った。マスターの定位置からは遠い席で、以後、私たちは何度となく、この店のその席で顔を合わせ、夜更けまで語らい合う仲となった。

彼はいつもウォッカを飲んでいた。痩身の割に酒が強く、本人は気持ちよく酔っていると言うが、その口調は穏やかで、何時間経っても変わることがなかった。

私たちは親しくなった。いい飲み友達が出来るというのは、中年になると、案外、珍しいことである。しかし、二人の関係は、ただこの店のカウンターに限られていて、どちらも連絡先を尋ねようとはしなかった。彼は恐らく遠慮していた。私はと言うと、正直なところ、まだ警戒もしていた。そして実は、もう長らく彼とは会っておらず、多分、二度と会うこともないだろう。彼が店を訪れなくなったことを――その「必要」がなくなったことを――私は良い意味に解釈している。

小説家は、意識的・無意識的を問わず、いつもどこかで小説のモデルとなるような人物を捜し求めている。ムルソーのような、ホリー・ゴライトリーのような人が、ある日突然、目の前に現れる僥倖《ぎようこう》を待ち望んでいるところがある。

モデルとして相応《ふさわ》しいのは、その人物が、極めて例外的でありながら、人間の、或いは時代の一種の典型と思われる何かを備えている場合で、フィクションによって、彼または彼女は、象徴の次元にまで醇化《じゆんか》されなければならない。

波瀾万丈の劇的な人生を歩んできた人の話を聞くと、これは小説になるかもしれないと思うし、中には「小説に書いてもいいですよ。」と微妙な言い回しで自薦する人もいる。

しかし、いざ、そうした派手な物語を真面目に考え出すと、私は尻込みしてしまう。多分、それが書ければ、私の本ももっと売れるだろうが。

私がモデルを発見するのは、寧《むし》ろ以前から知っている人たちの間である。

私も、関心のない人とは出来るだけ交際したくないので、長く続いている関係には、何かあるのである。そして、ふとした拍子に、突然、あの人こそが、捜し求めていた次の小説の主人公なのではと気がつき、呆気《あっけ》に取られるのだった。

蓋《けだ》し、長篇小説の主人公というのは、それなりに長い時間、読者と共にあるので、そんな風にゆっくり時間をかけて理解が深まってゆく人の方が、相応しいのかもしれない。

城戸さんは、二度目に会った時から、偽名を使っていた理由を少しずつ語り始めたが、それはなかなか込み入った話だった。私は引き込まれ、なぜ彼がそれを私に話したかったのかを察し、腕組みしながらよく考え込んだ。「小説に書いてもいいですよ。」とこそ言わなかったが、恐らくはそれを意識していたと思う。

しかし、私が、本当に彼を小説のモデルにしようと思い立ったのは、別の場所で、偶然、彼をよく知っているという弁護士に会ったからだった。

私が、城戸さんはどんな人かと尋ねると、その弁護士は即座に、「立派な男ですよ。」と言った。

「あの人は、例えば、どんなタクシーの運転手に対しても、ものすごく優しいんですよ。道を知らなくても、感心するほど、気さくに丁寧に教えてあげるんです。」

私は笑ったが、しかし、このご時世に——しかも金持ちで！——それはなるほど、なかなか立派なことだろうと同意した。

その人から他に聴いた話は、色々と意外で、本人が決して口にしなかった胸を打つような事情もあり、私は、城戸さんという、どう見ても寂しそうな、孤独な、同い歳の中年男のことを、ようやく立体的に理解した。やや死語めいた表現だが、彼はやはり、人物なのだった。

小説を書くに当たっては、この人や関係者に改めて話を聞き、「守秘義務」から城戸さんが曖昧《あいまい》にしか語らなかったことを自ら取材し、想像を膨《ふく》らませ、虚構化した。城戸さん本人は、職務上知り得たことをここまで人に話さなかっただろうが、小説としての必然に従った。

たくさんの、それもかなり特異な人物たちが登場するので、人によっては、どうしてこの脇役の方を主人公にしなかったのかと、疑問に思うかもしれない。

城戸さんは実際、ある男の人生にのめり込んでいくのだが、私自身は、彼の背中を追っている城戸さんにこそ見るべきものを感じていた。

ルネ・マグリットの絵で、姿見を見ている男に対して、鏡の中の彼も、背中を向けて同じ鏡の奥を見ているという《複製禁止》なる作品がある。この物語には、それと似たところがある。そして、読者は恐らく、その城戸さんにのめり込む作者の私の背中にこそ、本作の主題を見るだろう。

読者はまた恐らく、この序文のことが気になって、私がそもそも、バーで会っていたあの男は、本当に「城戸さん」なのだろうかとも疑問を抱くかもしれない。それは尤《もっと》もだが、私自身はそうだと思っている。

当然に、彼のことから語り始めるべきであろうが、その前に里枝《りえ》という女性について書いておきたい。彼女の経験した、酷《ひど》く奇妙で、不憫《ふびん》な出来事が、この物語の発端だからである。

1

町の人々の間に、「文房具屋の里枝ちゃんの旦那」の訃報が広まったのは、二〇一一年九月半ばのことだった。

この年は、誰もが東日本大震災とともに記憶しているが、宮崎県の丁度真ん中あたりに位置するS市では、寧ろこのささやかな死の方が印象に残っているという人が何人かいた。人口三万人程度のこの小さな田舎町では、生まれてこの方、東北の人と一度も会ったことがないという住民も珍しくなく、里枝の母親なども、その一人だった。

地図を見ると、米良《めら》街道という、九州山地を越えて熊本にまで至る旧《ふる》い道が市の中心部を貫いているのがわかるが、行ってみると、実際、その通りの単純な構えの町である。南東の宮崎市までは、車で四十分ほどである。

古代史の好きな人は、S市と聞くと、市内の巨大古墳群がすぐに思い浮かぶらしい。プロ野球好きは某球団の春季キャンプ地として、またダム好きは九州最大規模のダムによって知っている、なかなか特色のある町だが、里枝は、いかにも地元の人間らしく、それらのいずれにも、昔からほとんど関心がなかった。ただし、後にその古墳群の公園の桜の木だけは、特別な愛着の対象となるのだったが。

過疎化が著《いちじる》しく、八〇年代には、山間部の小村が、集団離村によって廃村になり、二〇〇七年に、その村をテーマにしたドキュメンタリー映画が公開されると、しばらく町では、〝廃墟マニア〟風の、見慣れない、どことなく人を小馬鹿にしたような観光客の姿が目についた。

町の中心部は、バブル時代に再開発で栄えたものの、今は少子高齢化で、商店街のシャッター通りは〝昭和古墳群〟などと嘆じられている。

里枝の実家の誠文堂文具店は、その米良街道沿いの商店街に僅かに残った一軒だった。

里枝の亡夫、谷口大祐《たにぐちだいすけ》がこの町に移住してきたのは、丁度その廃村の映画が話題になる少し前のことだった。

林業で生計を立てたいと、未経験者として、三十五歳で伊東林産に就職し、四年間、社長が敬服するほどの生真面目さで働き続けて、最後は自分で伐採した杉の木の下敷きになって死んだ。享年は三十九だった。

寡黙で、職場の人間以外、特に話をする友人もおらず、彼の素姓《すじょう》について詳しく知っている者は、里枝を除いてはほとんどいなかった。謎と言えば謎だったが、何か人に言えぬ事情があるというのも、過疎地に移住してくる余所者《よそもの》の境遇としては、特段、珍しくなかった。

谷口大祐が他の移住者と違っていたのは、住み始めて一年と経たないうちに、「文房具屋の里枝ちゃん」と結婚したことだった。

里枝は祖父の代から続く、町では誰もが知っている文具店の一人娘で、少し変わったところはあったが、考え方のしっかりとした、信頼された人物だった。それで、驚きはしたものの、少なくとも彼女は、彼のことをよく知り、問題なしと判断して結婚したのだろうと皆が考えた。町の人々の谷口大祐の過去の詮索は、それで一旦、曖昧に止《や》んだ。所帯を持てば、定住の可能性が高まるので、伊東林産の社長も、大人しい割に、意外と隅に置けないと感心し、この結婚を喜んだ。市役所のＵＪＩターン担当者の間でも、理想的な事例として知られていた。

里枝の夫だから、ということもあったが、谷口大祐の人柄について、悪く言う人はまずいなかった。少し意地悪く、陰口を唆《そそのか》してみても、却《かえ》って不興を買い、大抵の者はやんわりと彼を弁護した。大事にされていた、と言っても良いだろう。

〝暗い人〟というよりは、〝大人しい人〟という感じで、自分から進んで人と交わろうとはしなかったが、声をかけられれば、意外に明るく会話に応じた。独特の落ち着いた雰囲気があり、社長の伊東は、「あれは大物だよ。」と腕組みしながらよく語っていた。怒ったり、むくれたりすることもなく、温厚だが、作業の危険や非効率に関しては、臆せず自分の考えを言った。労災の多発する伐採現場での会話は、荒っぽい、ぴりぴりしたものになりがちだが、新米の彼が一人いるだけで、実際にトラブルの件数も減っていた。

チェーンソーの伐採から始めて造材機械《プロセッサ》や木材荷役機械《グラップル》の操作に至るまで、一人前になるのに、大体、三年かかる仕事だと言われているが、谷口大祐は一年半で十分に信用されるまでになった。状況判断が良く、腹が据《す》わっており、精神的にも肉体的にも健康だった。

真夏の炎天下でも、冬の冷たい霙《みぞれ》の降る日でも、黙々と仕事に打ち込み、あまりに何も不平を言わないので、年長の現場の指揮者からは、「辛かったら言えよ。」と声をかけられるほどだった。採用というのは、とかく、フタを開けてみないとわからないが、伊東は、谷口大祐はアタリだったと同業者にも何度か自慢していて、それはやはり、彼が大卒だからなのだろうかと考えたりした。

三代続く伊東林産の歴史の中でも、そういう従業員は初めてだった。

谷口大祐の死後、里枝を昔からよく知る近所の者たちは、「あの子も符《ふ》が悪いねぇ。……」とつくづく同情した。「符が悪い」というのは、不運だという意味である。これは古語の類《たぐい》だが、九州では今も方言として残っていて、特に高齢者が、長い人生経験に照らしながら、憐憫と共にしみじみ口にする言葉である。勿論、九州の人間だけが、余所よりも極端に運が悪かったり、運命論的だったりする、というわけでもあるまいが。

不幸は、誰にでも起こり得る。しかし、大きな不幸となると、人生に一度あるかどうかではないかと、漠然と思いがちである。幸福な人は、一種の世間知らずからそう想像する。現に不幸を経験した人は、切実な願望としてそれを祈る。けれども、一度で十分という大きな不幸には、どうも、二度三度としつこく同じ人を追い回す野良犬のようなところがある。人が、お祓《はら》いに行ったり、改名したりするのは、そういう立て続けの不幸の最中である。

谷口大祐の早世を含めて、里枝はこの時期、その最も愛する者を、立て続けに三人失っていた。

彼女は、高校を卒業するまでS市の実家にいたが、その後、神奈川県の大学に進学して就職し、二十五歳で一度、別の男と結婚している。長男の悠人《ゆうと》は、建築事務所に勤務していた彼との間の子供で、二人の間には更に遼《りょう》という名の次男がいた。

遼は二歳の時に脳腫瘍と診断され、治療の術《すべ》なく、半年後に亡くなった。それは、幸福な少女時代を経て大人になった里枝が、人生で初めて経験した途方もない悲しみだった。

里枝は、遼の治療を巡《めぐ》って夫と対立した。そして、その時に被《こうむ》った傷をなかったことには出来なかった。遼の死後、これからまた、家族で一緒にがんばっていこうという夫に対して、彼女は首を横に振った。離婚調停は揉《も》めに揉め、十一ヶ月を要して合意に達した。良い弁護士に当たったおかげで、夫が拘《こだわ》っていた親権も彼女に帰することとなった。結婚以来、良好な関係を保っていた義理の両親からは、「人でなし！」と激しく罵倒する葉書が届いた。

その後、ほどなく宮崎の実父が急逝した。里枝が悠人を連れて、実家に戻ることを決断したのは、この時だった。

里枝の境遇が、地元の者たちに、殊の外、不憫に感じられたのは、彼女が小さな頃から、誰からも慕われる「本当にいい子」だったからである。

小柄な愛らしい風貌で、いつもどこか遠くの方を見ながら、人と違った自分だけの考えを大事に持っているといった風の目をしていた。落ち着いていて、どちらかというと無口だったので、何でもないような時に、友達からよく、「あ、また里枝の無表情！」とからかわれたりした。

優等生タイプでもなかったが、成績は良く、彼女が地元の高校ではなく、バスで片道一時間かかる宮崎市の進学校に通うことが決まった時にも、友人たちはさもありなんと納得した。大人しい生徒だった割に、教室や廊下の少し遠くから彼女を眺めて、秘《ひそ》かに恋心を募《つの》らせていた男子生徒が、中学時代も高校時代も、必ず学年に二、三人はいた。

両親は、横浜の大学を出て、建築家の卵と結婚し、子宝にも恵まれた一人娘が自慢で仕方がなかった。その嬉しそうな表情を、特に嫌味に感じて憎む者もなかった。つまり、里枝の人生は、誰が想像しても、何かもっと違ったものになるはずだった。同級生から大人たちまで、誰一人としてその幸福を疑った者はなかったので、彼女が幼子を亡くし、離婚して帰郷したと知った時には、気の毒なのは固《もと》より、その報われなさに、何とも言えない嫌な感じがした。自分たちの生きているこの世界は、そういう場所だったのだろうかと、不安になったのだった。その上更に、たった三年九ヶ月で再婚相手に先立たれてしまったのだから、里枝の夫という意味でも、谷口大祐を死後悪く言う者がなかったのは自然なことだった。

大祐と出会った頃、里枝は、母に代わって店の切り盛りをするようになっていた。レジに立ったり、取引先の企業や市役所、昔通っていた中学校などに車で事務用品を届けたりしながら、毎日、ぼんやりと過ごしていた。知っている人に会うと慰められたが、父の代から大手通販会社の代理店業務も引き受けていたので、新規の顧客も少なくなかった。そして、その方が気が楽だった。

一人になると、死んだ息子のことを考えて、よく泣いた。亡くなる一月ほど前だっただろうか、医師と話をするために病室を離れ、戻ってきた時の静かに天井を見つめていた遼の横顔が忘れられなかった。何を感じ、考えているのだろう？　これから何十年と生きてゆくために備わったはずの思考の能力が、ただ、間近に迫った死を認識するために機能している。勿論、自分の体に起きている恐ろしい事態が一体何であるのか、最期までわからないままだったはずだが。――里枝は、その姿を思い出すと、立っていることもままならず、顔を押さえてその場に座り込んでしまった。

　残された悠人の成長を思うと、今はもう、出来るだけ明るく過ごすべきなのだった。悠人自身は、幼さ故の死への鈍感さから、帰郷してからは意外なほどに快活で、それは、里枝にとって唯一の救いだった。

　父のことも思い出した。一生涯、ただの一度も自分に対して声を荒らげたことがなく、いつでも惜しみない愛情を注ぎ続けてくれた父。――特別な信仰もなく、実家は浄土宗の所謂《いわゆる》葬式仏教だったが、天国で、父がおじいちゃんとして遼の面倒を看てくれていることをよく想像した。そうすると、少しだけ心が楽になった。実際に、母はそういう考え方をして、

「りょうちゃんが寂しくないように、お父さん、少し早《はよ》う天国に行ってあげたっちゃわ。心配んなって、追いかけて行ったつよ、きっと。里枝がまだ行けんなら、俺が代わりに行っちゃるわっちゅうのがお父さんやったかいね。」と言った。

　高校卒業以来、十四年ぶりに戻ってきた郷里での生活は、一種の慰安をもたらしはしたが、店の仕事机でじっとしていると、時々、自分は大丈夫だろうかと不安になるほどの空虚感に見舞われた。この世界と自分との留め金が外れてしまって、何の手触りもな

く、時間が周囲を素通りしてゆく。池の底に沈んでいたゴミが、何かの拍子に浮かんでくるように、唐突に、死ぬことはそれほど恐いことではないのではという考えが意識に上った。あんなに小さな遼だって、既に経験したことであり、しかも父と一緒に向こうで待ってくれているのだから。——そして、そんな迂闊《うかつ》な考えに、体の芯が冷たく冴えるような恐さを感じた。

帰郷してしばらくは、横浜時代の友人のSNSを羨《うらや》ましく眺めたりしたが、一週間ほど見ないでいると、自分でも驚くほど、そこで交《か》わされている言葉や写真の一切に興味を失った。

店はいつも閑散としていたが、取引先のあるお陰で、どうにか母と息子の家族三人で暮らしていくことは出来た。しかし、先行きは明るくなかった。

毎年、盆と正月には帰省していて、シャッター通りは目にしていたが、実際に住み始めてみると、廃《すた》れゆく大きな空き家に独り取り残されているような寂しさを感じた。

通りを挟んだ店の向かいのビルの二階には、かつて彼女が八年間通ったピアノ教室があった。今はもう廃墟と化していて、建物そのものが手つかずのまま放置されている。スプレーで落書きする若者さえいないらしかった。

あそこに、週一回、道を渡って通っては店に戻って来て、父の仕事が終わるまで、宿題をしながら待っていたのだった。助手席に座って、さほど遠くもない自宅まで、父の運転で帰ったあの二人きりの時間が、今は無性に懐かしかった。……

もう一度、首都圏に戻るか。それともむしろ、博多にでも出て、新しい仕事を探すか。――そんな考えが、時折、不意に脳裡を過《よぎ》っては、手を伸ばして触れてみるのも億劫《おっくう》で、そのまま消えるに任せていた。

谷口大祐が初めて誠文堂文具店を訪れたのは、里枝が帰郷した翌年の二月のことだった。

横浜よりは随分とあたたかいはずなのに、長いマンション暮らしのせいで、里枝は実家の冬の寒さにすっかり弱くなっていた。特に浴室は凍えるほどで、その冬は、悠人と揃って二度風邪を引き、一人元気な母に呆れられつつ看病された。

そんな病み上がりの夕方だった。

学校帰りの子供たちがノートやペンを買いに来る時間になって、彼は、独りでふらりと店に入ってきた。もう外は暗く、あとは母と交代して、夕食を作りに帰ろうかと考えていた頃だった。

何しろ店を訪れる客が少なかったので、同い年くらいの見知らぬ客は、里枝の注意を惹いた。レジに持ってきたのが、手帳だけでなく、スケッチブックと水彩画のセットだったことも珍しかった。痩せていて、背は、小柄な彼女が少し見上げるくらいだった。紺のジャンパーにジーンズという地味な服装で、何となく地元の人間でない感じがした。

手帳の値札を剝《は》がしてやりながら、里枝は、彼の新しい生活が、この町で始まることを想像して、どうしてなのだろうかと考えた。彼女でなくとも、この町の人間なら、誰でもふしぎに思っただろう。店をあとにする彼に、もう一度、「ありがとうございました。」と声をかけたが、その背中には、どことなく語るべきことの多い人生が感じられた。

一月もせぬうちに、彼はもう一度訪ねてきて、やはりスケッチブックと絵の具を少し買っていった。

朝から凄《すさ》まじい豪雨の日で、丁度、〝奥村《おくむら》さん〟という母の旧い知り合いが、筍《たけのこ》を持って暇潰《ひまつぶ》しに来ていた時だった。

レジに向かいかけて遠慮する彼に、「どうぞ。」と声をかけた。「あら、ごめんなさい。お兄さん、じゃまね、わたし。」と奥村さんが小脇に避《よ》けると、大祐は、控え目に頭を下げて、商品をカウンターに置いた。

「すごい雨ね。」

奥村さんが話しかけた。大祐は、「ええ。」と少し笑んだ。店の前には、彼の白い軽自動車が一台、駐《と》まっている。

「領収書は？」と里枝が尋ねると、「あ、……結構です。」と下を向いた。その自分がどう見られているのかを気にする様子で、彼はつと顔を上げて、一瞬里枝を正視した。何か言葉をかけられたかのように彼女は目を見開いた。しかし、大祐は、結局ただ黙って目を逸《そ》らしただけで、会釈《えしゃく》して店を出ると、豪雨の中、車で走り去ってしまった。

その後も、この名前のわからない男性客は、一月に一度くらい店を訪れて、スケッチブックや画材を買っていった。

来るのは大体夕方で、最初はA3の大きなスケッチブックを買っていたが、途中からはA5の小さなものも併せて買うようになった。そんなものを欲しがるのは、高校の美術部の生徒くらいで、里枝は在庫の発注をかける時にも、自然と彼のことを思い出すようになった。

半年ほどが過ぎ、悠人の夏休みもそろそろ終わろうかという頃だった。

この日も激しい雨だったが、三時を過ぎた頃、ひょっこりと、彼が店を訪れた。

分厚い雲が町全体を不穏に覆っていて、稲光に遅れる地響きのする轟音《ごうおん》が、何度か里枝を驚かせていた。

店のドアが開くと、こんな日にも街路樹の茂みで啼《な》いている蟬《せみ》の声が、蒸し暑い空気と共に雪崩《なだ》れ込んできて、すぐに閉め出された。

折しも、奥村さんがまた、雨宿りがてら長話をしに来ていた時だった。

いつものように、スケッチブックと絵の具をレジに持ってきた大祐に、椅子に座って、まんじゅうを食べながら母と話し込んでいた奥村さんが、

「お兄さん、趣味で絵を描きよんなさっとね？」と尋ねた。

彼は驚いたように、「……ええ。」と微笑した。

「うちのお客さんも、お兄さんが写生しよるの、見たて言いよったかいよ。一ツ瀬川んとこの芝生で。ね？――もう大分描き溜まったやろ？」

大祐は、ただ頬を緩めたまま、軽く頷《うなず》いただけだった。

「今度、ここで見せてもろいていいやろか。ね？　里枝ちゃんも、見てぇやろ？」

里枝は、そうした要求が、単なる好奇心ではなく、この素姓の知れない常連客が、一体何者なのかを探ろうとするためであることを察していた。そして、自分がどうしてこの愛すべき静かな田舎町から、十代の頃には、あれほど抜け出したいと願っていたかを、今更のように思い出した。

彼女は、わざわざこんな町に移住してきた、この物静かな新しい〝常連さん〟に、すまないような気持ちになった。

「困ってらっしゃるよ、おばちゃん。――すみません。気にせずまたいらしてください。」

「ああ、……いえ、見せるほどのものでもなくて。……」

そう頷くと、彼は例によって、そそくさと店をあとにした。

奥村さんは、里枝と母親の顔を交互に見て、含みのある笑い方をした。

2

もう、あのお客さんは来ないんじゃないかと、里枝は思っていた。そして、そのことを考えると、何となく寂しかった。

彼に会えないからというわけでは、まだなかった。ただ、あのいかにも孤独そうな人が、結局これで、この町からいなくなるのだろうかと思うと、不憫だった。壊れそうだからと、いつも大切に扱うようにしていたものを、出し抜けに人に触られて、壊されてしまったあとのようなかなしさがあった。

しかし、案に相違して、彼は翌週、例の如く平日の夕方に独りで店を訪れた。町の人たちから怪しまれていることを、恐らくは彼も気にしていたのだった。

「これを、……」

差し出したのは、二冊のスケッチブックだった。始終持ち歩いていたせいで、緑色の表紙は、角が白く潰れてしまっている。

店内に客は他になく、母も出ていて、彼らは二人きりだった。

「持ってきてくださったんですか?」

里枝の頬には笑みが広がった。

最初のページから始まるのは、宮崎市の青島一帯の風景のようだった。「鬼の洗濯板」と呼ばれる細波《さざなみ》のような起伏の磯や青島神社の鳥居、それに、頭上に広がる青空を宛《さなが》らに映したような海原と彼方の海岸線が描かれている。

里枝は、顔を上げて、固い表情のまま立っている、名前も知らない〝常連さん〟を見た。彼は、微笑《ほほえ》もうとしたようだったが、頬が震えてうまく笑えなかった。

ページを更に捲《めく》ってゆくと、いつか話に出た一ツ瀬川やその近くの公園、近郊のダム、古墳群の花盛りの桜、……と、いかにも余所の人が行きそうな観光地から、やはり余所の人だからこそ珍しかったらしい、何の変哲もない場所まで、様々な景色が写生されていた。スケッチだけのものもあれば、色を塗ってあるものもある。

決して、特別な才能を感じさせる絵ではなかった。しかし、下手というわけでもなく、里枝は、中学生の頃、クラスで一番美術が得意だった男の子の絵を思い出した。

大抵の人間は、中学生の頃までは、学校の図画工作や美術の時間に絵を描き、その後は、ぱたりと描かなくなってしまう。もし人が、大人になって、唐突に画用紙と絵筆を手渡されたなら、結局は彼と同じように、中学生の頃からまるで進歩のないやり方で描くより他はないのかもしれない。

しかし、皆はもう描かず、彼は描いているのだった。画技はなるほど、そのままかもしれない。しかし、精神は？　成長にせよ老いにせよ、年齢は今更、こんな無垢《むく》を許しはしないのではあるまいか。

自分と大して歳も変わらなそうな、もう三十代も半ばらしい大人が、こんなに気持ちよく澄んだ絵を、しかも、戯《たわむ》れに一枚描いてみたというのではなく、スケッチブック数冊分も黙々と描き続けている。里枝はそのことに心打たれた。

この人の目には、世界はまだこんなに屈託のない表情で見えているのだろうか。それと静かに向き合えるというのは、どんな人生なのだろう？……

十五分ほどかけてじっくりページを捲っていった。彼女は、誰にも邪魔をされたくなかった。今はどんな客にも来てほしくない。そう思っていた。

やがて、二冊目の終わり近くに描かれた一枚の絵の上で、彼女の目は止まった。

高校生の頃、毎日、宮崎への登下校で利用していたバスセンターの建物だった。

今でもしょっちゅう前を通っているが、彼の絵を見ていると、なぜか急に涙が込み上げてきて、そういう自分に動揺した。

里枝は、ずっとあとになってからも、この時どうして自分が泣いてしまったのかを考えることがあった。

結局のところ、精神的に酷く不安定だったのだと思うしかなかった。遼と父の死の悲しみだけでなく、帰郷して以来、知らず識らずに募っていた自身の境遇への感傷が、最後のほんの些細《ささい》な数滴のために、表面張力を破って、溢《あふ》れ出してしまったかのようだった。

毎朝、このバスセンターの待合室に座って、宮崎市行きのバスを待っていたあの頃、自分が将来、横浜で就職して結婚生活を送り、二人授かった子供のうち、一人を早々に失って、離婚してまたこの町に戻ってくることなど、夢にも思っていなかった。

その瑞々《みずみず》しい水彩画のバスセンターは、もう十五年も経っているというのに、記憶の中の懐かしい建物と何一つ変わらなかった。唯一違うのは、そこにはもう、制服姿の十代の彼女はいないということだった。

そんな考えは、所詮は、あとから繰り返し思い返すうちに、気紛れに脳裏を過ったにすぎないのかもしれない。この時はただ、何かが瞬《また》く間に彼女の中で膨らんで、胸をいっぱいにし、他の感情の一切を押し潰してしまったのだった。

里枝は、ごまかそうにもごまかしようのない自分の涙を持て余して、

「上手ですね。……ごめんなさい、よく知ってる場所だから、昔のことを思い出したみたいで、……」と笑って指の腹で頰を拭った。

そして、絵を濡らしてしまわないようにスケッチブックをそっと閉じると、片手で口元を覆って、しばらく堪《こら》えてから、また明るく微笑んだ。

ところが、驚いたことに、これまでただ、黙って立っていた〝常連さん〟は、この時急に、里枝をまっすぐに見つめたまま、その目を赤く染めて、同じように涙を溢れさせたのだった。そして、恥じると言うより、何か秘密が露見してしまったかのように慌て

て顔を伏せると、近くの商品棚に向かった。ほど経て、適当に手に取ったらしい赤いボールペンを一本持って戻ってくると、その目から涙はもう拭い去られていた。

会計を待つ間も、彼は堅く口を結んだまま、何も言葉を発しなかった。

里枝も、口を開かなかった。何が起きているのか、まるでわからなかったが、ただ、夜の訪れを前にして、蛍光灯《けいこうとう》に隅々まで照らし出された澄んだ静けさが、ひどく愛おしくて、その時間を壊してしまいたくなかった。

大祐が次に店を訪れたのは、一週間後のことだった。

里枝は初めて、「いらっしゃいませ。」ではなく、「こんにちは。」という挨拶をした。大祐も、「こんにちは。」と応じ、コピー用紙などの事務用品の支払いを済ませると、

「あの、……」と顔を上げた。

「はい。」

里枝は大きな眼を心持ち瞠《みは》った。

「もし、ご迷惑でなければ、友達になっていただけませんか？」

「え？……あ、はい。……」

彼女は面喰らって、そう頷いた。そして、驚きのせいとも喜びのせいともつかない胸の高鳴りを感じた。

「友達」という言葉を聞いたのは、いつ以来だろうか？　本当に久しぶりのように感じ

たが、そんなはずはなかった。彼女は寧ろ、この言葉を、横浜時代も、ここ地元に帰ってきてからも、嫌というほど目にし、耳にしていたはずだった。今では開いてみることさえなくなったフェイスブックでも、彼女は人並みに〈友達〉と繋がっていたし、ここではどこに行っても幼馴染《おさななじ》みの友達だらけだった。

しかし、彼の口から発せられた「友達」という言葉は、それらのいずれとも違った新鮮な響きだった。こんな直截《ちょくせつ》の申し出は、子供の頃でさえなかったのではないか。冷静になってみれば、もういい歳の大人が口にしたなら気味悪くも感じそうだが、警戒が先に立たなかったのは、あのスケッチブックを見ていたからだった。

――ところで、友達になるとは、どういうことなのだろうか？

彼女は、自分が何に同意したのかさえ覚束《おぼつか》なかった。

「お名前は何ておっしゃるんですか？」

「――谷口大祐と言います。」

彼は、あらかじめポケットの中に一枚だけ準備しておいた名刺を取り出した。微《かす》かに手が震えていて、それを隠そうとしていた。「伊東林産」という会社名と携帯電話の番号、メールアドレスが書かれていた。

「ごめんなさい、わたし今、名刺持ってないんですけど、……武本《たけもと》里枝です。書いておきますね。」

里枝は、レジの傍らの黄色い付箋《ふせん》のメモに手を伸ばした。

「……もしよかったら、今度の日曜日、ご飯でも、……」

「日曜日はわたし、息子のお守《も》りをしないといけないんです。」

里枝は、種明かしするような、誤解の余地のない調子で言った。

「結婚してるんですか？」

「してました。――離婚して、子供と一緒に実家に戻って来たんです。」

「そうですか。……すみません、何も知らなくて。」

「知ってたら恐いですよ！　だから、お友達って言っても、ここでお話しするくらいしかできないですけど。――大丈夫ですか？」

「はい、もちろんです。……十分です。」

「外回りもしてますけど、大体毎日、お店には出ますし。見ての通りヒマですから、またいつでも、絵を見せに来てください。何も買わなくてもいいですよ。」


谷口大祐は、それから十日に一度ほど店を訪れるようになり、段々と会話も長くなって、いつの頃からか、母親に店番を代わってもらって、一緒にお茶を飲んだりするようになった。仕事は林業で、大体現場は四時前に終わる。今は近くの山で作業しているので、終わってすぐに駆けつけていると言った。

ある時、里枝は、これまであえて触れずにいた、大祐の過去について尋ねてみた。

前夜からの豪雨で仕事が休みになった大祐が、お昼に訪ねてきたので、近所のうなぎ屋で一緒に昼ご飯を食べていた時のことだった。

自分の素姓については、あまり話したくないのだろうと察していたが、最近では、寧ろ何かを聴いてもらいたいのではと、言葉の端々から感じていた。

食事を終えて、熱いお茶を飲んでいた大祐は、少し躊躇《ためら》った後にこんな話をした。

元々、自分は、群馬県の伊香保温泉にあるとある旅館の次男坊で、一つ年上の兄が一人いる。

兄は所謂《いわゆる》〝総領の甚六〟で、根は悪くないが、どうせ将来は旅館の跡継ぎになると思うと勉強にも身が入らず、中学時代からグレ始めて、随分と親に手を焼かせた。それでも、どうにか東京の私大に入り、その後、アメリカに二年間留学したが、帰国後は結局、友人たちと東京で飲食店の経営を始めた。

父も母も兄を溺愛していたので、根気強く戻って来るように説得し続けたが、終《しま》いには諦めて、渋々、次男の自分に会社を継がせることにした。自分は、良くも悪くも兄よりは地味で、地方の公立大学の経済学部を卒業していた。

父の会社に入ってからは、落胆した両親を励ましたい一心で、懸命に仕事に取り組んだ。徐々にだが、両親も、次男に将来を託すという考えを受け容れていった。ところが、しばらくすると、兄は事業に失敗して、多額の借金を背負って父に泣きついた。父は、それを肩代わりする条件として、旅館の跡を継ぐ決心をさせた。母も諸手《もろて》を挙げて賛成し、ゆくゆくは兄が社長となることになり、自分は将来の「副社長」を約束された。

肩書きはどうであれ、実質的には自分が会社を支えなければならないことはわかっていた。けれども、そのために兄との関係がうまくいかなくなるのが怖かった。なぜそこまで「長男」というだけで愛されるのか、昔から疑問だったが、今でもわからない。自分は兄を愛していた。けれども、兄の方はそうでもなかった。

数年後、父に肝臓ガンが見つかった。七十一歳だった。かなり進行していて、助かるための唯一の方法は、移植手術だったが、それも可能性は高くないと告げられた。脳死患者からの提供を待つ余裕はなく、親族からの生体肝移植が唯一の方法だった。検査の結果、兄は脂肪肝で不可能だった。自分は適合的で、肝臓の状態も良かった。皮肉なことに、兄のようには不摂生でなかったから。――

生体肝移植は、提供する側にも後遺症のリスクがある。死ぬこともないわけじゃない。父は、生まれて初めて自分に頭を下げ、「親孝行」してほしいと手を握って泣いた。母と兄は、父に長生きしてほしいと言ったが、直接、父の願いを叶えてやるべきだとは言わなかった。ただ、そんなことはしなくていいとも言ってくれなかった。父に翻意《ほんい》を促《うなが》すこともなく、自分のいない場所で、いつも三人だけの話し合いが持たれていた。見舞いに行って、その場面に出会《でくわ》すのは気まずかった。時間がなく、焦っているのはわかっていた。

最終的に、自分は生体肝移植に同意することにした。父にもっと生きていてほしいというのは、自分も同じだったし、母や兄の気持ちもよくわかった。だから、自分から進んで、気持ちよく提供する決心をした。

父は、本当に喜んでくれた。父が「ありがとう。」と言ってくれたのは、後にも先にも、その一度きりだった。兄は、父の将来の遺産は、弟のお前に全部譲《ゆず》ると言った。母もうれしそうだった。

しかし、残念ながら、父のガンの進行は予想以上に速く、結局、自分が移植の同意を悩んでいた間に、もう手遅れの状態になっていた。

父は、恐ろしく腹立たしげな、ほとんど憎しみを湛《たた》えたような顔で死んでいった。

家族みんなで悲しんだが、母も兄も、無意味になった自分の決断に対しては、金輪際《こんりんざい》、優しい言葉をかけてくれなかった。

「僕はやっぱり、ほっとしました。父の命を助けたかったけど、調べれば調べるほど、恐くなってましたので。……それで、父の死後、自分の中の何かが、もう決して元に戻せないくらい、壊れてしまっていることに気づいたんです。だから、……家族とは一切縁を切って、町をあとにしました。できるだけ遠くに行きたくて、……もう、決して会うつもりはありません。家族の話をするのは、これっきりです。」

大祐の打ち明け話を、里枝は途中で口を挟むことなく、最後まで黙って聴いた。彼がこんな辺鄙《へんぴ》な町に辿り着いて、よりにもよって林業のような危険な重労働に携わり、休日は独り絵を描いて過ごし、半年以上もかけてようやく、自分に「友達になっていただけませんか。」と告げたその心中を想像した。

彼の境遇に同情し、友情から、自分も何か、彼の告白の重みに釣り合う秘密を打ち明けねばならない気持ちになった。そして、自分が子供を病気で亡くしていること、その治療を巡る対立が、離婚の原因だったこと、帰郷を決めたのが続け様に起きた父の死であったことを話した。

大祐は、じっと里枝を見つめていたあと、少し俯《うつむ》いて、微かに二度頷いた。店の客が減ってゆき、鰻重のおぼんが下げられた。二人とも黙っていた。やがて大祐は、勇を鼓《こ》したように腕を伸ばして、テーブルの上の里枝の手を甲から握った。優しく覆った、と言った方がいいかもしれない。思いがけないことだったが、里枝は、そのチェーンソーの仕事でまめだらけの掌のぬくもりに慰められ、うれしいと感じた。彼がしなければ、自分の方から同じようにしていたかもしれない。

彼女はそのまま動かなかった。自分の人生に訪れている一つの変化に、身を委《ゆだ》ねるべきかどうか、プラスチック製の大分くすんだ透明のコップに目を落としながら、しばらく考えていた。

結婚後、大祐は里枝の実家に住み、二人の間には女の子が一人生まれ、「花《はな》」と名づけられた。大祐が山で事故に遭ったのは、長男の悠人が十二歳、花が三歳の時だった。

病院に駆けつけた時、大祐は既に事切れていた。危険な仕事だけに、万が一の時の話は何度かされていたが、群馬の家族には絶対に連絡しないでほしい、死んでから決して関わってはいけないと言われていた。

大祐の死後、一周忌を終えるまで、里枝はこの言葉を守ったが、母とも相談して、やはり家族には手紙で知らせることにした。遺骨はまだ、手元に置いたままで、墓をどうすべきかも相談したかった。

本当なら、生きていた間に、自分が夫と家族とを和解させてやるべきだったのかもしれないと、彼女には悔《く》いる気持ちもあった。やり残したことの多い、あまりに唐突な死だった。

大祐の兄・谷口恭一《きょういち》は、手紙を受け取るとすぐに宮崎まで飛んで来た。

自宅の玄関で、レンタカーから降りた恭一を出迎えた里枝は、写真でしか見たことのなかった彼の印象が、思い描いていたのと違うのを感じた。

白いズボンに紺のジャケットを羽織《はお》っていて、どこかのブランドの大きなロゴのベルトをしていた。大祐に顔が似ていないことは知っていたが、彼が語っていたような、人はいいけれどだらしないといった雰囲気ではなく、むしろ、取っつきにくい自信家の風貌だった。

里枝は、「遠いところを、ありがとうございます。」と挨拶をしたが、親族として打ち解ける風のその態度に、恭一は何か怖いものに触れたような表情をした。そして、「暖かいですね、こっちは。」と言いながら、自分と同じ谷口姓を名乗っている彼女をしげしげと眺めた。彼の胸元にぶら下がっているサングラスに、困惑した笑みを湛えた母と自分の姿が映っているのを、里枝は目に留めた。

母が先導して居間に通したが、昼の日中《ひなか》には似つかわしくない香水の匂いが、廊下を歩く彼のあとにぞろぞろと付き従って、里枝の実家の田舎らしい生活臭を一斉に振り返らせた。恭一は、ソファに腰掛けながら、落ち着かぬ様子で、低い天井や写真が飾られた食器棚に頭を巡らせた。「こんなところで死んだのか。……」とでも、うっかり口に出しそうな顔だった。

大祐が、いつこの町に来て、どんな生活をしていたのかは、既に手紙で伝えてあった。コーヒーを出すと、それには手をつけず、

「ご迷惑をおかけしました。」と言った。

里枝にとっては、予期せぬ言葉だった。

「いえ、……お葬式にお呼びもせずに、すみませんでした。」

「葬式代、墓代、その他、必要な分を請求してください。」

「いえ、それは、大丈夫です。」

「あいつは、僕のことを悪く言ってたでしょう？」

恭一は、タバコをポケットから取り出しかけて止めた。里枝は、その彼の顔を数秒見ていたあとで、

「昔のことは、あまり話しませんでした。ただ、家族とは、……」

「会いたがってなかったでしょう？　いいんですよ、わかってますから。昔から、劣等感の塊《かたまり》みたいなヤツで、僻《ひが》んでばかりいるうちに、性根《しょうね》がねじ曲がってしまって。僕とはあわなかったんですよ、元々、性格的に。家族って言ったって、そういうことあるでしょう？　なんでもっとまともな生き方ができなかったのか。こんなとこで、木の下敷きで死んだなんて、……最後まで親不孝ですよ。オフクロにもまだ話してないんですよ。」

　里枝は、表情にこそ出さなかったが、その口調にも内容にも反発した。悲しみを紛《まぎ》らせるために、わざと乱暴な言い方をしているとも思えなかった。彼女は、大祐の物静かな優しさを心から愛していたので、そんな風に見えていたというのは、まったく恭一自身の問題だと思った。そして、夫がどうして、あれほどまでに兄に会いたがらなかったのかを今更のように理解し、何度か連絡を取ってはどうかと促したことを謝りたい気持ちになった。

「子供、いるんでしょ？　大祐の？」

「はい。今はこども園に行ってます。」

「大変でしょう、一人で育てるの。うちも、三人いるんですよ。——女の子、ですよね、確か？」

「はい。」

「姪《めい》っ子なんだよな。……顔も見たかったけど、あんまり長居しても何だし。ま、線香だけ上げさせてもらって、今日のところは。」

「そうしてあげてください。こちらです。」

「あ、これ、うちの旅館で作らせてる和菓子なんですけど、ものすごくおいしいんで、是非。和菓子ですけど、お茶でもコーヒーでも、何にでも合いますから。」

恭一はそう言って、菓子折を紙袋ごと差し出した。


里枝は仏間に案内して、「どうぞ。」と勧めた。母は、少し離れたところから二人の様子を窺《うかが》っていた。恭一は、正座をして、しばらく遺影を見ていたあと、「これは?」と振り返った。

「亡くなる一年ほど前の写真です。」

「ああ、……どなたですか?」

「……どの写真ですか? ああ、そっちは父と息子です。」

「息子さん?……あ、いや、そっちじゃなくて、こっちです。大祐の遺影は、ないんですか?」

「……それですけど。」

恭一は、眉間に皺を寄せて、「ハ?」という顔をした。そして、もう一度写真に目を遣《や》って、不審らしく里枝の顔を見上げた。

「これは大祐じゃないですよ。」

恭一は、呆れたような、腹を立てているような眼で、里枝と母を交互に見た。そして、頬を引き攣《つ》らせながら笑った。

「……いや、全然わかんない。……ハ？　この人が、弟の名を名乗ってたんですか？　えっ、谷口大祐、ですよね？」

「そうです。……変わってますか、昔と？」

「いやいや、変わってるとか、そういうんじゃなくて、全然別人ですよ、コレ。」

「大祐さん、じゃないんですか？　え、お兄さんの恭一さんですよね？」

「僕はそうですよ。」

しばらく沈黙が続いた。

「結婚届とか、死亡届とかって、役所に出してます？」

「もちろん、出してます。お兄さんとご家族の写真も、ずっと持ってましたから。」

「失礼ですけど、見せてもらっていいですか、今それ？」

里枝がアルバムを持ってくると、恭一は受け取って、座布団の上であぐらを掻いた。そして、一ページ目から、首を突き出しながら、「誰コレ？　ええ？……」と呟《つぶや》き続けた。

里枝は混乱していたが、恭一の失笑に、自分と大祐との結婚生活が嘲《あざけ》られたような侮辱を感じた。そして、大祐ではなく、この人こそ一体誰なのだろうと、気味が悪くなってきた。同じように恐くなってきたらしい母が、歩み寄ってきて娘の腕を取った。デジカメで撮った写真の中から、大祐は特に気に入ったものをプリントアウトして、このアルバムに収めていた。

恭一は、大祐だと言い張るその男が、里枝と悠人、それに花と一緒に写っている写真をしげしげと眺めながら、最後のページまでアルバムを捲った。そして、恭一自身が実家で両親と一緒に写っている古い写真を目にしてギョッとした。その写真に、弟が写っていない理由を、彼は覚えていた。大祐がシャッターを押したからだった。

やがて顔を上げると、恭一は口許をヒクつかせて里枝の顔を見上げ、すぐに曖昧に目を逸らした。そして、憮然《ぶぜん》とした面持ちで言った。

「とにかく、あなたに何かヘンな企みがあるとかじゃないんだったら、……気の毒ですけど、あなた、この人に欺《だま》されてたんですよ。コイツは、僕の弟じゃないですから。誰かが大祐になりすましてたんですよ。」

「どういうことですか？　じゃあ、誰なんですか？」

里枝は険《けわ》しい面持ちで問い質した。

「知りませんよ、僕も。今初めて写真見たんだから。……とにかく、警察に行くしかないでしょう。詐欺かなんかじゃないですか？」

3

城戸《きど》章良《あきら》は、東急東横線で、東京から自宅のある横浜まで帰る道すがら、ドアの傍らに立って、ずっと考えごとに耽《ふけ》っていた。

渋谷から運良く座れたものの、近くに妊婦がいるのに気づいて席を譲った。コートを羽織ってはいるが、もう八ヶ月くらいでは、という様子だった。

さして混んでいるわけでもなかったが、彼女に気を留める乗客は一人もいなかった。お腹の子供となると、いよいよ存在していないかのようで、彼がもし、二人に席を譲ったと言ったならば、なぞなぞか何かのように、皆で顔を見合わせて首を傾げそうな雰囲気だった。

妊婦は多摩川駅で降り、すれ違い様に改めて城戸に会釈した。「ありがとう。」と、声にはほとんど出さず、ただ口の動きだけで伝えて、共感の籠もった合図のような目をした。城戸は、覚えずそれに呼応して、「お気をつけて。」と、知り合いにでも言うように声を掛けた。

彼女と交わした微笑が、心地良い余韻を残した。そして、このささやかなやりとりをまったく知ることのないお腹の子供のことを考えた。〝彼〟なのか〝彼女〟なのかはわからないが、とにかくあの子が無事に生まれて、成長して行くまでには、こうした無数の、匿名の善意が必要なのだった。そして、自分がその一つになり得たことに慰めを感じた。

城戸の周りでも、中年の鬱《うつ》病は蔓延しているが、いつ陥るやもしれない、その底なしの自己嫌悪に備えて、常日頃から、自分をさほど酷い人間とも思わずに済むための証拠集めに努めるべきなのだと、先日も事務所の同僚たちと冗談半分に喋っていたところだった。

窓の色はビル群を抜ける度に夕暮れに染まってゆき、地平線に熔《と》け残った最後の光が尽きるのは、うっかり見逃してしまうほど速かった。

ガラス窓に映った彼自身の姿が濃くなった。視線を外すと、彼は、依頼者の谷口里枝の境遇に、やるせない気持ちで思いを巡らせた。

彼女の離婚調停の代理人を引き受けたのは、もう八年近くも前の二〇〇四年のことだった。

当時は夫の米田《よねだ》姓を名乗っていて、一年がかりの離婚調停の末、旧姓の武本に戻ったところで、彼の仕事は終わった。その後は連絡も絶えていたので、先月、メールを貰った際には、彼女の姓が「谷口」に変わっていたために、最初は誰かわからず、気づいてから、心の中で祝福した。

ところが、電話をもらって話をしてみると、再婚相手は既に亡くなっているらしく、しかも、「谷口大祐」という名のその夫は、死後、別人と判明したのだという。つまり、何者かが「谷口大祐」という人物になりすまして里枝と結婚生活を営み、子供まで儲《もう》けていたのである。「谷口大祐」は、単なる偽名というのではなく、戸籍上、実在する人物らしい。

そんな話があるのだろうかと、城戸は疑った。名前を偽《いつわ》って、身許を隠すくらいのことは、別段珍しくないだろう。彼は、高校時代に日本国籍に帰化した在日三世なので、本名を伏せたい人の事情は、多少は理解していた。

しかし、架空の誰かではなく、実在の他人になりすますというのは穏やかではなかった。

それも、ただ勝手に名乗っていたのではなく、婚姻届も死亡届も出していて、その都度、役所は戸籍により、彼の法的な同一性を確認しているのである。運転免許証も健康保険証もあり、それで車を運転し、病院にかかり、年金も滞《とどこお》りなく支払っていた。あらゆる公文書が、死んだその男が「谷口大祐」であることを証明していて、群馬県の実家について語った本人の過去も、矛盾はないらしい。それでも、顔は違っていて、一周忌後に訪ねてきた谷口大祐の実兄が、写真を見て、絶対に弟ではないと言い張っている、というのである。

——一体全体、どういうことなのだろうか？……

城戸は、弁護士として自分に出来ることは何だろうかと考えながら、一先《ひとま》ず、相続関係の整理を手伝うことにして、この日、東京地裁で別件の裁判期日を一つこなしたあと、渋谷のセルリアン・ホテルのラウンジで、谷口大祐の実兄だという谷口恭一に会ってきたところだった。

恭一は、群馬県の伊香保温泉の旅館の四代目で、パーマのかかった髪を毛先だけ跳ねさせるようにウェットに撫でつけていて、その整髪料なのか香水なのか、会うなり、挨拶よりも先に、むっとするような匂いが飛びかかって来た。

「モテる中年の極意！」といった男性誌のコーディネートを地で行くような服装で、商談でちょくちょく上京しているらしく、今日もこのあと、東京に住んでいた頃の友人と、六本木で「旧交を温める」のだという。城戸は、恭一が、その「旧交を温める」という言葉を、どことなく卑猥《ひわい》なニュアンスで口にして、ニヤッと含み笑いをしたのに驚いた。

旅館のHPには〝美人女将《おかみ》〟として妻の写真も出ていたが、東京に昔馴染みの愛人でもいるのか。——どうでもいいことだったが、初対面の相手方の弁護士に、「わかるでしょ？」と言わんばかりにそんなことを仄《ほの》めかす神経は、なかなかのものだった。

しかし、雑談めいた自己紹介はともかく——或いは結局、それも含めて——、恭一の話は率直で、ビジネスライクで、躊躇《ちゅうちょ》がなく、言っていることは、恐らく嘘ではないだろうという感じがした。つまり、里枝が結婚していた相手は、本当に「谷口大祐」ではないらしかった。

恭一は、こちらは腹を割っている、という、少しわざとらしいポーズで身を乗り出すと、周りを気にしながら声を潜《ひそ》めた。

「大祐は、生きてるんですか？ 入れ替わったその男に、どっかで殺されてるんじゃないですか？ あり得ますよ。あの奥さん、うちの群馬の家族の写真まで持ってたんですよ。昔、大祐が撮ったヤツ。気持ち悪い。……ええ、警察には一緒に行きました。ただ正直、うちも客商売だから、あんまり表沙汰にしたくないんですよ。あの奥さんも、話してる通りなら被害者なんでしょうけど、生命保険も受け取ってるし、僕は調べてみるべきだと思いますけどね。」

職業柄、家族の不和には慣れていて、自分にも弟が一人いるので、中年の男兄弟の複雑さは、城戸にも思い当たるところがあった。しかし、生死を気にしている割に、恭一の弟への態度は酷薄に感じられた。

城戸は、里枝から聞いていた、谷口家の肝臓移植を巡る騒動についても尋ねてみた。

「違います、全然。」

恭一は、話を遮《さえぎ》るようにして不快を露わにした。

「そのなりすましてた男が、勘違いしてるんですよ！ ネットか何かで調べたんじゃないですか？　それか、大祐がそいつに話をねじ曲げて喋ったか。――それは、オヤジには家族全員、長生きしてほしいと思ってましたよ。大祐だってそうですよ！　当然でしょう？　けど、あいつにドナーの無理強いなんて、絶対してないですよ。するわけないじゃないですか。あいつが自分から進んでドナーになったんですよ。それを、あとになってヒネくれてグチャグチャ言って。いつもそうですよ！　旅館だって、あいつが継ぎたいっていうから、僕は最初、譲ったんですよ！　正直、田舎の温泉旅館なんて、興味ありませんでしたから。けど、あいつじゃやっぱりどうしようもないって両親に泣きつかれて、シブシブ、僕が実家に戻ったんです。ええ。それを、大祐はヘンに逆恨みしてるんですよ。やっぱり長男の方が大事なんだとか何とか、ガキみたいに僻んで。バカでしょ？――まあ、先生にこんなこと言うのも何ですけど、正直、あいつにはウンザリなんですよ。どれだけ家族に迷惑をかけてきたか。突然失踪して、オフクロがどれだけ心配してるか。殺されてるならまだしも、グルになって、ヘンな犯罪にでも加担してたら、うちの旅館も終わりですよ！」

恭一は、感情的になりながらも、辛うじて怒鳴らない程度に抑制していて、最後は身振りだけを空回りさせた。そして、「いや、そりゃ心配してますよ、家族だから。……けども、……」と、仕舞いまで言う気力もない様子で溜息を吐いた。

それから、どういう経緯だったか、旅館で出しているすっぽん料理の自慢話がしばらく続いた。

城戸は、適当に相槌《あいづち》を打ちながら、「京都の老舗《しにせ》の……」と、せめて話を合わせるつもりで言いかけたが、恭一は、待ち構えていたかのように、その昔から文豪たちが常連だった有名な店の名前を口にして、「ああいう古い店のは、臭くて喰えないですよ。今じゃ通用しない。」と切り捨て、「うちの板前は、僕がさんざん色んなとこを食べ歩いて、やっと見つけた、ちょっと天才的な料理人なんですよ。これは自慢じゃなくて、本当に。」と言った。

城戸は、司法修習生時代を京都で過ごし、その時に世話になった人に、一度その店に連れていってもらったことがあった。さすがの妙味だと感動し、今でもその人と、思い出話に耽ることがあるので、最後にまた、『――嫌な野郎だな、まったく。……』と、苦笑しそうになった。「谷口大祐」のことは、よくわからなかったが、こんな兄がいるなら、家を出たくなるのも尤もだと、少しく同情的な気持ちになった。

帰宅後は、普段と変わらぬ夕食だったが、その日常的な光景に、城戸はいつになく感慨めいたものを催した。

家は、四年前に買った中華街からもほど近いマンションの九階で、夫婦でそれぞれに三十五年のローンを組んだ。妻の香織《かおり》は、三歳年下の自動車会社に勤務するＯＬで、颯《そう》太《た》という名の四歳の男の子が一人いる。すぐにもう一人欲しくて、家も二人子供を持つ予定の間取りだったが、思うようにいかず、最近では、どちらもその話は口にしなくなっていた。

食事中にしょっちゅう席を立ちたがる颯太を注意しながら、中華街で買って来た小籠包《ショーロンポー》や唐揚げを食べ、今日は城戸が風呂に入れた。

颯太は、こども園で幼児向けに編集されたギリシア神話の絵本を読んでもらっているらしく、ナルキッソスがどうして水仙の花に「変身」したのかわからないと、辿々《たどたど》しく話の筋を説明しながら尋ねた。

「むずかしいなあ。でもああいうおはなしは、スイセンのはながまずあって、そこから、そうぞうしたんじゃないかな。どうしてこんなにきれいなんだろう？　どうしてこんなにくびをかしげたようなかっこうをしてるんだろう？　きっと、こうだったんじゃないかって。」

城戸は、真面目にそう答えたが、颯太は、はぐらかされたと感じた様子だった。それで、なぜなのかを調べるのが城戸の宿題となった。

入浴後は、子供部屋でウルトラマンの図鑑を一緒に眺めたが、颯太がナルキッソスの「変身」に拘っているのは、ウルトラマンの「変身」のせいなのだということがようやくわかった。それから、電気を消して寝かしつけている間に、彼自身もそのまま隣で眠ってしまっていた。深夜に起きた時には、夫婦の寝室も暗くなっていた。

彼は、その部屋のドアを開けなかった。もう一人の子供のための部屋は、ひとまず彼が書斎として使っているが、仮眠用のつもりでベッドを入れてから、最近では、専ら夫婦も別々に寝るようになっていた。その方が結局、お互いによく眠れた。
妻とはそれで、食事中にこども園のクリスマス会の話をした以外、会話もしないままだった。

居間で独りになってから、彼は少し酔いたい気分で、冷凍庫に冷やしていたウォッカを手に窓辺の椅子に腰かけた。いつも詰められるだけ食べ物が詰まっている冷凍庫の中で、このフィンランディア一本分のスペースが、常々、妻の小言の種だった。

壜《びん》についた霜が、握りしめた手のかたち通りに水になって垂れた。グラスに注いだウォッカは、とろみがつくほどによく冷えていて、口の中に甘い熱のような刺激を広げた。鼻を抜ける匂いに、子供の頃に、初めて「アルコール」というものを意識した予防接種の消毒の記憶が微かに仄めいた。

V.S.O.P.のライヴ・アルバムを小さな音でかけて、アンコールの〈星影のステラ〉と〈オン・グリーン・ドルフィン・ストリート〉のメドレーを聴きながら、一杯目を飲み干した。ウェイン・ショーターの官能性の極みとでも言いたくなるようなテナー・サックスの音が、苦しいほどに長く尾を引いて彼を突き抜けていった。

三度も繰り返してそのメドレーを聴くと、彼はプレイヤーを止めた。音楽は、もうそれで十分で、自分の内と外とが、両《ふたつ》ながらに静まってゆくのを感じた。
彼は、ウォッカで酔ってゆく時の角度を愛していた。素潜りのように、深い酩酊の淵《ふち》に向けて、まっすぐ一直線に沈んでゆく。途中の道行きは澄んでいて、言葉は決して追いつかず、風味でさえ、振り返った水面に遠く輝く光のようだった。

二杯を立て続けに飲んだところで、彼はようやく日常から完全に遠ざかって、その底の孤独にまで達した。投げ出された人形のような無意志的な動きで、リラックス・チェアの背に体を凭《もた》せた。そうしてしばらく、首の傾いたままのその姿勢で陶然としていた。

『――俺は幸せなんだ。……』

彼は先ほど、電気を消した子供部屋で、息子の手を握ったまま唐突に襲われた強烈な幸福感のことを考えた。『俺はこの子の父親なんだ。』と胸の裡《うち》で呟いて、その一言一言が――「この子」や「父親」といった言葉だけでなく、その関係性を紡ぐ助詞に至るまで！――彼を恍惚とさせた。それは、ほとんど自分自身を見失ってしまいそうなほどの大きな実感だったが、あの平凡なひとときが、それほどまでに特別だったというのは、結局、不安の裏返しであるようにも感じられた。まるで将来、自分の人生の最も幸福な時として、この夜のことをこそ思い出すのではと予感されるほどに。……

城戸と妻の香織との馴《な》れ初《そ》めは、「知人の紹介」ということになっているが、その場所は、とても人に詳細を語れないような軽薄な飲み会だった。空元気で手を叩いて笑い合う、陰に陽に淫猥な会話の中で、彼らは、ほとんどすれすれのところで、互いの存在を見出したのだった。

城戸は、そのことを思い出す度に、こんな生真面目な夫婦には、もっとその未来に相応しい出会い方があったのではないかと、自嘲気味に考えた。昨年の東日本大震災以来、彼らは完全にセックスレスになっていたが、それもまた、回想に皮肉な苦みを添えずにはいなかった。

事実、彼らの間で、この出会いの日が振り返られたことは、その後ただの一度もなく、人に「知人の紹介」と繰り返し語っているうちに、いつか自分たちでも、半ばそう信じかけていた。

香織は、横浜に古くから住んでいる裕福な歯科医の娘で、四歳年上の兄は歯科ではなく内科医になって、最近、父の医院を改装して開業したところだった。保守的な家庭だが、寛大で、家を買う時には頭金を大分、手伝ってくれた。

城戸は、結婚の許しを請いに行った際には、義父から「在日といっても、三代も経てれば、立派な日本人だ。」と笑顔で迎えられた。彼は、そのいかにも悪気のなさそうな歓迎の言葉に、ただ「よろしくお願いします。」と頭を下げただけだった。

義母は、韓流ブームの頃には、恐らくは気遣いから、何かにつけて韓国のことを尋ねたが、ハングルも読めない彼が、ほとんど満足に答えられないことがわかってからというもの、もう何も言わなくなった。

香織の家族との間で、城戸が自分の出自のことを意識したのは、東日本大震災後に、メディアで何度か、関東大震災時の朝鮮人虐殺が言及された時だった。

彼は迂闊にも、この時初めて、横浜が「朝鮮人の暴動」というデマの重大な発生源の一つだったことを知った。そして、不意に義父に言われたことを思い出して、あれは何か含みのある言葉だったのだろうかと考えた。

香織の祖父は、今はもう施設に入っているが、年齢的には幼い頃に関東大震災を経験しているはずだった。もうとっくに亡くなっている曾祖父なら、壮年の男だったろう。横浜は壊滅的で、市街地の八割が倒壊・焼失したと言われるが、その混乱に乗じて発生したあの惨《むご》たらしい暴力の渦中で、彼らはどうしていたのだろうか。……

城戸は、そんなことを義父母に尋ねたりはしなかった。香織にも訊かなかった。東日本大震災後、いずれ起きるとされている首都直下型地震について話をすることはあったが、その際にも関東大震災が参照されたことは、ただの一度としてなかった。

『――愛にとって、過去とは何だろうか？……』

城戸は、里枝の死んだ夫のことを考えながら、ほとんど当てずっぽうのように自問した。

『現在が、過去の結果だというのは事実だろう。つまり、現在、誰かを愛し得るのは、その人をそのようにした過去のお陰だ。遺伝的な要素もあるが、それでも違った境遇を生きていたなら、その人は違った人間になっていただろう。――けれども、人に語られるのは、その過去のすべてではないし、意図的かどうかはともかく、言葉で説明された過去は、過去そのものじゃない。それが、真実の過去と異なっていたなら、その愛は何か間違ったものなのだろうか？　意図的な嘘だったなら、すべては台なしになるのか？　それとも、そこから新しい愛が始まるのか？……』

　城戸の妻は、慶應を出ていて、金沢出身の彼とは違い、生まれ育った地元であるだけに、中学や高校時代の友達とも未だにつきあいがある。子供の頃の思い出も、本人から色々と聞いていて、よく知っていたが、それらを「嘘」だと疑ったことは、当然のことながらなかった。

　妻がもし、赤の他人の人生を自らの「過去」として語っていたとしても、城戸は信じたに違いない。そして、彼女のことを、そういう人間だと理解したはずだった。寧ろ香織の方こそ、遠方の城戸の過去を疑うことも出来たはずが、在日三世であるという事実の早々の〝告白〟は、彼の正直さに対する信頼の根拠となっていた。

　どこかで矛盾に気づくとするなら、それは、香織の過去を知る者——昔馴染みや親族——と顔を合わせる時であって、「谷口大祐」のように、見知らぬ土地で、家族とも縁を切って生きていたなら、探偵にでも頼まない限り、確かめる術もない。そういう事情の人間なので、SNSは一切やっていなかったらしい。

　いや、「谷口大祐」ではないのだ、と、城戸は混乱しかけた頭を整理するように胸の裡で呟いた。里枝の夫は、谷口大祐になりすましていた別のある男であり、職業的な癖で、ひとまずは〝X〟と呼ぶことにした。

城戸は、里枝から〝X〟の話を聞いて以来、その存在に四六時中つきまとわれていた。丁度、頭の中で止まらなくなってしまった何かのメロディのように、歩いていても、電車に乗っていても、家族と食事をしていてさえも、〝X〟のことを考えているのだった。こういう現象を何と呼ぶのだろうか？　音楽のことは、「耳の虫《イヤー・ワーム》」と言うらしいが。

……

人生のどこかで、まったく別人として生き直す。――そんな考えは、これまで城戸の心をただの一度も捉えたことがなかった。勿論、十代の頃には、あんな人間になりたい、こんな人間になりたいと、自分とは違う誰かに憧れることがしばしばあった。嫉妬《しっと》と共に、彼が片思いしていた少女が愛していた少年になりたいと煩悶したこともある。しかしそれらは、いずれも、他愛もない夢想に過ぎなかった。

彼は、今日一日、何度も自分に言い聞かせたように、今のこの生活を恵まれていると感じている。仕事柄、人より世間の不幸に接する機会は多く、とりわけ、刑事事件では、内容も背景も、ほとんど〝隔絶された世界〟とさえ感じられるほど悲惨なものも少なくなく、自分の人生が、今、そうではないことの意味をよく考えさせられた。

自分は今、幸福なのだ、と彼はまた胸の裡で呟いてみたが、それは、またぞろ昂じてきた妙な胸騒ぎに対する、少し苛立たしい制止の声だった。

何もかもを捨て去って、別人になる。――そうした想像には、なるほど、蠱惑《こわく》的な興奮があった。必ずしも絶望の最中だけでなく、きっと、幸福の小休止のような倦怠《けんたい》によっても、そんな願望は弄ばれるのだ。そして、警戒しつつ、それ以上、自分の心を深追いすることはしなかった。

もしそのなりすましが事実なら——警察がわざわざ立件するかどうかはともかく——、〝X〟は、公正証書原本不実記載を始めとして、幾つかの罪を犯していることになる。恭一の主張通り、殺人事件などという話になれば、刑事事件が得意な事務所の同僚にでも相談するしかないが。……

あと一杯だけと、彼は三杯目のウォッカをグラスに注いだ。テーブルには、ボトルから垂れた水が丸いあとを残している。それが、彼方の夜空の三日月の、幾らかかたちを崩した模倣のように見えた。

彼は、幼い子供にまださほど高齢でもない父親、それに若い夫と、三人もの家族を立て続けに失った里枝の境遇を想った。

大きな目の、一見、少女風の彼女の顔容《かんばせ》が脳裡に浮かんで、かわいそうにと、心底、同情した。やや小柄だが、肩の丸みには必ずしも華奢《きゃしゃ》ではない厚みがあって、それが、物怖じせず、こちらの説明に本当に納得した時しか頷かない彼女の心根を支えているかのようだった。

二歳半の子供を病気で亡くすというのは、城戸の想像の及ばぬ絶望だったが、彼女は気丈で、残されたもう一人の子供を連れている時には、笑顔さえ見せていた。あの子も、もうそろそろ中学生ではあるまいか。

離婚に関しては、確固とした意思があり、夫との関係修復については、一度もゆらぐことなく拒否していた。

不和の原因は、子供の病気とその治療を巡っての感情的な対立だった。

遼という名のその男の子は、丁度二歳の誕生日を迎えた頃に体調を崩し、自宅近くの大きな病院で、「ジャーミノーマ」と診断された。脳腫瘍だった。突然のことに夫婦は激しく動揺したが、放射線治療と化学療法で、五年生存率は九十八パーセントと、楽観的な見通しを告げられた。この時、遼は通常行われる生検手術を夫の強い反対で行わなかった。年齢が年齢だけに、生検手術にはリスクもあると医師は説明した。もし、ジャーミノーマでなかったなら、部位的に手の施しようのない悪性腫瘍であろうという診断だったが、夫は、治らない病気かどうかを知るために息子を危険に曝《さら》すのは不合理だと主張し、里枝を説得した。里枝は生検手術をすべきではないかと思っていたが、リスクという不安定なものを巡る議論の中で、うまく反論できなかった。

遼は以来、三ヶ月間に亘って、嘔吐に苛《さいな》まれながら、その過酷な治療に耐え続けた。看病は専ら里枝が行い、彼女はそのために、大学卒業以来、勤務していた銀行を辞めた。

ところが、腫瘍は一向に小さくならず、却って大きくなった。再度のＭＲＩ検査の結果、遼には、「グリオブラストーマ」という別の病名が告げられることとなった。最初のリスクの説明通り、医師は、治療の手立てはなく、余命は一年未満と宣告した。

「あとは出来るだけ、ご自宅の近くで、お子さんと一緒に過ごす時間を大切になさってください。」

里枝は、別の病院へも遼を連れていったが、診断は変わらなかった。その後、遼は、たった四ヶ月で命を落とした。最初に病院に行ってから、わずか七ヶ月の命で、しかも、そのうち三ヶ月は、無意味な治療によって苦しみ抜いたのだった。

夫婦は悲嘆に暮れたが、夫は、この不幸を家族三人で一緒に乗りきろうと妻を励ました。しかし、里枝はそれに頑として首を横に振り、離婚したいと切り出したのだった。

彼女は決して、子供の死を、夫のせいにしているわけではなかった。寧ろ自責の念に苦しみ続けていたが、夫という人間と、今後も一緒に生きてゆくという未来は峻拒《しゅんきょ》していた。

城戸は、彼女に同情しつつ、法的には、それだけでは決定的な離婚の理由にならないと説明せねばならなかった。それに、彼はその夫のことも不憫だった。父親として取り返しのつかない判断の誤りを犯したのは事実だが、医師である義兄に訊いても、素人には難しい決断だし、主治医の説明にも問題がありそうで、いずれにせよ、妻が夫にそこまで腹を立てるのは解《げ》せないと言った。

それでも城戸がこの依頼を受任したのは、彼女の人間性に、何かこちらにもっと深い思慮を求めるような、複雑だが、純粋なものを感じたからだった。

代理人を引き受けてから、夫に会ってみて、城戸は、里枝の感情の硬化の原因を次第士」と責めるように彼に不満をぶつけ、苦痛を訴え、「弁護士だから」、同じ理性的な人間に違いないと信じて、自分に責任をなすりつける妻のおかしさ、愚かさを詰《なじ》り、自分がどんなに彼女を愛しているかを訴え、子供を亡くした苦しみを涙ながらに語って、復縁を促すように迫った。なるほど、彼は、里枝も評していた通り、「悪い人」ではなさそうだった。しかし、その並々ならぬ自尊心が、妻を傷つけ、残りわずかな命だった幼い我が子を苦しめ、今、彼自身の人生を台なしにしようとしている姿は哀れだった。

城戸は、一年がかりで離婚調停を続け、夫の気が済むまでその言い分を聴いてやりつつ、里枝の愛を恢復《かいふく》する希望がまったくないことを理解させるように努めた。妙な成行《なりゆき》だったが、夫は、城戸に対してはほとんど尊敬に近い態度を示すようになって、彼の語る法的な話を、何度も自分なりに説明し直し、それがちゃんと理解できているということに、新たな矜持《きょうじ》の慰め先を見出していた。DVの加害者などによくあることだが、自分がいかに真面目《まとも》な人間かということを城戸に理解させようとするその努力には、必死なものがあった。

十ヶ月を経た頃、この夫は、離婚調停自体への疲労を露わにするようになった。それと同時に、どことなく上機嫌になったのを城戸は見逃さなかった。あまり褒められたやり方でもないが、城戸は、探偵を雇って、その身辺を調査させた。そして、彼が新しい〝親密な女性〟と一緒に別居中の自宅から出て来た写真を示すと、この調停を終わらせるべき時であることを告げた。夫は、最後は意外にあっさりと、離婚だけでなく、拘っていた悠人の親権までをも里枝に譲ることに同意した。その彼女が、今度は再婚した夫との死別という不幸に見舞われ、しかも彼は、身許を偽って、妻を欺き続けていたのだという。

――なぜだろうか？……

嘆息して背中を起こすと、城戸は、いつの間にか二時近くになっていた時計を見遣《みや》った。そのことを考えかけて、彼は重たい欠伸《あくび》に行く手を阻まれた。

谷口恭一からは、弟の行方を知っているかもしれない幾人かを紹介されていたが、とりわけ、大祐のかつての恋人は、連絡先を知っている可能性が高いのだという。

〝X〟が、本当は誰だったのかはともかく、谷口大祐の転居の記録は、戸籍の附票からもわかるだろう。一先ずはそちらから、彼を探してみるべきか。

グラスの中に三分の一ほど残っていたウォッカを飲み干した。ぬるくなった分、辛く当たってくるような苦みが舌に残って、彼にこの日最後の小さな溜息を吐かせた。

4

城戸が、谷口大祐のかつての恋人だという後藤美涼《ごとうみすず》の許を訪ねたのは、年が明けて、ようやく仕事も落ち着いてきた二〇一三年一月末のことだった。

朝から小雪がちらつく寒い日だったが、幸い、午後になると晴れ間が覗いた。

恭一から聞いた美涼の電話番号は既に不通だったが、ウェブデザインの仕事をしているというので、関連語句と併せて検索すると、フェイスブックの彼女のページに辿り着いた。連絡して事情を説明すると、ほどなく返信があった。戸惑っていたが、大祐のことは心配している様子だった。フリーランスで働いていて、夜は新宿荒木町の知人のバーを手伝っているとのことで、出来れば店に来てほしいと言われた。真面《まとも》に話が出来る場所だろうかと心配だったが、二人だけで会うことを、恐らくは警戒しているのだった。

店は、四谷三丁目駅から歩いてすぐで、細い路地が入り組む古い飲食店街にあった。初めて来たので、少し辺りを散歩してみたが、寿司屋にカレー屋、ドイツ料理の店、スペイン料理の店、割烹《かっぽう》にとんかつ屋と、飲み屋だけでなく、美味そうな店が色々とあった。城戸は、弁護士会館の地下のそば屋で腹拵《ごしら》えをしていたが、こんなことなら、ここで食べれば良かったと後悔した。

事務所の本好きのパートナーに聞くと、かつては、永井荷風の『つゆのあとさき』にも出てくる有名な色街だったらしく、バブルの時代には、近くに一軒、ラブホテルがあり、その建物に、今は出版社が入っているという余計な知識まで披露してくれた。週明けだが、タクシーの往来は頻繁で、人出は少なくなかった。

雑居ビルの二階に「サニー Sunny」という店の看板が出ていた。黄色い、太陽光めいた文字で、夜の店なのに「サニー」とは気が利いていると思ったが、あとで聞くと、ボビー・ヘブの有名な曲から取ったらしかった。

こぢんまりとした店内には、六人ほどが座れるカウンター席とソファのテーブル席が二つあるだけで、ほど良く薄暗く、城戸が訪ねた時には、レイ・チャールズの古いライヴ・アルバムが流れていた。ソウルの店らしく、壁にはマーヴィン・ゲイのLPや子供時代のスティーヴィー・ワンダーの写真などが所狭しと飾られている。店に着いたのは、八時過ぎだった。

テーブル席は埋まっていて、カウンターでは、常連らしい男性客が一人、ギネスを飲みながら、コインを使ったマジックの練習をしていた。

「いらっしゃいませ。」と、カウンターの中から声を掛けた女性は、城戸を見ると、ひょっとすると、と察した様子の眼をした。

スタッズのついた黒いキャップを被っていて、耳にかけた明るめの髪が、華奢な肩に垂れている。中高《なかだか》のすっきりとした顔で、グレーのカラーコンタクトの入った眸《ひとみ》が、唇と共に艶々していた。

美人だな、と城戸は正直に思った。ゆったりとした黒いニットに、かなりダメージのあるデニムを穿《は》いていて、ソウルというより、ロックっぽい格好だった。

カウンターの中のスツールに腰かけて、破れた片膝を抱えながら、無精髭を生やした黒いパーカーの五十がらみの男と話をしていた。マスターらしく、こちらは店の趣味通りの雰囲気だった。

「ご連絡しました、弁護士の城戸《きど》章良《あきら》です。」

挨拶すると、本当に弁護士だったのかという風に、高木《たかぎ》という名のそのマスターが、城戸の差し出した名刺を覗き込んだ。

「弁護士さんって、バッジとか、つけてないんですか？」

「ああ、今はもう、つけなくても良くなってるんですよ。携帯はしてますが。」

城戸はそう言って、バッグから取り出したバッジを示した。マスターは、見せられても、本物かどうかわからないという顔をしていたが、美涼は、

「わー、初めて見た。触ってもいいですか？」

と、大袈裟ではないが、好奇心を隠さなかった。

「どうぞ、もちろん。」

あとで知ったが、美涼は元々この店の常連客で、一年前から趣味的に週に二日、カウンターに入っているのだという。城戸は、マスターのパートナーなのだろうと見当をつけたが、美涼の素振りからはよくわからなかった。

いずれにせよ、今日面会の場所をここにするように忠告したのは高木らしい。城戸に対しては、それ以上無礼な詮索をしなかったが、胡散《うさん》らしく見ているのは確かだった。

「どうぞ。コート、その辺に。――何か飲みます？」

美涼は笑顔で尋ねた。独特の少しゆっくりとした口調で、声色にはアンニュイな明るさがあった。下まぶたの人懐っこい膨らみが、整った作りの印象をやわらかくしている。

「ああ、そうですね、……じゃ、シメイの白を。」

水というわけにもいくまいと、城戸は、手間のかからないものを注文した。一口飲んでから、早速話を切り出した。

「メールでも書きましたけど、谷口大祐さんの件で。」

「まだ行方はわからないんですか？」

「ええ。――この写真の人、ご存じですか？」

城戸は、身許を偽って里枝と結婚生活を送っていた〝X〟の写真を見せた。

美涼は、手に取ってしばらく見ていた後、首を振ってテーブルに戻した。

「谷口大祐さんじゃないですか？」

「違います。——この人が、ダイスケになりすましてたんですか？」

「そうです。」

「顔も全然違いますけど、背格好からして。……この人、あんまり大きくないでしょう、きっと。ダイスケはわたしよりちょっと大きいくらいだったから、……これくらい？ 172センチくらいだったかな。」

「じゃあ、見覚えのない人ですか？」

美涼は、準備しておいた茶封筒を手渡して、

「ダイスケの写真、一応、持ってきました。わたしとつきあってた頃だから、もう十年以上前ですけど。」

と言った。中には三枚の写真が入っていた。

谷口恭一は、弟の近影を一枚も持っていなかった。世代的に若い頃の写真が少ないのは仕方がないが、成人後も、不仲のせいで、デジカメで撮り合うようなことはなかったらしい。彼からは、古い家族写真を一枚、見せられていたが、そこに写っていた小さな谷口大祐の横顔と、美涼と向かい合う彼の表情はほとんど別人だった。

いかにも、恋人が向けたカメラの前で、はにかみつつじっとしている様子で、その時の美涼の表情まで目に浮かぶようである。そしてやはり、彼は〝X〟には似ていなかった。

「よかったらどうぞ、それ。もしお役に立つなら。……わたしも、もう十年以上連絡取

ってないし、ダイスケの今の人間関係とかは、全然、知らないんです。」

「そうですか。お兄さんの恭一さんが、あなたなら大祐さんの連絡先を知ってるんじゃないかって仰《おっしゃ》るんで。」

美涼は、グラスに氷を入れて、チンザノ・ロッソを注いで一口飲み、眉を顰めた。

「ダイスケのことは、高校時代から知ってます。つきあったり、別れたり、……長かったから、それででしょ。」

「じゃあ、恭一さんのことも、よくご存じなんですね？」

当然のことを訊いたせいか、美涼は、カウンターの中の何かを気にしながら、ええ、と頷いた。そして、改めてこちらを向くと、だから？と問い返すような目をした。

「兄弟仲は、悪かったんですか？」

「ダイスケは、……恭一くんのこと、好きだったと思いますよ。対照的な兄弟でしたけど、高校生くらいまでは、仲も悪くなかったし。」

そう言うと、美涼は何か口にしかけたことを躊躇《ためら》って、そのまま口を噤《つぐ》んだ。城戸はそれに気づいたが、恐らくは別の方向に話頭が転じたのに従った。

「兄弟っていうより、親の問題なのかなと思いますよ。……よくある話ですけど、どっちが家を継ぐかで、両親の考えが揺れたんですよ。恭一くんが家業を継がないって反発してたから、ダイスケを保険にしてたんです。だったらもう、ダイスケに継がせてあげればいいのに、恭一くんが心変わりするなら、いつでもって感じで、曖昧な態度を取り続けてましたから。ダイスケの人生も宙ぶらりんになるでしょう?」

「大祐さん自身は、家を継ぎたがってたんですか?」

「継ぎたがってました。旅館が好きでしたから。伊香保温泉では、老舗のけっこう有名な旅館なんです。」

「そうらしいですね。サイトを見ましたけど。新館は今風ですけど、本館は格式のある立派な建物ですね。」

「あの新館が恭一くんの趣味ですよ。」美涼は、皮肉めいた苦笑を浮かべた。「個室に全部、露天風呂がついてて、ベッドからそれが丸見えで。部屋が一つ一つ、完全にプライヴァシーが守られるようになってて、おしゃれな内装だけど、なんとなく卑猥で。」

城戸は、その最後の一言に吹き出して、これまでとは違い、愉快にビールのグラスを傾けた。ごくりと喉を鳴らすと、また笑いが漏れた。美涼もつられて、おかしそうに肩を揺すって笑った。

「ま、確かに家族旅行向きじゃないでしょうね。」

「高級なラブホテルですよ。何年か前に、あそこでどこかの女子アナが、不倫旅行をスクープされたことがありましたけど。」

「あー、……伊香保温泉の……あったなァ、そんな話。あれか。……そう言えば、検索した時も、なんか出てきたな、そういうのが。ちゃんと見てなかったけど。」

「恭一くんは、自分で散々遊んできたから、痒《かゆ》いところに手が届くんですよ。カップルがあいう温泉旅館に行く時に、何を求めてるか。ダイスケは真面目だから、そういうことがわからないんです。新館は成功してるみたいですよ。震災の時も、被災者を受け容れて評判になってましたし。」

美涼は、そんなふうにかつての恋人の記憶を呼び起こしながら、懐かしそうな、しかし少し憐れむような微笑を過《よぎ》らせた。

城戸は、黙って聴いていたが、ビールでは物足りなくなって、ウォッカ・ギムレットを注文した。

美涼は、「はーい。」と返事をして、家で一人で料理でもしているかのような、パフォーマンス的なところのまるでない手つきでシェイカーを振った。城戸は、さっき会ったばかりであるにも拘らず、その力の抜けた、気負いのない態度をいかにも彼女らしいと感じた。

肝心のウォッカ・ギムレットは、霜のついたグラスに、注ぐ先から細かに泡立ってゆくほどよく混ざっていて、よく冷え、よくアルコールの角が削れていて、風味にまろやかな輝きが感じられた。

「あ、おいしい。」

世辞ではなく、城戸は本当にそう思った。美涼は、「趣味」で働いているという言葉通り、嬉しそうに白い歯を見せた。そして、ずれ落ちて、鎖骨《さこつ》の凹《くぼ》みをしどけなく覗かせていたニットの襟を摘まんで元に戻した。小さなダイヤのネックレスが、照明を反射して装飾音のように煌《きら》めいた。

　また一人、常連客らしい男が来て、城戸から一つ席を空けて座り、マスターと賑やかな会話を始めた。音楽は、カーティス・メイフィールドのライヴ・アルバムに変わっていて、観客の声が店内に響き渡った。混み合う前に、もう少し谷口大祐のことを聞いておきたかった。

「大祐さんと連絡が取れなくなったのは、やっぱり、お父さんが亡くなられてからですか？」

「……多分。お葬式はわたしも行きましたけど、そのあとしばらく実家にいましたよ。その頃は、わたしはもう東京に出てきてたから、二週間に一度、会うくらいでしたけど。」

「そうですか。……そのあと、電話とか、メールとかは？」

「つきあってました。最後はだから、別れ話も何もせずに、急にいなくなったんです。」

「その時は、……その、……」

　美涼は首を振った。

「通じませんでした。」

「やっぱり、生体肝移植のことで、大祐さんは傷ついてたんですか？」

「誰が言ったんですか、その話？　恭一くん？」

「いや、その写真の、大祐さんの名前で死んだ人ですよ。呼びようがないから、〝X〟

さんってことにしてますけど。彼が結婚相手の女性に語ってたらしくて、僕は彼女から聞いたんです。」

「……何なんですか、それって？　気持ち悪い。」

「わからないです。〝X〟は多分、大祐さんに会ってるんでしょう。で、直接、話を聞いたんじゃないですか？　それから、何らかの事情で、彼がその後、大祐さんになりすまして、大祐さんとして生きたんでしょう。大祐さんの過去をそのまま自分の過去にして。」

「何のために？　別にそんな、人の羨むような経歴でもないし。……遺産とか？」

庇《ひさし》の下から覗く美涼の美しい額《ひたい》に、眉間からうっすらと影が走った。

「目的は、わかりません。遺産目当てというのは、当然考えることで、僕の仕事もその混乱を整理するのが一つですが。」

「ダイスケは無事なんですか？　警察は？」

「一応、捜索願は受理してますけど、それ以上のことはやってないですね。」

「もっと大騒ぎした方がいいんじゃないですか？　テレビ局に話すとか。」

「いずれそうなるかもしれませんけど、恭一さんも、〝X〟の奥様もそれは望んでませんん。」

「どうして？」

「彼女は、……まだ混乱してます。当然ですが。……恭一さんは、客商売だから、殺人事件だとか何とかで騒がれたくない、と。」

美涼は、呆れたような顔で、深い溜息を吐いた。

「――もしかして、北朝鮮に拉致《らち》されたりしてるんじゃないですか？」

話を聞いていないと思っていたマスターの高木が、この時、横から口を挟んだ。

城戸は、ウォッカ・ギムレットのライムの酸味を舌の上で殺しながら、頷くような、首を傾げるような曖昧な仕草をした。

時期的に、流石《さすが》にそれはあり得ないはずだと城戸は考えていた。そして彼は、この話の流れで、会った時から好感を抱いている美涼の口から、不意に何か、〝在日〟に対する差別めいた言葉が漏れるのを聞きたくないなと、半ば無意識に視線を逸らした。


城戸は在日三世だが、両親共に、特に子供に「民族意識」を説くわけでもなく、コリアン・タウンでもない金沢のとある町で生まれ育ったので、「李」という苗字を名乗っていた頃から、差別というものをほとんど経験せずに育った。「城戸」と名乗るようになったのは、彼が中学に入学した頃だったが、その理由は教えてもらえなかったので、それでも、何かあったのかもしれない。実家は特に韓国料理専門でもない居酒屋を営んでいて、小学生の頃には、教師らがよく店を訪れ、へべれけになるまで飲んでいたので、他学年の教師らにもよく知られた生徒だった。

彼は、高校時代に両親と一緒に帰化している。ハングルも読めず、韓国から父親の親戚が遊びに来ても、外国人としか感じられなかったので、両親は、いずれはと思っていたようだが、城戸はどっちでもいい気がしていた。

直接のきっかけは、修学旅行でオーストラリアに行く時に、パスポートが気になるなら帰化してはどうかと、父親に勧められたからだった。城戸はそれに従ったが、その時に、父が、韓国という国には、お前の「実感」がないから、万が一、旅先で何かあっても、やはり保護してくれるのは日本政府の方だろう、と言ったのが忘れられなかった。韓国政府は、お前という人間がこの世に存在していることを、今現在、まったく捕捉していないから、と。

父は、たった一度しか言わず、城戸も聞き返さなかったが、「実感」ではなく、「実体」と言いたかったのだろうと思っていた。彼は、韓国で生活をしたことがなく、国民としての「実体」が、そこにないことは事実だった。

しかし、それからもう二十年以上経っても、その時の「実感」というふしぎな言葉は、彼の頭に染みついて離れなかった。一種の擬人法で、韓国という国家に、自分の存在の「実感」を持たれていない、という奇妙な想像だったが、彼自身が逆に、韓国という国を「実感」し得たのは、恐らくその時が初めてだった。

或いは、父は最初から、そういう意味で言ったのだろうか？

父が国籍のことで、彼に真面目な話をしたのは、この時を含めて三度だけだった。もう一度は、高校時代に進路を迷っていた時で、父は、就職差別もあるから、何か国家資格を取った方がいいと助言した。

城戸は、既に帰化もしていたし、第一、今時、悪い冗談じゃないかと面喰らったが、父は真顔だった。彼は結局、文系の生徒にありがちな、非常に曖昧な考えで法学部に進学したが、在学中に弁護士になろうと思うようになったのには、その父の言葉も影響していた。

更にもう一度、父が息子の出自を気にしたのは、結婚をする時だった。反対はしなかったが、母方の祖母が、どうしてもチョゴリで式に参列したがっていたので、海外で式を挙げたらどうかと、母共々提案したのだった。

城戸は、「そこまでしなくてもいいよ。」と呆れて首を振ったが、妻の両親がそのことを彼のために心配しているのを知って、しばらく考えた挙句、新婚旅行を兼ねて親類だけでハワイで挙式し、帰国後にレストランでささやかなパーティを催した。結婚の挨拶に行った際も、挙式で顔を合わせた時も、城戸は両親が卑屈なほどに義父母との対面に緊張しているのを、少し恥じるような、憐れむような気持ちで見ていた。

つい最近まで、城戸の自分の国籍についての意識は、その程度であり、幾ら、あんまりぼんやりしすぎなんじゃないかと言われても、そう大した差別の記憶もなかった。大学入学後に上京して、もっと深刻な差別の経験をしている同じ在日三世の話を聞いたりすると、その痛みを共有していないことに気後れさえ感じた。「村山談話」以後の国内の反動や歴史修正主義の台頭といった政治状況に関しても、鈍感だったと言うより外はなかった。

城戸が、他人から「朝鮮人」と見做《みな》されることの意味を、嫌な気分で考えるようになったのは、東日本大震災後に、ここ横浜で関東大震災時の朝鮮人虐殺について考えるようになってからだった。

更に追い打ちをかけるように、昨年の夏、李明博《イミョンバク》が竹島に上陸して、日本国内のナショナリズムが沸騰し、極右の排外主義のデモまで報じられるようになると、彼は自分が住んでいる国の中に、行きたくない場所、会いたくない人々が存在していることを認めざるを得なくなった。それは、誰でも——どんな国民でも——経験することというわけでは必ずしもないのだった。

その後、何の親切のつもりなのか、長らく音信不通だった大学時代の友人から、ネット上に城戸のことが、小学校の卒業アルバムの写真と一緒に、「弁護士も在日認定！」と書き込まれていると連絡があった。

リンク先を見てみると、彼自身ももう忘れかけていたような独身時代に担当した強盗傷害事件の容疑者が、たまたま在日だったというので、今頃になって蒸し返され、あることないことで噴き上がっているのだった。

城戸は、当の在日でさえ知らなかったような、時代がかったグロテスクな差別表現の狂躁に、これは一体何なのかと、傷つくというより啞然とした。しかし、そこに自分の名前が少年時代の写真と一緒に出ていて、スパイだの、工作員だのと罵られているのを目にすると、流石に心中穏やかではなかった。自分だけでなく、「既婚」で「子供が一人いる」という情報まで出ている。彼はそれに、マウスを持つ手が震えるほど腹が立ったが、同時に、何か体の芯から力が抜けて、存在が立ちゆかなくなるような感覚に見舞われた。その空隙に、冷たく、薄汚い不快が染み渡っていって、もうそのすべてを取り除くことは出来そうになかった。気分というものを、そんなふうに液状の何かと感じ取ったのは、この時が初めてだった。

彼は妻に、今以《もっ》て、そのことを話してはいなかった。話すべきである気もしたが、話したくなかったし、話せなかった。妻だけでなく、一頃は韓流ドラマに夢中になっていた彼女の母親も、このところの「ヘイトスピーチ」の報道は気にしている様子だった。そして彼は、これまでたまたま遭遇しても、何かの間違いのようにやり過ごしていた周囲の人間の意外な偏見や差別感情に対して過敏になっている自分に、正直なところ、疲れているのだった。

北朝鮮については、城戸も当たり前のように、その独裁体制を批判していたし、拉致問題は言語道断で、被害者にもその家族にも心から同情していた。それが在日社会にどのような衝撃をもたらし、今に至るまで深手を負わせているかも、一応は理解しているが、それとてやや遠い場所からの認識だった。日本政府の無策にも憤っていた。しかし、民族性などという話になれば、別問題だった。その体制下に、ひょっとすると、自分と同世代の血縁が生きているかもしれないという想像は、彼を常に、一種、運命論的な思索へと引き込まざるを得なかった。

朝鮮半島の南北統一を願っているかと問われれば、言葉に窮しつつ、穏当に頷くだろう。尤も、いつのことかは見当もつかなかったが。それは、いずれは戦後補償を行って日本も北朝鮮と国交を正常化すべきかと訊かれても同様だった。


城戸は、黙ってやり過ごすつもりだったが、それにしては沈黙が長く、重くなりすぎてしまったので、妙な具合に会話が進まないように、自分から口を開いた。

「八〇年代には、そういう拉致事件もあったみたいです。今回のことがあって少し調べてみましたが、大阪の中華料理屋のコックだった独身男性が、仕事を紹介すると言われて、宮崎から北朝鮮に拉致されて行ったということがあったようです。そのあと、彼の過去や経歴なんかを完璧に身につけて、彼になりすましたスパイが日本に来て、運転免許とか、保険証とかを取得して、数年間活動してたみたいです。その後、その男は、韓国に行った際に逮捕されてますが。」

城戸は、そんな風に他国のスパイが戸籍を盗んで現地の人間になりすますことを意味する「背乗《はいの》り」という警察用語を、今回の一件を調べていて初めて知った。

「ホラッ！　だって、その〝X〟って男の人が死んだのも宮崎なんでしょう？」

高木は、自分の思いつきが、意外にも的《まと》を射ていたとギョッとした様子で目を瞠《みは》った。

常連二人も、それとなく話に聞き耳を立てている様子なので、城戸は、ここではもう、依頼者のプライヴァシーに触れるような話は続けられないと諦めた。

「ええ。ただ、時代も全然違いますし、それはたまたまでしょう。」

「今も、けど、北朝鮮の工作員とか、その辺にいっぱいいるんでしょう？」

「さあ、……まあ、どこの国でもインテリジェンスって人たちが諜報活動をしてるでしょうけど、『その辺にいっぱい』はいないでしょうね。」

「けど、韓国の反日教育とか、ヤバいでしょう？」

城戸は流石にうんざりしてきて、苦笑しつつ頰を強ばらせた。

「北朝鮮の話ですか？　韓国？」

「いや、……どっちもでしょう？」

「全然違いますよ、それは。韓国では、勿論、歴史教育としてかつての日本の帝国主義については教えてますけど、〝反日教育〟とかなんとかいう話じゃないですよ。大体、現代史は日本と同じで、時間的にあんまり教えられないみたいですね。」

「じゃあ、なんであんなに反日的なんですか？」

「誰かそういう友達がいるんですか？」

「いや、テレビとか見てたらそうじゃないですか。」

「まあ、……ソウルに旅行にでも行って、クラブでその辺の若者と仲良くなってみることをお勧めします。」

城戸は、会話をこれ以上、険悪にしたくなかったので、最後は気さくに笑って、美涼にもう一杯、ウォッカ・ギムレットを注文した。高木も、城戸の明瞭な口調から、ハッとしたようにそれ以上は何も言わなかった。

美涼は、心ここにあらずといった表情で、谷口大祐のことを考えている様子だった。彼女が今し方のやりとりに無関心だったことに、城戸は救いを感じた。

カクテルを待つ間、城戸は、丁度今流れているらしい、ビリー・プレストンの《キッズ・アンド・ミー》というアルバムのケースを手に取って眺めた。その賑やかな楽曲のただ中で、城戸と美涼との間の沈黙は、心細く佇《たたず》んでいた。

彼は、高木を話に加わらせないような小声で、彼女に説明するように言った。

「谷口大祐さんが北朝鮮に拉致されてるなんてことになれば大問題ですけど、〝X〟が大祐さんと入れ替わったのは、そんなに前の話じゃないでしょう？　拉致事件とは時代が違いますから。……それに、〝X〟は宮崎の小さな町の林業の会社で働いてたんです。北朝鮮の工作員なら、そんな田舎で、じっとしててもしょうがないでしょう。」

そう肩を窄《すぼ》めて語りながら、城戸は、日本人ではないのではないかと疑われる境遇が、自分と〝X〟との間に開いた心理的な通路を意識した。

美涼は、「はい、二杯目。」と微笑しつつグラスを差し出すと、城戸の言葉には何も応えずに言った。

「ダイスケは、かわいそうでしたよ。生体肝移植のドナーのリスクって、知ってます？」

「いや、詳しくは。」

「その頃に聞いた話ですけど、日本では五千五百人に一人くらいは死んでるんですって。」

「提供する側が？」

「そう。0・02パーセント弱。——99・98パーセント以上の人は死ななくて、でも、そのうちの一、二割の人は、疲れやすくなったり、傷が痛んだり、色々後遺症があるらしいんですよね。精神的に落ち込んだりとか。」

「大祐さんは、お父さんから直接ドナーになってくれって頼まれてたんですか？」

「それは、言いませんでしたね、絶対に。……でも、お父さんとお医者さんがそんなことを望んでなかったら、『頼まれてない。』って、言うでしょう？」

「恭一さんは、飽くまで大祐さんが自分の意思で、進んでドナーになったって言ってましたけど。」

「ダイスケは、そう言ったと思いますよ。〝家族の愛に飢えて〟ましたから。」と、美涼は、その常套句を、憐憫を滲ませつつ口にした。「……それだけじゃなくて、何て言うか、義務感もあったと思います。あの時は、お父さんを救えるのはダイスケだけだったし、……リスクって、白か黒かじゃないじゃないですか？　五千五百人の中の一人になんか、なりっこないって、どうして思えないんだって、彼は自分をすごく責めてたんです。他のドナーが家族のために当然していることを、どうして自分は恐がってしまうのかって。手術後、大半の人は何の不自由もなく元気に生活してる。そう医者からも説明を受けてるのに、自分は、その一握りの後遺症で苦しむ人たちのことばかり考えてしまうって。」

「わかりますよ、それはでも。」

「わかりますよね？　けど、なんか、自分をすごく追いつめて、結局、最後に決断したんです。端で見てて、わたしはそれがかわいそうで。……何もできませんでしたけど。」

城戸は、谷口大祐への同情と美涼への共感を両《ふた》ながらに示すように、小刻みに何度も頷いた。スピーカーからは、〈You Are So Beautiful〉という、有名な甘いバラードが流れていた。

「Such joy and happiness you bring……just like a dream……」という二番の歌詞のあと、ピアノとストリングスが、これでもかというくらいドラマチックに盛り上げてコーラスに至ろうとしていた。ふと見ると、美涼は涙ぐんでいた。谷口大祐のことかと思ったが、

「わたし、この歌に弱いんですよ。最近、歳でますます涙もろくなって。」

と、自分でも呆れている様子で、笑って眼を拭った。城戸は、その愛らしい表情に心惹かれた。そして、彼女の笑顔の反響のように微笑して、

「ジョー・コッカーの脂っこいヴァージョンしか知らなかったけど、これがオリジナル

なんですか？」と尋ねた。

「そう。本人の方が好きですよ、わたし。」

「初めて聴いたけど、僕もそうかもしれない。かなりいいですね。」

「でしょう？」

「こんなに単純に相手を持ち上げるような歌詞、若い頃は気恥ずかしかったけど、やっぱり歳取ったのかな。……」

　美涼は、「あー。」と言いながら上を向いてまた涙を拭うと、気を取り直したように言った。

「……恭一くんは、ダイスケを〝ダメなヤツ〟だと思ってるから、やることなすこと、すべて気に入らないんです。わたしがダイスケとつきあってたこと自体、理解できないっていうか、許せないっていうか。……そういう弟が、父親の命を救うっていうことに、すごく屈折した感情を抱いてて、しかも、そのことで悩んでるダイスケに、最後はイライラし出して。」

「なるほど。」

「悲劇の主人公じゃあるまいし、大したリスクでもないのに、恩着せがましいって。自分の肝臓が適合するなら、俺が黙って引き受けたって言ってましたから。」

「大祐さん本人に？」

「お母さんと話してるの、ダイスケは聞いちゃってるんです。」

「そんなことあったら、家を出たくなるのも当然でしょう？　挙句に、身寄りがなくなって、どこかで殺されたり、拉致されたりなんてことになってたら、……」

美涼はその先を言わずに、また思いつめた表情になって首を振った。肩に掛かる髪の毛が揺れた。そして、右手でそれを耳にかけ直して、グラスに口をつけた。

「生きてると思います、きっと。……僕もちょっと探してみますよ。」

「そうか。……」

彼は、谷口大祐は、きっといい男なのだろうと思った。それは、彼の女の趣味がいいからであり、またそういう彼女に、彼がかつて深く愛されていたからだった。

その意味では、里枝を愛し、里枝に愛された〝X〟も同様だった。尤も、この推測はあまりアテにならないものだった。というのも、城戸は里枝の前夫のことは、気の毒ではあるが、人としてはまったく買っていなかったからだった。

美涼が持ってきた谷口大祐の写真を眺め、改めて〝X〟の写真を見つめた。不思議なことに、城戸は急に、どこかで見覚えがある顔のような気がした。

しかし、この時は、酔った頭でそれ以上深くは考えることはしなかった。そして、時計に目を落とすと、名残を惜しみながら美涼に会計を頼んだ。

5

谷口恭一の訪問を受けた日、里枝は、思いもかけない事実を突きつけられて、気が動転したまま、一緒に警察署を訪ねていた。恭一への不信感は固《もと》より、恐らくは法秩序を逸脱しているこの事態を、ともかく通報しなければ、と思ったからだった。

警察署は、彼女が高校時代、いつも通学で利用していたバスセンターから目と鼻の先だったが、足を踏み入れたのは初めてだった。

里枝には一つ、意外なことがあった。

早まってありのままずべてを刑事に話したものの、こんな不可解な出来事が発覚すれば、たちまち大騒ぎになるのではと、途中から不安を感じ始めていた。事件として捜査が始まれば、悠人や花も無関係ではいられまい。狭い町のことなので、噂はあっという間に広まるだろう。新聞沙汰にもなるのではあるまいか。……

しかし、担当した刑事は、最初からなぜかずっと不機嫌だった。二人の混乱した説明に、しきりに首を傾《かし》げ、

「え？　じゃあ、死んだのは誰なんですか？」

と問い質《ただ》した。そして、特に署内の誰に相談するわけでもなく、ひとまず恭一に、谷口大祐の捜索願だけを出させた。里枝は、死んだ夫が一体誰なのかを知る術を尋ねたが、それについては、とにかく谷口大祐の捜索が先だと、取り合ってもらえなかった。

警察からはその後、まったく音沙汰がなかった。二週間待ってこちらから電話をすると、失踪者名簿と照合しても、合致する人物はいなかったとだけ素っ気なく伝えられた。夫の身許について里枝が喰い下がると、「現状では調べようがないんです。」と突っぱねられてしまった。

里枝は、自分が何をすれば良いのか、わからなかった。

彼女が城戸に相談することを思いついたのは、彼を弁護士として信頼していたからだけでなく、実家に戻ってからのこの七年間が、急に現実感を失ってしまって、途方に暮れたからだった。彼女の記憶の中で、最も確かなのは、遼を亡くしたあの横浜時代だった。そして、その時の唯一の心の支えが、他でもなく城戸だった。

里枝は電話で、警察の対応についての不信も伝えたが、城戸は以前と変わらない、落ち着いた声で、

「警察は、何もしないでしょうね。失踪事件だけでも、年間、数万件はありますから。特に、亡くなったご主人が、誰だったのか、という点に関しては。基本的に彼らも公務

員ですから、面倒を増やしたくないんです。」

と言った。

里枝は唖然としつつも、この状況を冷静に共有してくれる存在に救いを感じ、警察では決して口にしなかった疑問について尋ねた。

「夫は何か、……犯罪に関わってるんでしょうか？」

城戸はしばらく考えてから、慎重に幾つかの違法行為の可能性を示唆《しさ》し、「少し調べる時間をください。」と言うに留めた。


年が変わって二月の末に、城戸が宮崎まで来てくれた。

店の応接スペースで面会して、何も食べていないというので、近くのうなぎ屋に連れて行った。そこは、かつて里枝が〝X〟から、初めて「谷口大祐」としての素姓を明かされた店だったが、敢えて選んだわけではなく、歩いて行ける場所では、もうそこくらいしか、人を連れて行けるところが残っていないのだった。

七年ぶりの再会で、人のことは言えなかったが、城戸は少し歳を取った感じがした。鬢《びん》に大分、白いものが混ざり始めていた。

「お忙しそうですね？」と言うと、

「ええ、二月がちょっと。でも、もう落ち着きましたから。」と眼鏡の下に中指を差し入れ、目頭を強く押して笑った。

横浜の弁護士事務所でいつも会っていたので、ここで顔を合わせるのはふしぎな感覚だった。城戸は、山に囲まれた寂《さび》れた田舎町の風景を、話が途切れる度に、そのまま浸りきってしまうような眼差しで窓から眺めていた。そして、「美味しいですね。」と言って、特上の鰻重と、肝吸《きもす》いの代わりについてくる郷土料理の呉汁《ごじる》をきれいに平らげた。城戸は、落ち着いた、親切な弁護士で、里枝は、子供を失ったあとの離婚調停中も、彼の優しい微笑みに何度か慰められたことがあった。七年ぶりに再会した彼は、やはり変わらず紳士的だったが、ふとした拍子に、どことなく物寂しげな表情になってしまうのが目についた。しかも、自分ではそれに気づいていない様子だった。

　城戸はまず、里枝に谷口家との戸籍上の関係を整理することを勧めた。

亡夫が「谷口大祐」という人物でないのなら、彼女が谷口姓を名乗り続ける理由はないはずで、里枝はそれに同意した。亡夫のことを思うと、谷口という姓に愛着がないわけでもなかったが、他方で恭一との対面以後、自分が赤の他人の姓を勝手に名乗っているような疚《やま》しさも感じていた。

　里枝が気にしていた、〝X〟が「谷口大祐」名義でかけていた生命保険の扱いについては、返還しなくていいと言った。

「『谷口大祐』の名前で書類を書いてますけど、契約主体は飽くまで〝X〟さんで、〝X〟さんが保険料を払い続けていたわけですから。それは、貰ったままでいいです。

特に契約者の名前の訂正とか、そういうことは必要ありません。何かあれば、私が対応しますので心配しないでください。」

「谷口大祐」と里枝の戸籍は、本籍地をS市の里枝の実家に置いていたので、城戸は、宮崎家庭裁判所に戸籍訂正許可の申立を行った。

一つは、「谷口大祐」の死亡による戸籍からの除籍を取り消すことである。結果、今は死んだまま警察に捜索願が出されている「谷口大祐」は、戸籍上も生きていることになる。

もう一つは、里枝を「谷口大祐」の戸籍から除籍させ、従前の武本の戸籍を回復することだった。つまり、里枝と「谷口大祐」との婚姻は、「錯誤」を理由に無効とされるのである。この手続きにより、里枝の戸籍から、二度目の結婚の事実は完全に抹消され、〝X〟との子である花は、非嫡出子《ひちゃくしゅつし》とされるはずだった。

城戸が一人で家裁で手続きを済ませるはずだったが、状況が複雑なので、里枝の出頭を求められた。更に〝X〟が「谷口大祐」ではないことをDNA鑑定によって証明することが必要となり、城戸は、遺品の中から電気シェーヴァーや歯ブラシ、衣服に残っていた毛髪、爪切りの中の爪などを選んで持ち帰ることとなった。

ほぼ半日一緒にいて、里枝は、城戸と色々な話をした。

子供はいなかったと記憶していたが、聞けば今は一人息子が花と同い年らしく、子育ての話題が一頻《ひとしき》り続いた。それから、震災の時のことを尋ね、帰宅困難者で溢れた町の様子や建物の半壊、停電や断水の苦労、客足が遠のき、従業員も帰国したためにしばらく閑散としていた中華街のことなどを話してくれた。

遼が死なず、最初の夫と離婚していなければ、自分も横浜でそれを経験していたのだと里枝は想像した。もしそうだったなら、この町の林業の現場で事故死したとある男性のことなど、知らなかったはずだが。

城戸は聞き上手で、里枝も自然と饒舌《じょうぜつ》になった。遺品を引っ張り出してきて並べながら、電話では余り詳しく語らなかった〝X〟との馴れ初めやその人となりについて話した。

城戸は、念のためにと、他の遺品と同様に携帯で時々写真を撮りながら、〝X〟が描き溜めたスケッチブックを、一冊ずつ時間をかけて見ていった。里枝は、静かにじっと何かを考えている人の横顔を久しぶりに見た気がした。

「人柄が偲ばれますね。少年がそのまま大人になったみたいな絵ですね。」

「一生懸命描いてるんです。人に見てもらうような、上手い絵じゃ全然ないですけど、あの人の心の鏡みたいな感じで。……この絵の通りの人だったんです。すごく純粋で、真面目で、思いやりがあって。嘘を吐いて人を欺したりなんて、絶対に出来ないような人だったんですけど。……」

城戸は、よくわかるという風に相槌を打って、励ましの言葉を口にした。そして、〝X〟の身許調査も引き受けてくれたが、その費用は、申し訳ないほどに安かった。

里枝は、思わず、

「城戸先生は、いい人ですね、本当に。」

と呟いたが、そんな言い方はないだろうと、すぐに後悔した。

彼女は、本心からそう感じていたし、彼にはそう言ってやりたい気もしていた。しかし、あらゆる意味で不適切には違いなかった。

城戸は、目を瞠って少し身を仰け反《の　ぞ》らせると、「仕事ですよ。」と笑った。

里枝は、中年の無闇な寂しさに、自分の方こそ敏感になっている気がして恥ずかしくなった。

城戸が宮崎にいたのは、僅かな時間だったが、帰ってしまったあとは、実際、里枝自身が何となく寂しかった。彼にもっといてほしいなどと思ったわけではなかった。ただ、今の自分がぼんやりと寂しくなったのだった。

彼女は、刑事に言われた「死んだのは誰なんですか?」という言葉を、その後、何度となく反芻《はんすう》した。同じことだったが、彼女はそれを「誰が死んだの?」と、問い直していた。すると、少し意味が変わる気がした。

人生は、他人と入れ替えることが出来る。——そんなことは、夢にも思ったことがなかったが、彼女の夫は実際そうしていたのだった。別人の生を生きていた。しかし、死は? 死だけは、誰も取り替えることが出来ないはずだった。

彼女がそのことを身悶《みもだ》えしながら知ったのは、言うまでもなく、遼の死に際してだった。

遼は、明るく活発な子供で、兄の悠人といつも遊んでいたこともあり、言葉の覚えも驚くほど早かった。おむつは一歳十ヶ月で取れてしまい、保育士たちも驚いていたが、夫はそれを自分がネットで調べて実践している早期教育の賜《たまもの》だと自慢にしていた。

ところが、二歳の誕生日を迎える少し前から、遼はまたよくおねしょをするようになった。保育園にいる日中も、漏らしてしまうことが度々あり、里枝も保育士たちも、「さすがにまだちょっと早かったみたいですね。」と、笑っておむつをつけさせたが、夫はその後戻りを甘えだと叱って、殊に寝る前に、遼が喉の渇きを訴えて泣き喚く度に、「だから漏らすんだよ！」と我慢させようとした。そのために、里枝とは何度も口論になっていた。

そのうちに、遼は何となく元気がなくなり、時折、嘔吐するようになった。

里枝は最初、夫が厳しすぎるために、精神的に辛いのではないかと疑っていた。保育士もその考えに同調していた。「おなかがいたいの？」と訊いても、「おなかはいたくないの？」と訊いても、曖昧に「……うん。」と返事をするので、どこが悪いのかよくわからなかったが、どうも朝起きて、登園前になると、頭が痛くなるらしかった。

夫は、里枝のそうした心配を、自分に対する当て擦りと取って不機嫌になった。そして、珍しく自分で息子を保育園に迎えに行った帰りに、黙って近所の小児科に連れて行って、「ただの風邪だったよ。」と、貰ってきた薬を、ぽんとキッチンのカウンターに投げ出した。

あとから振り返ると、前夫はこの頃の自分の態度をずっと気にしていて、結局、以後、何もかもが、おかしな具合になってしまったようだった。

一週間薬を飲み続けても、遼の体調は回復しなかった。里枝は、改めて遼をかかりつけの別の小児科に連れて行くことにしたが、夫は、「そんなにいつも『頭痛い？』って尋ねてたら、遼もそう思い込むだろう？　精神的なものって言うならお前のせいだよ。」と険しい顔をした。

遼を診察した医師は、すぐに大きな病院で診てもらった方がいいと紹介状を書いた。脳腫瘍の疑いを告げられたのは、この時が初めてだった。

翌週、ＭＲＩ検査の結果、遼は大脳基底核に脳腫瘍が出来ていて、「典型的なジャーミノーマ」と診断された。おねしょも喉の渇きも、それに伴う尿崩症《にようほう》だという説明だった。

里枝は、この最初の診断の後、ほとんど縋《すが》るようにしてその「治る」という言葉を信じてしまったことを、今に至るまで後悔していた。尤も、医師も最初はジャーミノーマという診断に自信を持っていて、あとから主張するほど、グリオブラストーマの可能性は説明しなかったはずだった。現実と向き合うことは難しかったが、意外にも夫は、いち早く完全にこの診断を受け容れた。彼は、この過酷な運命に敢然と立ち向かうことに、自尊心の拠りどころを見出し、奇妙な高揚感をさえ顕《あら》わにした。それは、ここに至るまで、息子の病気への対処を巡って妻から傷つけられた矜持の一種の補償となった。ほとんどはりきっているような有様だった。

しかし、実際に当時働いていた銀行を辞め、入院中の遼の隣に簡易ベッドを持ち込み、三ヶ月間、寝泊まり看護を続けたのは里枝だった。夫は、「治る」と思っていたからだった。そして、「とにかく化学療法と放射線治療をやってみるのが合理的」と、里枝の理解の悪さを〝文系〟で〝女〟だからだと繰り返し詰《なじ》った彼は、その治療がどれほど苦しいかがまるでわかっていなかったのだった。

里枝は、絶え間ない嘔吐に苛まれ続けていた遼の姿を、努めて思い出さないようにしていた。口内炎が酷く、つばを飲み込むことさえ痛がって泣き、見る見る痩せていった。彼女自身も、ほとんど眠ることが出来ず、食事も喉を通らなくて、元々小柄なのに、たった三ヶ月で九キロも体重を落とした。それでも「治る」と信じていたからこそ、苦しさで暴れる遼を抱きしめながら治療を受けさせていたのだった。

遼の泣き顔の代わりに、彼女が今も思い出すのは、ベッドに腰掛けて、「がんばるんだよ、おとこのこだから。——な？」と医師に諭《さと》され、両手を膝について、「はい。……はい。……」と真剣に頷いていた、あのいたいけな表情だった。髪も脱け、顔は別人のように浮腫《むく》んでいた。「うん」ではなく「はい」だというのは、夫が拘って厳しくしつけたことだった。亡くなったあとも、何度遼は、里枝の夢に出てきて、その言いつけに「はい。……はい。……」と頷いたことか。……

そして、自分たちが遼に強いたすべての苦しみが、まったく無意味だったと知った時の、あの絶望。だったら、あの短い命の残りの日々、自分たちはせめて遼に食べたいものを好きなだけ食べさせ、大好きな動物園に連れて行ってやり、どんなわがままでも聞いてやって、少しでも生きることの喜びを感じさせてやるべきだったのだ。いや、そもそもあんな厳しいしつけなど必要なかった。わかってさえいたなら！――「治らない」、つまりは助からない、と知った時、里枝は、目に見えない何か乱暴な手に口を塞がれて、そのまま鷲摑《わしづか》みにされたように、まったく息が出来なくなってしまった。体の内側が火がついたように熱くなり、また氷を詰め込まれたかのように冷たくなって、両手足を奇矯に擦り合わせながら、ただ泣くばかりだった。

その時、自分の体が何をしようとしていたのか、里枝は今ではわかる気がした。

そのまま、もう何もわからなくなるまで、狂ってしまおうとしていたのだった。

里枝は決して、遼の死の身代わりになってやることが出来なかった。病に冒された子供に対する、いかにもありきたりな表現だったが、彼女は心から、身悶えするほど強く、自分が代わってやりたいと願い続けていた。彼女は、当てもなく、ただ何かの奇跡が起こることをひたすら祈っていた。しかし、遼は結局、自分の死を、自分で死ぬしかなかった。里枝には、里枝が死ぬべき死しかないのだった。

「誰が死んだの？」と里枝は胸の内で呟き続けていた。戸籍上、「谷口大祐」という人が死んだことになっている。けれども、「谷口大祐」の死はただ、本人にしか死に得ないはずだった。彼は一体、誰だったのだろう、と里枝は亡夫のことを考えた。それはつまり、彼が誰の死を死んだのかということだった。

里枝は、かつては決して、そこまで抽象的な思弁を習慣としていたわけではなかった。しかし、遼が死ぬとわかった時、彼女の体が、全力で狂おうとしたように、今彼女が狂うことなく、しかも生き続けるためには、考える以外になかった。

城戸は、亡夫のことを〝X〟さんと称したが、彼女自身は、たとえ便宜的であったとしても、決してそれを口にすることはなかった。

名前ではなく、勝手につけた記号で呼ぶというのは、人間の尊厳に対する、何か根源的な侮辱のように思われた。〝X〟と言われると、まるで見知らぬ他人のようで、城戸がそう口にする度に、里枝は続く言葉を取り逃がしてしまう。それから、今し方、傍らを素通りしていったその〝X〟を、会話のただ中に立ち止まって振り返る。夫だったはずだと思う。しかし、遠ざかってゆくその背中に呼びかける本当の名前は、彼女自身も知らないのだった。

死者は、あちらから呼びかけることは出来ず、ただ呼びかけられることを待つだけである。しかし、名前の定かでない死者は、誰からも呼ばれることなく、その分一層、深い孤独の中にあるようだった。

仏壇に飾られた夫の遺影と向き合っても、里枝は、何と言えば振り向いてもらえるのかがわからなかった。生前は、子供と一緒の時には「パパ」や「お父さん」と呼んだが、二人きりになれば「大祐君」と呼び習わしていた。あのスケッチブックの印象そのままに、夫には小学校の同級生を呼ぶように、どうしても君づけせねばならないようなところがあり、しかも彼女にとっては、「大祐」という名の -suke という音は、それ自体が kun という音を予《あらかじ》め期待しているように思われた。

そしてそれは、彼がなりすましていた「谷口大祐」という赤の他人の名前なのだった。

里枝は、夫との距離が最も近く、その愛が最も深まっていた時に発した自分の「大祐君」という呼びかけの記憶を思い起こした。他の誰かと区別するためではなく、他に誰もいなくて、語りかける相手を決して間違うはずのない時でも――いや、その時にこそ！――人はそんな風に、愛する人の名を口にし、呼びかけるのだった。

彼はその時に、妻が自分の名ではなく、他人の名を呼ぶことを、どう感じていたのだろうか？「大祐君」という呼び名のあらゆる細部に妻の愛が染み亘り、いつまでもその余韻で自分を包み続けることをどう感じていたのだろうか？

名前だけではなかった。死んだ夫は、他でもなく、谷口大祐という他人の過去を語り、里枝はその人生にこそ深く共感したのだった。

彼女は、夫の語りたがらなかった子供時代を想像するのが好きだった。自分と同級生だったとしても、きっと次の学年でクラス替えするまで、ほとんど言葉を交わさなかったのではないか？

物静かで、真面目で、昼休みになると、あまり人目につかない、クラスの中心の輪からは随分と離れたところで、それなりに楽しそうに遊んでいる同級生。誰が誰を好きでといった、高学年になると、嫌でも巻き込まれる類《たぐい》の話題からも予め除外されていて、それでも、反感を抱かせるような要素はまったくない。しかし、人が幼時を思い返す時には、毎日のように遊んでいた級友以上に、なぜか、そういう少年や少女の記憶をこそ、唐突に、言わば風景のように脳裏に過ぎらせるものだった。なぜなら、彼らはただ懐かしいから。……

結婚後も、彼は優しく、大らかだった。口数は少なかったが、表情はいつも穏やかで、妻に対しても子供たちに対しても、声を荒らげたことなど一度もなかった。それは、長男の悠人が生まれてからというもの、とかく苛々しがちで、結局そのせいで、遼の異変を見逃してしまった前夫とは正反対だった。

里枝は、彼と結婚生活を送った三年九ヶ月ほど、自分の人生で幸福な時はなかったと思っていた。しかし、その記憶は、振り返れば、独楽《こま》のように危うい一本足で立っていて、彼の生の唐突な終わりとともに、横倒しに転がって、動かなくなってしまっていた。

彼が今も生きていたなら、その言葉にどんなに矛盾が生じようとも、回り続ける独楽の汚れが全き円に見えるように、里枝はそれに気づけなかったかもしれない。

夫の記憶は、彼女の体のあらゆる部分にその名残を留めていた。だからこそ、その下に、〝X〟という無機的な呼称に相応しい、不気味な顔が透けて見えることが恐かった。

何か事情があったに違いない。そう信じたかった。けれども、どうして言ってくれなかったのか？　四年半もの時間があった。お互いに十分に信頼し合っていた。決して告白の機会がなかったわけではないはずだった。

遺影と向き合う度に、里枝は、呼びかける名前さえなく、その目を見つめた。偽りの誠実さとは、精巧であればあるほど、却って一層本物からは遠ざかってしまうものではあるまいか。……

6

「谷口大祐」の死亡届を無効とし、里枝を武本姓の戸籍へと復帰させる裁判所への申立は、審判が下されるまでに最短で二ヶ月、長くて一年ほどかかるだろうと城戸から説明されていた。後者については、もし却下されれば、婚姻無効確認訴訟の必要があると説明されていたが、実際には五ヶ月後の八月初旬にいずれも認められることとなった。DNA鑑定の結果、〝X〟が「谷口大祐」でないことは科学的にも確定し、里枝の経歴から、二度目の結婚の事実は抹消された。過去は訂正され、彼女は一度しか結婚しておらず、今はもう、夫に先立たれた未亡人ではなかった。

単に手続きが間違っていたというのではなく、彼女自身の行為が間違っていたのだった。「谷口大祐」という、会ったこともない人と結婚したのだと思い込み、周囲にも公言し、どこで何をしているのかもわからないその人が、死亡したと勝手に役所に届けを出していた。そう思うと、ふしぎなような、惨めなような、悲しい気持ちになって、彼女は自分こそ、一体誰の人生を生きているのか、その手応えを失ってしまった。


夏休みを終え、悠人の二学期の始業式の朝だった。

「おかあさん、おにいちゃん、はなちゃんがいくらおこしてもね、おきないよ。」

朝食の目玉焼きを作っていた里枝は、「ん？　おきない？」と花を振り返った。

「はなちゃん、こうおもうよ。おにいちゃんは、なつやすみのあいだ、まいにちあさねぼうしてたから、まだねむたいよーっておもってるんじゃない？」

花は、そう言って、おかしそうに目を三日月にした。来月で五歳になる花は、倒置法というのか、英語の I think that～という構文のように、自分の考えを伝える時には、必ずこんな風に、まず「はなちゃん、こうおもうよ。」と言うのだった。そこで一旦言葉を区切ってつばを飲み込み、斜め上を向いて少し考えを整理する。里枝は、それが面白くて、続きを待ちながら、いつも自然と笑顔になるのだった。

生まれた時から、花はずっと「ふわふわの子供」と皆に言われていた。体全体を見ると、特に太っている、というわけではなかったが、とにかく、両腕と両足が、人が思わず触ってみたくなるほど肉づきがよく、しかもその感触が、この世に他に似た何かを探すことが出来ないほど、「ふわふわ」なのだった。

その体も、歩けるようになり、こども園で毎日駆け回るようになってからは段々と引き締まってきて、この一年で、手足はすっきりと細くなっていた。もう「ふわふわの子供」ではなく、本人もそう言われていたことを、恐らくは記憶していないのだった。子供は成長が早過ぎて、その子らしさ、と思っていたものがすぐにそうではなくなってしまう。死んだ遼にしても、自分が掴んでいた、聞き分けの良さだとか、我慢強さだとか、愛嬌や臆病さといった性格的な特徴が、一体何だったのかは、酷く曖昧な気がした。

しかし、花を見ていると、少なくともその外観は、ますますはっきりと父親に似てきているようだった。特に目が似ていた。鼻はどちらにも似ず高くなりそうだが。——けれどもそれは、今はまだ誰とも知れない、ある男の風貌の特徴なのだった。

里枝は、急に悪い予感に襲われたように蒼白になった。そして、卵を皿に載せ、トースターの中で焼き上がっていたパンにバターとジャムを塗ってやると、

「ちょっと、おかあさんがおこしてくるから、はなちゃん、これたべててくれる？　おばあちゃんも、すぐにおきてくるとおもうから。」と言った。

「うん、わかった！」

二階の部屋に行くと、悠人はクーラーをつけて、ベッドの上でタオルケットにくるまっていた。

「どうしたの？　体調悪いの？」

悠人の返事を待てずに、里枝はベッドに腰を下ろして、背中に手を当てた。壁を向いたまま、彼はそのからだを、一層固く内に向かって引き絞った。額に腕を伸ばすと、嫌

がるふうに枕に顔を埋《うず》めたが、熱はなかった。

「気分悪いんだったら、お母さんに言って。病院に行かないと。」

「……大丈夫。」

「本当？」

ほど経て、悠人は自分を奮い立たせるようにゆっくり体を起こした。そして、寝癖のついた髪を掻きながら、

「お母さんは心配しすぎなんだよ。僕は遼とは違うんだから。ちょっと風邪引いて頭が痛いだけでも大騒ぎするし。僕は僕。弟は弟だよ。」と、下を向いたまま言った。

里枝は、小さく息を吐いて頷いた。

「それはもちろん、そうだけど、しょうがないでしょう？　そういう経験をしちゃったんだから。お母さんの心配性はもう、治らないものと思って、悠人にもつきあってもらうしかないわね。」

悠人は、顔を上げると、呆れたように苦笑した。この子こそ、まだこんな年齢で、三人もの家族の死を立て続けに経験しているのだと里枝は改めて思った。年齢相応の死に対する鈍感さのために、深い心の傷からは、一見、護《まも》られているようだったが、いずれにせよ、幸福だった自分の子供の頃とは、比較にならない境遇だった。そのまま何ごともなく成長する方が不自然な気がした。

「本当に大丈夫なの？」

「うん、……体は別に、元気だから。」

「じゃあ、何？　気分的なこと？」

悠人は、何かを考えている様子でじっとしていた。もう身長は里枝を抜いてしまっていて、頰にはニキビが出来ている。

「言ってみて。」

悠人はまた頭を掻き、手で顔を拭い、唇を嚙んで言葉を探していた。

「僕、……苗字やっぱり、変えたくないなあと思ってさ。……谷口のままじゃダメなの？」

里枝は、どうしてそのことをすぐに理解してやれなかったのだろうと、自分の迂闊さを思った。悠人は、死んだ父を巡って今何が起きているのか、何も知らないまま、ただ、旧姓に戻すと告げられていた。そして、それに対しては、案外素直に、「わかった。」と頷いただけだった。

「生まれた時は〝米田〟だったのに、お母さんが離婚して〝武本〟になって、小学校に入ったら今度は〝谷口〟に変わってさ。……中学に入って、新しい友達も先輩も後輩も、みんな〝谷口〟って呼んでるのに、また〝武本〟に戻るのは、なんかさ、……武本って、お母さんにとっては馴染みがあるかもしれないけど、僕にとってはおじいちゃんとおばあちゃんの名前って感じなんだよね。だから、なーんか、ヘンでさ。……谷口って呼ばれる度に、また武本に戻ったって訂正して回るの、嫌だなあと思って。……」

「……そうね。」

「お母さんが、今度もし誰かと結婚したら、僕の苗字、また変わるんだよ！……苗字なんか、なけりゃいいのに。」

悠人は、どことなく芝居じみた笑顔で両膝を叩いてみせた。

「もう結婚はしないから。もう十分。」

　里枝は、結婚で苗字が変わってしまうことを当然のように受け容れたが、それが夫の姓である分にはまだしも、夫の実家で親族に囲まれ、自分がこの人たちと同じ姓なのだと意識すると、途端に強い違和感を覚えた。そして、ここに戻って来る度に、自分の中にまだ残っている〝武本〟という姓を懐かしんだ。亡夫の場合は、その点で事情が違ったが、谷口恭一と初めて対面した際の一種の拒絶反応には、そうした感覚も恐らくは含まれていたのだった。

　もし血の繋がった両親を愛せなかったなら、生まれながらの苗字にも、自分のものという感じを抱けないのだろうか。……

「お母さん、もうお父さんのこと、忘れちゃったの？」

「そんなわけないでしょう？」

「じゃあ、お父さんのお墓、いつになったら作ってあげるの？　骨壺のまま、ずっとほったらかしてて。お父さんのことだって、あんまり話さなくなったし。お母さん、おかしいよ。」

「……。」

「お母さんが武本に戻っても、僕は谷口悠人でいいでしょ？　お父さん、……かわいそうだよ。実家の家族からも見捨てられて、僕たちからも忘れられたら。」

新学期の朝の、何かに追い立てられるような静けさを、古いクーラーの音が強調していた。

悠人は、お盆に家族で別府に旅行に行った折に声が掠《かす》れ始めて、戻ってきた時にはすっかり声変わりしていた。そのせいもあるのか、里枝は息子が急に大人びて感じられた。カーテンの閉じ目から差し込む朝日は、この僅かなやりとりの間にも、目に見えて強くなって、ツクツクボウシの鳴き声が、煽られるように高くなっていった。

里枝は、堅く結んでいた口許を緩めると、力なく嘆息した。

「悠人にとって、お父さんはどんな人だった？」

「え？……やさしかったよ。違うの？」

「ううん。そうね。」

「叱る時も、ちゃんとどうしてダメなのか、一緒に座って説明してくれて、僕の話もよく聞いてくれたし。……前のお父さんよりも、人間として立派だと思う。僕には、前のお父さんの血が流れてるけど、後のお父さんが本当のお父さんだったら良かった。花ちゃんがうらやましい。」

悠人は、再婚後、決して「本当のお父さん」という言葉を口にしなかった。当時はまだ八歳だったので、ただ母親の口調を真似て、「前のお父さん」と呼んでいたのだった。しかし、恐らくは、そのあとどこかで、「後のお父さん」への愛着から、或いはまた母親への気づかいから、「本当のお父さん」という言い方はすまいという、決心らしきものがあったのだった。そう言った途端、「後のお父さん」は、「本当ではないお父さん」となってしまうから。――

里枝は、悠人のそうした心中を、ある時、それとなく察して、息子の健気《けなげ》な優しさを愛おしく感じた。それはなるほど、彼が「前のお父さん」の血から受け継いだというより、「後のお父さん」の影響下で得た性質のようだった。

「お父さんも、悠人のこと、本当にかわいがってたものね。」

「僕、……お父さんが死んで、悲しいっていうのはさ、もう、……ないんだよね。おばあちゃんもやさしいし。けど、なんか、……」そう言って、悠人は照れ臭そうに笑うと、

「……さびしいね。お父さんに聞いてもらいたいことを、毎日たくさん抱えて家に帰ってくるのが。……」

そして、到頭《とうとう》肩を震わせて、泣き出してしまった。里枝は、自分まで一緒に涙ぐんでしまいながら、嗚咽《おえつ》する息子の背中をそっと撫でてやった。

「悠人はお父さんが好きだったよね。」

「お母さんは、……お母さんの事情があるだろうけど、僕は、谷口じゃなくなったら、……お父さんがもう、僕のお父さんじゃなくなる気がするんだよね。……僕はただ、前

のお父さんだけの子供で、……後のお父さんは、お母さんの再婚相手で、……花ちゃんは、再婚相手の子供で、僕とはお父さんが違ってて、……」

膝の上に、ぽたぽたと涙の滴が垂れていたが、俯いたままのその顔は、ただ紅潮した頬が覗くだけだった。

「後のお父さん」の葬儀以後、悠人が彼女の前でこんなに泣いたのは初めてだった。

一階から、「あら、はなちゃんひとり？　おかあさんは？　にかい？……里枝ー、あなた、花ちゃん一人でご飯食べよるよ？」という母の声が聞こえてきた。

「すぐ行くー。」

悠人は、胸の痙攣《けいれん》を堪《こら》えながら、赤らんだ目を何度も拭った。

「悠人は、谷口のままでいいよ。——ね？　お母さんは、法律とかいろいろあって、武本に戻ったけど、……そのことも説明しようね。ちょっと複雑だから、曖昧に話してたけど。ごめんね。……」

何が起きているかを話すべきなのだろうと里枝は思った。せめて、真相が判明してからと考えていたが、それがいつになるかはわからなかった。

「後のお父さん」のことをこんなに慕っている息子は、その嘘に対して、どんな反応を示すだろうか？

悠人は、母が自分に何かを隠しているらしいことを察していた。そして、「複雑だから」というその言葉を、この時には、母の三度目の結婚という漠然とした予感が、当たってしまったと取ったのだった。悠人から、後にそう聞かされた里枝は、思いがけない憶測に目を丸くしたが、そう思った根拠は、彼女が、文房具店を訪ねてきた城戸と二人して出かけ、こっそりよく電話していたから、と言った。

顔中が紅潮して、その輪郭は、里枝の目の中でやわらかく、腫れぼったく歪《ゆが》んでいた。黙って頷くと、悠人はベッドから降りてカーテンを開けに行った。

外を見ながら、片手でぞんざいに、もう一度、涙を拭った。

里枝が、強く生きなければと自分に言い聞かせるのは、いつでもこんな風に、遺《のこ》された子供たちの成長に触れる時だった。

7

「──あなたは、自分自身のためにその指輪を買ったわけですね？」

「はい。」

「あなたのお子さんのためではなく？」

「……自分のためです。……はい。」

「けれども、あなたはその指輪を、お子さんに持たせていた？」

「それは、指輪を持たせると、かわいくて、喜んで泣き止むからです。その時だけです。」

「つまり、あなたは、お子さんがその指輪を手に持っていることを知っていたし、ご自身で指輪をお子さんに持たせることもあった、ということですね？」

「だから、その時だけです。見てる時だけ、……はい。」

「お子さんを泣き止ませるために、その指輪をおしゃぶりとして使ったこともあったのではないですか？」

そう言われても、私には分からないですよ。……でも、作った人は、子供が口に入れるかもしれないって、注意すべきだと思います。いくら大人用の指輪でも、若い女性が買えば、小さい子供が家にいることも多いんですから。大学生が、こんなものを勝手に作って売るのは、無責任です！」

「――甲5号証の原告の自宅内の写真を示します。あなたの自宅リビングにはマグネットがありますね？」

「はい。」

「これは、子供のオモチャではないですね？」

「え？……はい。……」

「あなたはマグネットを子供の手の届かない高さに置いていますね？」

「……はい。」

「あなたの自宅には、今回、問題になっているものとは別の指輪もありますね？」

「……はい。……」

「ピアスもありますか？」

「……はい。」

「あなたは、その指輪やピアスは、子供の手の届かない場所に置いていますね？」

「……。」

「どうですか？」

「……はい。」

「子供が間違って飲まないように。──そうですね？」

「……それは、……」

「けれども、今回の指輪は、子供の手の届くところに置いていた？」

「……。」

「置いていただけではなく、あなた自身が、お子さんに持たせたりしていた。──そうですね？」

「……だから、……はい、そうですけど、……」

「──終わります。」


午前中に、横浜地方裁判所で民事訴訟の口頭弁論を終えて、城戸は、事務所の共同パートナーの中北《なかきた》と、中華街で昼食を摂《と》っていた。

出来立ての黒酢酢豚の肉を、何の気なしに口に放り込んでしまったために、舌の先を火傷《やけど》したようだった。

「あんなの、よく訴えさせるなと思ってたけど、人相の悪い弁護士やったな。何期かな？　初めて見たけど。」

「マスコミも結構いましたね。……ネットでも、『親の不注意だろ！』って叩かれてて、原告もかわいそうですよ。和解は絶対しないって言ってるから、裁判は負けるでしょうし、シングル・マザーで、脳に障害が残った子供を抱えて、これからどうするのかなと思うと、……気が滅入りますね。」

藤沢にある大学の院生が、3Dプリンターで作製したアクセサリーをネットで販売していたところ、購入者の子供が誤嚥《ごえん》で窒息し、一命は取り留めたものの脳に重い障害が残ってしまった。それで、母親がその作製者の女子学生を相手に二億円の損害賠償を求めて訴えを起こしたのだった。

城戸は、被告の学生が研究室の3Dプリンターで作った、ポップで色鮮やかなピアスやチョーカーに感心した。最近では、イヴェントで配るノベルティなども作っていて、この一年間で、七十七万円の売り上げになっている。労働時間を考えると、利益はささやかだが、本人の意思としては、デザイナーとしてこれを本業にしたいらしかった。他方で、企業が当然入っている生産物賠償責任保険には入っておらず、学生でも所得が一定額を超えると確定申告が必要なこと、但し勤労学生控除があることなどは理解していなかった。

城戸は、いつ会っても窒息した子供のことを思って泣き出してしまう被告の学生をかわいそうに思っていた。彼女自身も、ネットでバッシングに曝されていて精神的に不安定になっており、今後は一切、アクセサリー販売はしないと語っていた。しかし、そうして一つの才能が、表現の行き場を失ってしまうことは惜しかったし、法的にも不当と思われた。

裁判では、そもそもアクセサリーは子供が玩具として遊ぶことを想定しておらず、設計上、通常有すべき安全性を欠いていたとは言えない、として原告と争っていた。同様のサイズや形態の何らかのモノは、家庭内に幾らでも存在している。原告の弁護士は、丁寧な注意書きを添付しなかったことが欠陥に当たると主張しているが、彼女のアクセサリーにそこまでの表示義務があるとは思われなかった。今後の社会のセキュリティのためには、こうした趣味的な個人の創造性の責任も問うべきというのは、一般論としては一理ある視点だが、法廷では無理があった。……

「――そう言えば、最高裁で婚外子の相続格差の規定に違憲判決が出たので思い出したけど、例の宮崎の件はどうなってんの？」

中北は、最近、この店で人気だという回鍋肉《ホイコーロー》カレーなるものを注文して、けっこうイケる、といった顔で、額に汗を滲ませながらパクついていた。

ドラムが趣味の兄貴分的な雰囲気の男で、痩《こ》けた頬の疎《まば》らな柔らかい無精髭には、弁護士らしからぬ色気があった。家庭とバンドで忙しそうなのに、刑事事件が好きで、今でもよく引き受けている。どんな悲惨な事件でも法理一徹で、何度か、彼のガッド・ギャング風のバンドを聴きに行ったことのある城戸は、その腹の据わったリズム・キープに、非常に性格的なものを感じた。大学時代に、やはりバンドでベースを弾いていた城戸とは昔から気が合い、今の事務所を設立する際に一番に声をかけたのが中北だった。

「なりすましてた男の死亡届と婚姻届は無効になりました。」

「そう？　ま、それくらいかなあ、出来ることは？」

「個人的な関心もあって、『谷口大祐』って男の所在と、彼になりすましてた〝X〟が誰だったのかは、引き続き、調査してますが。」

「そら、気になるわな。――その人たちは、どんな音楽聴いてたの？　音楽の趣味は、なかなか偽れんやろ？」

「ああ、……〝X〟は、どうなのかな？　絵を描くのは好きだったみたいですけど。谷口大祐の方は、マイケル・シェンカーが好きだったみたいですね、元カノによると〝神〟だったって。」

「そりゃ、絶対いいヤツだよ。」と中北は笑った。

「断言しますね？」

「あの時代に、地方で泣きながらマイケル・シェンカーを聴いてた人に悪いヤツはいないね。俺にはわかるよ、それは。」

「中北さんも、そういうの聴いてたんですか？　意外ですけど。」

「だって、八〇年代だから。――そう言えば、あの辺の人たちは、まだ結構がんばって、来日したりしてんだよね。うちのバンドのギターも、久しぶりにライヴに行って懐かしがっとったわ。客はオッサン、オバハンばっかりみたいだけど。谷口って人だって、コンサート会場に行ったら、案外、見つかるんじゃない？」

「確かに。……考えてもみなかったな。」

「音楽の趣味も変わるけど、いい思い出は残るから。ファンのコミュニティ・サイトとかチェックしてたら、どっかにおるかもしれんよ。」

城戸は、腕組みしてしばらく考えていた。それから、カレーを平らげた中北が、水のおかわりを注文してまた口を開いた。

「あっちの方はどう？ あの過労死の訴訟の方は？」

「十月に第一回期日なんで、関係者に話を聴いたり、まあ、色々。……」

城戸は、最近では、常時、五十件ほどの仕事を抱えているが、飲食店に勤務していた二十七歳の男性が、法外な長時間労働の果てに自殺し、遺族が会社と経営者を訴えているこの事件は、中でも気が重いものの一つだった。

「大分、お疲れみたいやな。」

「はは。……まあ、でも、何だかんだで、他人だから出来てることですよ。今更ながら思うことですけど。」

「根本的なことだよ。——夏は、結局、どこも行かなかったんだっけ？」

城戸は首を横に振った。そして、そのまま口を噤むつもりだったが、

「今ちょっと、あんまり家庭がうまくいってないんですよ。」

と自分でも思いがけないことを打ち明けた。

中北は、日頃、私生活についてほとんど語らない城戸の唐突な告白に、ほう、という

顔をした。

城戸と妻の香織との間で知らぬ間に日常となってしまった会話の欠乏は、端から見れば、ありきたりな〝倦怠期〟の風景に過ぎなかった。それは、コップに注がれた一杯の水のように静かに澄んでいて、どちらかが、さっと一口で飲み干してしまえば、仕舞いになるようなもののはずだったが、あまり長く置きっぱなしにしていたせいで、そもそももう飲めないのではないかという感じがしていた。

そして、そのコップに、一欠片《かけら》の氷が落ちたのだった。――そう、毒でも何でもない、ただの氷で、それはほどなく融けてなくなったが、彼らの沈黙は、確かに以前より冷たくなり、幾分かは飛沫が跳ね、水の面は揺れて、その記憶はいつまでも残ることとなった。

発端は、城戸の宮崎出張に、香織が不審を抱いたことだった。

城戸は、守秘義務もあり、仕事のことを家庭ではほとんど話さなかった。妻の方も、まったく関心を示さなかったので、どちらかが泊まりで出張に行く時にも、ただ「仕事」と一言言えば、これまでは片づいていた。

しかし、宮崎出張に関しては、香織は別段、何か根拠があるわけでもなく、ただおかしいと感じているのだった。

城戸は最初、その突拍子もない疑心暗鬼を笑って否定して、妻に何か別のストレスがあるのではないかと心配した。そう言うと、香織は首を振っただけだったが、その後、夫には刺《とげ》のある沈黙を貫く代わりに、息子に厳しく当たるようになり、それが目に余るので、到頭、彼も腹を立ててしまった。

怒りを爆発させたというほどの勢いもなく、寧ろ一種の無力さから、彼は、不快になる手前で踏み止まることが出来なかったのだった。そのために、彼もまた、妻と向き合っている時の自分が、もう以前とは同じでないことを意識せざるを得なかった。

香織が、具体的に里枝との関係を疑っているというのは考え難かった。何かの折に携帯でも覗いたとしても、勘違いするようなやりとりは何もなかった。しかし、宮崎出張が気になっているというのは、つまりはそれを予感しているという意味であって、そう考えると、城戸には何重もの意味で馬鹿げていると思われた。

「依頼者と関係を持ったりすれば、懲戒《ちょうかい》だよ。」と、城戸は、努めて険しい顔つきにならぬように、誰かの滑稽譚《こっけいたん》でも語っているような調子で言った。幾ら何でも、自分の仕事に対して敬意を欠いていると言うつもりだったが、そこまでは口にしなかった。

城戸は、そんなやりとりをちらと脳裏に過ぎらせたが、中北に話すのは思い止まった。しかし、気長に待つ風の彼に、別の方面から話を手繰《たぐ》った。

「うちの妻は、『思想』なんて言葉を、多分、人生の中で一度も真面目に使ってみたことがないと思いますけど、今、夫婦の間にある問題が、根本的にはその相違に由来してることは漠然と感じてるようです。」

中北は、眉間に皺を寄せて、「それは、政治的な意味で?」と尋ねた。

「いや、……結局はそうなるんでしょうけど、それ以前の話ですかね。彼女は七月の参議院選挙でさえ行きませんでしたし。で、僕は彼女を選挙に行くように説得できないんです。」

「なるほど。」

「僕は元々、在日だから、参政権があることの意味に自覚的ですけど、だからお前も選挙に行けっていう理屈は、何て言うのか、……正しすぎるんですよね、彼女にとって。子供が生まれてからは、僕が在日の家系だということ自体、あまりもう意識したくない様子ですし。——ま、もし、無理矢理にでも投票所に引っ張っていけば、当たり前のように自民党に投票したでしょうね、この前も。」

「実家は何されてるんだっけ?」

「歯医者ですよ。お兄さんは内科の医者で。」

「あー、そう言ってたな。」

「震災後のボランティアも、中途半端になってしまって、申し訳なかったですけど、妻と本当に大きな喧嘩をしたのは、あの時が最初だったんです。週末に妻子を自宅に残して、自主避難の母子の手助けに行くのは、偽善的だというのが彼女の主張です。今は家族のことで精一杯で、とてもそんな余裕はないはずだって。——だけど、僕が子供を看てるから、じゃあ、ボランティアに行ってきたらと言っても無駄なんです。彼女は、別い、と。」

にボランティアに行きたいわけじゃないですから。心配でとても子供の側《そば》を離れられな
「子供も小さかったしな。」

「ええ。だから、……いや、彼女の不安もわかるんです。この辺も、結構壊れた建物がありましたし、節電と余震で、精神的にもくたびれ果ててましたから。うちのマンションも、新たに市が公表したハザード・マップだと、もろに津波の避難対象区域に指定されてますよ。首都直下型地震だとか南海トラフ地震だとかのことを考えると、買っちゃったマンションですけど、正直、ここに住んでていいのかなとも思いますし。」

「うちだってそうだよ。地震のリスクだけは、なかなか行動に直結せんなあ。防災グッズくらいは買うけど、そのために引っ越しまで出来るか、となるとね。」

「いつ地震が来るかわからないっていうのは、確かにその通りだし、月に一、二回の法律相談でしたけど、それで続けられなくなって。」

「十分だよ。子供が小さくて、城戸さんのタイミングも悪かったから。」

「まァ、そういう非常時の話を、彼女の『思想』と言っちゃいけないんでしょうけど、……若い頃は、愛することとその相手の思想との関係なんて、考えもしませんでした。愛を過大評価していたのか、思想を過小評価していたのか。」

「愛と思想、か。……案外、今の方が、最初からそういうことを意識してる子たちもいるかもな。」

城戸は、「ええ、……」と頷いて、それを潮に口を噤んだ。〝セックスレス〟になったのは、実はそれ以来なのだと、最後は自嘲気味に話を結ぼうとしたが、自分でも意外なほどに、その言葉が苦しく喉に閊《つか》えた。

彼は羞恥心を抱き、よその円満な夫婦を妬《ねた》みつつ、自分の性欲を持て余す残りの人生を想像して、物悲しさを覚えた。

午後にまた裁判所に戻るという中北と中華街で別れて、城戸は関内駅近くの事務所まで、一人で歩いて戻った。夏の名残が引いてゆく気配を、汗が兆すようで意外と乾燥したままの額の縁《へり》に感じた。

横浜スタジアムに隣接する公園には、ベビーカーを押す母親たちやベンチでパンを齧《かじ》っているサラリーマンの姿があった。

事務所と裁判所と自宅とが近すぎるせいで、彼は、あまり背の高くない近辺のビル群も、飲食店街も、銀杏《いちょう》並木も、弁護士として、夫として、父親として、普段から様々に眺めている。

今は、そのどれともつかない曖昧な眼差しだった。そして、今し方の会話のことを考えながら、里枝と会うために、初めて宮崎に出向いた日のことを思い返した。

プロ野球の春季キャンプのシーズンで、城戸は、辛うじて空室が出たシーガイアのシエラトン・ホテルに宿泊したが、それがまた、妻の疑念の原因にもなっていた。

実際、ツインの部屋は出張にしては良すぎて、窓から眼下のゴルフ・コースを見下ろし、その先の海と空を眺めていると、ここに一晩一人で寝ることが虚《むな》しくなった。しばらくベッドに寝転がっていた。真っ白なシーツは、制服のように固くマットレスを包み込んでいて、何か乱暴な、がむしゃらな手つきで剝ぎ取られるのを黙って待っているかのようだった。

眼鏡を外して仰向けになった。

城戸は、かつて汗ばんだ全裸で、激しい動悸と心地良い深呼吸とともに眺めた幾つかの天井の記憶を呼び覚ました。胸の裡に淫猥なものが閃《ひらめ》いた。誰かが傍らにいて、互いの裸体の熱を感じ合っているべきであるような、遠慮深い静けさだった。

ほど経て、彼は埒《らち》もない妄想を溜息交じりに振り払うと、一階のレストランに名物のチキン南蛮を食べに行き、その後、タクシーで市街地まで飲みに出かけた。

夜は少し肌寒かったが、ジャケットにジーパンという格好で気ままに歩いた。

旅行慣れしていないわけでもないが、観光客でさえないことが、自分は誰でもない、という感覚に彼を深く浸らせた。

ここにいるすべての人間にとって、彼はまったくの見知らぬ他人だった。勿論、横浜の街中でも、それは大して変わらぬはずだったが、少なくとも風景は、これほどまでに他人行儀ではなかった。そして、名前を失い、他人からの見覚えをなくしてしまったその状態が、彼には頗《すこぶ》る心地良かった。

商店街のアーケードの下を歩くと、城戸の視界を、二十代の頃には何度か訪れ、結局、あまり夢中にもならずに足が遠退《とおの》いてしまった類《たぐい》の店が、幾つか掠めていった。

彼は、その安っぽい電飾の輝く看板の前に、足を止めかけた。唐突に――寧ろそう、自分ではない誰かのように――、今日はこっちに入るべきではないかと思い立った。看板の説明書きを読み、明るい髪の色の若い女たちの写真を眺めた。そして、その考えを燻《くすぶ》らせたまま、止めかけた足を惰性のように進めて、ネットで事前に調べたバーに辿り着いたのだった。

店は、カウンター越しにライトアップされた観葉植物を眺める洒落《しゃれ》た店で、その生い茂る緑から漏れる光を浴びて、色々のウィスキーやリキュールのボトルがきれいだった。疲れていたので、八時頃に店に入って、一、二杯で帰るつもりだった。――が、思いがけず、彼はその夜、日付が変わるまで一人で飲み続けることになった。

カウンターには、最後まで他に客がなかった。テーブル席は疎《まば》らに埋まっていて、奥の個室からは、扉が開く度に、何やら騒々しい声が漏れてきた。店員が、忙《せわ》しなくビールやつまみを運び続けていたが、遅れて入ってきた巨体の数名から、キャンプ中のプロ野球選手だと気がついた。城戸は、野球に関心がなく、ベイスターズの選手でさえまったく知らないので、どこのチームかはわからなかったが、店員の思わせぶりな目配せから、どうも有名な選手らしいことを察した。

店内には、《カインド・オヴ・ブルー》や《ポートレイト・イン・ジャズ》など、誰でも知っているジャズの名盤が控え目な音量で流れていた。

城戸は、一杯目にウォッカ・ギムレットを注文して、美涼《みすず》のことを思い出した。長らく彼は、バラライカを愛飲していたが、あの時はなぜか急にこれを飲みたくなって、以後、青年時代にあれほど耽溺したコアントローの甘みに、もう戻れなくなってしまっていた。

バーテンは、城戸より少し年上くらいの男性で、いいシェイカーの振りっぷりだったが、あろうことか、ライムの実を搾らず、市販のジュースを使っていて、カクテルの味は最低だった。そして、「美味いウォッカ・ギムレットを作ってくれた人」という美涼の印象は、彼女の、どことなく倦怠感のある気楽な雰囲気と相俟《あいま》って、城戸の中で一層、蠱惑的な光を灯した。

二杯目からは、珍しいサハリンスカヤをストレートで貰ったが、よく冷えていて、すっきりしているが意外と横にも広がりがあり、最初からこれにすれば良かったと思った。

一息吐くと、自分がたった一人で宮崎にいることのふしぎに心地良く沈潜していった。

奥の個室の飲み物が一旦落ち着き、ようやく余裕の出来たバーテンから話しかけられた。

「県外から来られた方ですか？」

「ええ。――わかります？」

「わかりますよ。東京の方ですか？」

城戸は頷いたあと、グラスを空にして、しばらくその底に溜まった、傾けても恐らくは舌にまで届かないであろう数滴分の名残を見ていた。そして、さほど酔った自覚もないまま、徐《おもむろ》にこう続けた。

「元々、群馬の出身なんです。伊香保温泉にある旅館の次男坊で。」

「へぇ、そーっすか。有名な温泉地ですよね？　行ったことないですけど。」

「ええ。九州も良い温泉がいっぱいあるから、なかなかあっちまで行かないでしょう。……実家の方は兄貴が継いで、俺は次男だから、出ちゃったんですけどね。家族とも元々、折り合いが悪かったし。」

城戸は、出し抜けの打ち明け話に少し戸惑った様子のバーテンに微笑んでみせた。

〝X〟はこんな風に、この街に「谷口大祐」として辿り着いて、その過去を自らの過去として語ったのだろうか。新しい人生の着心地、乗り心地を確かめるようにして。――バーテンは、グラスを拭きながら、優しい共感の籠もった目で城戸の話を引き取った。

「うちもそうっすよ。あんまり初めてのお客さんにする話じゃないですけど。うちは土建屋なんすよ。やっぱり兄貴が継いでます。」

そう言って、雇われ店長だというバーテンは、名刺をくれた。城戸は、受け取りながら、

「すみません、丁度名刺を切らしてて、……谷口です。谷口大祐。」と言った。

勿論、それを怪しまれることもなかった。

たったこれだけの会話で、城戸は、この初めて会ったバーテンとの間に、既に何かしら特別な関係が芽吹きつつあることを感じた。

彼はもう、この街で完全に見知らぬ人間ではなくなったのだった。歩いていれば、どこかでこのバーテンと擦れ違うのかもしれず、そうして互いに、「ああ、」という風に、軽く会釈の一つもするはずだった。

城戸は、サハリンスカヤをもう一杯注文して、「谷口大祐」としての過去を語り続けた。〝X〟があの日、里枝にしたのと同じように、父への生体肝移植のドナーを引き受けたのを最後のきっかけとして、家族との関係が永遠に修復不可能になってしまったことを、やるせない笑みを交えつつ、昔のことだという風に淡々と語った。演技という意識さえほとんどなく、却って語るほどに、言葉と自分自身とが一体となってゆくのを感じた。

よく心得たバーテンは、「それは辛いっすね。」と、あまり大袈裟すぎぬ、しかし、親身な調子で相槌を打っていた。そのまま、涙ながらに酔い潰れてしまうことさえ出来そうな夜だった。……

関内駅近くの事務所のビルの前で信号待ちをしながら、城戸は目の前を通り過ぎていく車を眺めた。ふと、自分が「谷口大祐」として車に撥《は》ねられ、死ぬとしたならと考えた。人の通わぬ深い山奥で、倒れて来る杉の木がまさにその命を奪おうとしていた時、〝X〟の心には、何が過ったのだろうか？

城戸は、横浜に戻ってからも、〝X〟になりすましたあの数時間の、言い知れぬ悦びが忘れられなかった。彼は緊張し、興奮し、眩暈《めまい》を感じていた。人はそれを、普通、悲劇の効能として知っているのだったが、映画を見たり、本を読んだりするのではなく、肉声を以て他人の人生と同化し、それを内側から体感するというのは、なるほど、趣味的な何かになり得るのかもしれない。苦い後味の、破廉恥な遊びだったが。……

つい先日、再度、宮崎まで足を運んだ城戸は、密かに、あの最初の夜、繁華街に置き去りにしてきたままの自分を――「谷口大祐」になりすます〝X〟としての生の続きを――生きられることを楽しみにしていた。

しかし結局、彼は、あのバーにもう一度、足を運ぶことはしなかった。日中、里枝と会い、〝X〟の正体を巡る彼女の苦悩に改めて触れると、戯《たわむ》れに「谷口大祐」の名を騙《かた》って飲み歩いている自分に後ろめたさを感じた。実際、もう一度あの店に行ったところで、最初ほどの感興は得られないに違いない。

それに、「谷口大祐」として語るべきことは、彼にはもう、ほとんど残っていなかった。

どういう事情かはわからなかったが、〝X〟は、一度しかない人生の中で、恐らくは二人の人生を生きたのだった。前半の人生に見切りをつけ、まったく新しい別の人生を開始する決断をして。——

〝X〟について、城戸にはやはり、どうしてもわからないことが二つあった。

彼は、自分の〝X〟に対する漠然とした羨望を自覚していた。しかし、どれほど今の生活に倦《う》んでいても、彼にはそれを完全に捨ててしまうことは、やはり、出来ないのだった。シェラトンに泊まって露天風呂の温泉に浸かりながら、彼はここに息子も連れて来ていたら、どんなに喜んだだろうと、そのことを何度も考えた。

〝X〟には、そんな風に、継続するに値する人生の喜びは一切なかったのだろうか？丁度、谷口大祐が、家族からは決して切り離すことの出来ない自らの過去を、ある時、完全に捨て去ってしまったように。

憎み続けるよりも、更に徹底した憎しみで、無関係になるというその決断。——そして、〝X〟は、そんな谷口大祐の過去を受け容れ、なぞってみることで、何がしかの癒やしを手に入れたのだろうか？

もう一つ、城戸はやはり、〝X〟が生涯、里枝を騙し続けていたことがわからなかった。と言うのも、城戸には、〝X〟と里枝との間の愛が、自分自身は決して経験することのなかった、何か極めて純粋で、美しいもののように感じられていたからだった。

あの突然の死の訪れがなければ、いずれは真実を打ち明けるつもりだったのか？しかし、そもそも、そんな偽りの過去への共感から、彼はあれほどの傷を負った女性の心を動かしたのではなかったか？　たとえ他のすべてが偽りであったとしても、あのうなぎ屋で昼食を共にし、口を開いた瞬間だけは、彼は絶対に正直であるべきではなかったか？

その偽りは、やがて成就した本物の愛によって赦《ゆる》されたのであろうか？――本物の愛？……

8

九月半ばの敬老の日の翌日、城戸は、司法修習生時代に京都で親しくしていた同期の弁護士が、虚血性心不全で突然死したというので、日帰りで大阪に行き、通夜に参列した。

東京行きの最終ののぞみに一人で乗って、夜の窓をぼんやりと眺めた。蛍光灯でありありと照らし出された車内の景色は、疲労の重みで、どことなくグロテスクだった。居眠りしている者も多かったが、酔っ払って話が止まらぬ者らも何組かいた。

車内の空気には、一日働いた人の汗と、ビールと、スルメか何かつまみの類《たぐい》の臭いとが入り混じって、ムッとするように澱んでいた。城戸のスーツは、更に焼香の残り香を含んでいた。

年齢が年齢だけに、親類や知人の訃報に接する機会も少なくはないが、生き足りないまま死んだ若い人間の通夜は、大往生の老人の通夜とはまったく違って、身に堪《こた》えた。残された妻も、小学生の二人の娘も泣き通しで、城戸は大した慰めの言葉もかけてやれなかった。確かに多少、肥満気味ではあったものの、本人が腹をさすりながら、笑ってダイエットの決意を語る程度のことで、誰も深刻には考えていなかった。斎場をあとにすると、彼が死んだという事実の現実感も、知らせを受けた直後の曖昧さにふらふらと踵《きびす》を返してしまいそうになった。

城戸は、自分が今死んだならと考え、その事実を母親から告げられて、驚く颯太の顔を想像した。恐らく、その意味もわからぬまま、「おとうさん、しんじゃったの？」と問い返すのではあるまいか。それに、彼自身が「そうだよ。」と、いつも難しいことを嚙み砕いて教えているように答えてやることは出来ないのだった。

自分は今は死ねないし、死にたくないと痛切に感じた。そして、震災以後、彼の心をずっと占めてきた得体の知れない気分を表現するのに、「存在の不安」という言葉が、唐突に思い浮んだ。

死の恐怖は無論、城戸にもあった。死ねば、その瞬間から——微塵《みじん》の遅れもなく！——この意識は絶たれ、その後二度と何も感じず、何も考えることが出来ずに、ただ時間が、生きている者たちのためだけに滞りなく過ぎていくことに、完全に無関係であり続ける。そうした思考が、彼の意識を追いつめた。自分は、今日もこうして生き、この世界は持続している。しかし、二年前に津波で亡くなった一万五千人以上の人々は、今何が起きているかを認識し、それに関与するための実体を、毫《ごう》もこの世界に留めてはいないのだった。この世界だけでなく、恐らくあの世にもどこにも。……

その死の恐怖が、彼の生に対する感受性を過敏にさせていた。

しかし、こんな思索は、ほとんど忘れかけていたと言って良いほどに、今更とも思われた。なぜなら、城戸も人並みに、十代の頃には、自分とは何かということを、将来、何の職業に就くのか、という悩みと結びつけながら散々考えたからだった。

彼は、父の助言に従って、結局、何となく弁護士になった。「これでいいのだろうか？」と、未来を漠然と望みながら、自分という人間は、弁護士という職業を通じて実現されるべき何者かなのだと信じようとしていた。端的に言って、彼は生きるために、自分とは何かと問う必要があり、それ故に希望があり、また不安でもあった。

しかし、この十五年ほどの間、彼はそうした思索を、幸い、もう克服された過去として顧みるのが常だった。――幸いと感じるのは、就職難の彼の同世代人の中には、職業を通じての自己実現というマズロー的な物語を生きることが出来ず、社会的なアイデンティティと収入に於いて、未だに不安定なままの生活を余儀なくされている者が少なくなく、しかも彼は日常的に、弁護士という立場でそうした彼らと向き合っているからだった。

ところが、震災の衝撃は、どうも、このとうに解決済みだったはずの、自分とは何か、という問いで、彼を再び不安に陥らせているのだった。

それは、かつての問いの単純な反復ではなく、年齢相応に――言葉にすると僅かな違いではあったが――、こう問い直されていた。つまり、「これでよかったのだろうか？」と。

中年の自然な感覚として、名前はなるほど、いつでも「城戸章良」だったが、それなりに多面的な人生を生き、彼は今では、自分という人間を、それらの過去の結果として捉えていた。かつて未来だった人生は、かなりの程度、既遂の過去となり、彼がどういう人間かは、大方判明しつつあった。

勿論、もっと違った生き方もあったはずだった。それも恐らくは無限通《とお》りの可能性として。そして、彼は今、自分とは何か、ではなく、何だったのかということを、生きるためというより、寧ろどういう人間として死ぬのか、ということを意識しながら、問い直すように迫られていた。

颯太もやがては、自分がもういなくなってしまった世界を生きることになる。例えば、今の自分と同じ年齢の時には、と考えて、三十三年後だと計算した。城戸はその時、七十一歳だった。生きていられるといいが、と彼は思った。もう死んでいるとするなら、颯太の記憶の中で、同じ三十八歳という年齢の自分は、どんな風に回想されるのだろうか。自分は息子の心の中で、どんな人間として記憶に残り続けるのだろうか？……

加齢のためばかりではない。次の瞬間にも南海トラフ地震が起き、新幹線が脱線して、自分は呆気なく死ぬのかもしれない。そのリスクが決して低くはないことを、震災以来、誰もが耳にタコが出来るほど聞かされてきたのだった。

こうした動揺の最中に、彼を見舞ったもう一つの不安が、関東大震災時の朝鮮人虐殺の記憶の再来であり、更に昨今の極右の排外主義だった。

彼が生きているこの日常は、彼自身が、職業的にその維持に努めている法秩序によって実現されている。彼とその家族の基本的人権は守られ、彼らは主権者としてここに存在している。しかし、もしそれが、一時的にも無効化するような破滅的な時間、破滅的な空間が例外として発生したなら？「朝鮮人を殺せ！」と白昼堂々、通りの真ん中で叫んでいる煽動家たちにとって、彼が自らの生を巡って思索してきたような、繊細で複雑な問いは、何の意味も持たないだろう。――いや、そんな例外など、最早、必要ないのではあるまいか？デモの声に刺激された誰かが、この日常の直中《ただなか》で、急に思い立ちさえすれば、「朝鮮人」を殺すことなどいつでも可能なはずだった。

城戸は、そのことを、初めて明瞭に、言葉にしながら考えたところで、唐突に貧血のように具合が悪くなった。天井の蛍光灯が、騒音のように眩しくなり、赤黒く霞み、周囲から猛烈な力で体を押し込められるような苦しさを感じた。目を閉じ、下を向いて、彼はそれが静まるのを待った。眼鏡を外し、手で痛いほど強く顔を擦って、左足を右足に擦《す》りつけるようにして踏ん張った。

一度目を開けた時、隣の席で携帯を弄《いじ》っていた女性が、体を避《よ》け、城戸の様子を盗み見しているのがわかった。しかし、振り返る余裕はなく、彼は顔を押さえて掌に閉じ合わせた目を擦りつけながら、落ち着くまでしばらく堪《こら》えているより外はなかった。

何かの発作ではないかと、彼は自分の体の反応に動揺した。眩暈が少し治まると、ネクタイを捥《も》ぎ取るように更に緩めて背もたれを倒した。そして、目を瞑《つむ》ったままゆっくり深呼吸をすると、ようやく不快が退いてゆくのを感じた。

彼は、里枝が口にした「城戸先生は、いい人ですね、本当に。」という一言を思い出した。そして、何度かその言葉を、薬でも服用するように反芻した。

自分がスパイだという疑いがかけられた時、或いは、殺すべき対象かどうかと「十五円五十銭と正しく発音してみろ！」などと、屈辱的な命令を受けた時、彼女はそう証言してくれるだろうか？　俺を殺すつもりの連中に、その言葉が何か意味を持つのだろうか？　寧ろ敵意は、彼女にまで及ぶのではあるまいか？……

城戸は、苦しげに絞った眉間の皺をなかなか解けないまま、東日本大震災以来の妻との関係のことを考えた。

城戸の知人で、津波の被害に遭った人はいなかった。しかし、その想像を絶したニュース映像には、彼も大きな衝撃を受け、何かしなければと、居ても立ってもいられなくなった。

彼は、事務所のパートナーの中北らと連絡を取り合い、被災者の法的支援を行うボランティア活動に参加することにした。

城戸が取り組んだのは、所謂「自主避難者」たちの問題で、取り分け、災害救助法の適用により、公営住宅や民間賃貸住宅が「みなし仮設住宅」として無償提供された後、その住み替えを希望する者らの相談に乗っていた。と言うのも、震災直後の混乱の中で選んだ借上住宅の中には、老朽化や近隣住民の騒音、被災者への嫌がらせといった問題を抱える物件が少なからずあり、しかもその場合でも、「大家の都合」や「著しい危険」といった条件を満たさず転居してしまうと、以後は家賃を自ら負担しなければならないといった制度上の欠陥があったからだった。

孤立した自主避難者の中でも、城戸は、仕事の必要や原発事故の影響についての意見の相違から、夫を地元に残して、子供と一緒に避難生活を始めた母親たちを担当することが多かった。夫がいずれは避難して来るか、妻が子を連れて帰還するかで、皆、再び家族で一緒に生活することを夢見ていたが、そのまま離婚に至る事例にも複数接した。悲惨だった。

香織は、城戸のこうした活動を理解しなかった。

城戸は、妻の優しさが、家族とそれ以外、或いは友人と他人との間にきっぱりと画している一線のことを改めて思った。

子供に対して、彼女は思いやりのある良い母親だった。こども園の颯太の友達の名前も、城戸よりよほど覚えていて、何人か一緒にお茶を飲んだりする親しい〝ママ友〟もいた。しかし、どこかの見知らぬ空の下で飢えている子供たちがいるということには、当たり前のように無関心だった。

城戸は、国境なき医師団やユニセフに継続的に寄付を行っているが、そうした〝社会的な優しさ〟とでも呼ぶべき態度を、香織も以前は「弁護士らしい」と笑って眺めていた。が、近頃では、その考え方の違いに、互いに不愉快なものを感じるようになって、話題にしなくなっていた。

妻の考えが、城戸にはよくわかっていた。

世界中で、この瞬間にも、刻々と人は死んでいる。それに一々、心を痛めるのかと言えば、彼とてそこまで無闇な感受性を備えているわけではなかった。

自分の死は恐ろしい。知っている人間の死は悲しい。憎い人間の死は吉報かもしれない。しかし、見知らぬ赤の他人の死はというと、城戸とて本当は、何も感じてはいないのだった。それでも、自分だったなら、知っている人間だったならと想像して、恐ろしがったり、悲しがったりしている。

新聞記事で目にした、見知らぬ親子の交通事故死を、自分や自分の家族のことのように悼む、という人もいるのかもしれないが、逆に、自分の家族が死んでも赤の他人の死と同じ程度にしか悲しまないとするなら、やはり異様だろう。事実、彼が弁護士という仕事を続けられているのは、まったくその落差の故だった。

彼と妻とは、その程度の鈍感さと疚しさは、無理なく共有していたはずだった。彼女とて、人並み外れて冷淡などというわけではなく、東日本大震災の時にも、城戸が誘うと、既に赤十字に三万円の寄付をしたあとだった。

けれども香織には、そんな風に、心から何かを感じているわけでもないまま、いつまでも赤の他人のために何かしようと努力し続ける夫が、よくわからないのだった。それは、職業柄、体面を気にしてのことなのか、それとも、自身の薄情に対するナイーヴな反省なのか。彼女は、変わったのは決して自分ではなく、夫の方だと考えていたが、実際、出会った当時のことを思えば、その通りと言うより他はなかった。

城戸がもし無尽蔵《むじんぞう》の時間と金を持て余していて、彼という人間が二人も三人もいるのであれば、香織は、その見知らぬ赤の他人への妄《みだ》りな憐憫を、訝《いぶか》りつつ、そっとしておくはずだった。しかし、現実には、彼はそのために、自分だけでなく、颯太のための時間と金を割くのだった。震災が起きた時、颯太はまだ二歳半だった。余震も続いていたし、いつ次の大きな地震が来るのかもわからない。そういう時に、自分の妻子を置いて、自主避難中の余所の妻子の世話をすることを、彼女は立派と感じなかったし、彼女の友人たちも、誰もそうは言わなかった。

城戸は、そういう妻のことを、ごまかしのない、正直な人間だと思っていた。それに、頭も良かった。

香織は、夫が「社会性」だとか、「公共性」だとかいった言葉で説明しようとする話を、みんな承知していた。回り回って、自分たちのためだということもわかっていた。

ただ、慈善に対する城戸の態度には、一種、空虚な過剰さを感じていて、それは彼女にとっては、もう、趣味的なことのようにしか思われないのだった。

彼女自身はというと、年齢とともに、自分を強く魅了するものが、段々と乏しくなっていて、今や家庭以外には、ほとんど何の興味もなくなってしまっていた。

城戸が気を遣って、子供の面倒は自分が看ているからと、どこかで気晴らしでもしてくるように勧めても、大学の同級生と食事に出かけて、子育てについてあれこれ話す程度で、そういう会話の出来ない独身の友人とは、いつの間にかすっかり疎遠になっていた。

妻がそんな風になったのは、明白に出産後のことで、その傾向は、東日本大震災後に一層強くなった。そして、城戸に対しては、こう問うのだった。

なぜ、そうしなければならないのか。なぜ、仕事と家庭との往復だけで満たされないのか、と。……

小田原を定刻通りに過ぎた、というアナウンスを聞いて、城戸は目を開け、体を起こした。隣の席の女は、いつの間にかいなくなっていたので、少し居眠りもしていたのかもしれない。

城戸は、ぼんやりとした目で足を組むと、またあの「城戸先生は、いい人ですね、本当に。」という言葉を思い出した。

自分はそう言ってもらいたいがために、努めて親切であろうとしているのだろうか？ 決して怪しいところのない、善良で、無害な普通の日本人だと証明しようとして？ そこまで考えたところで、流石に馬鹿らしくなって首を振った。また目を強く擦ると、そんなはずはないと胸の裡で呟いた。

　震災後のナショナリズムの高揚に居心地の悪さを感じたのは事実だが、それは、必ずしも在日だからと言うのではなく、その証拠に、事務所の同僚たちにせよ似たり寄ったりだった。極右だけならまだしも、自分たちが十代の頃から多くの本を愛読し、敬意を抱いてきた真面目なはずの出版社までもが、「嫌中」だの「嫌韓」だのといった本を刊行し、書店にそれらが溢れ返っている様を見れば、厭世《えんせい》的にならない方がどうかしていた。

『……社会への関心は、香織が呆れる通り、どことなく白々しい、優等生的なものというのが本当で、ただ、それだけとも言い切れない、生来のお人好しもあるんだろう。自分の行動のどこまでが偽善でどこまでが真剣なのかなどと考えてみたところで、それこそ不毛じゃないか。……』

「存在の不安」は、確かにあった。しかしそれとて、この国の先行きの暗さの方が、遥かに大きな原因に違いない。弁護士でさえ喰いっ逸《ぱぐ》れる時代の、凡庸な、小市民的な不安に過ぎないのではないか。——

　城戸は、もっと妻と話をすべきなのだと思い直した。彼女にせよ、何らかのかたちで震災後の動揺が続いているのは確かだろう。そうして、家庭の状況を恢復したいと考えながら、彼は最後に、何となく億劫で見ない風をしていた一つの考えに手を伸ばした。事態はもっと単純で、決定的なのかもしれない。つまり、彼はもう、妻から愛されてはいないのかもしれなかった。

それに対して、一体どんな努力が可能なのだろうか？

崩壊は既にゆっくりと進行している。——彼にはそう考えるだけの十分な根拠があった。というのも、彼らの置かれている状況は、彼が毎日のように相談に乗っている離婚に至った夫婦たちと、ほとんど見分けがつかないほどに、よく似ているからだった。

9

十月に入ると、城戸の許に、思いがけず美涼《みすず》から連絡があった。みなとみらいの横浜美術館で開催されている《21世紀の新しいヴィジョン》展に行くので、時間があったら一緒にどうか、という誘いだった。谷口大祐探しの相談もしたいというので、城戸は、スケジュールを調整して、展示を見たあとで昼食を共にすることにした。

美涼の近況は、インスタグラムと連動した彼女のフェイスブックを見ているので、凡《おおよ》そのところは知っていた。

投稿頻度は、さほど多くなかったが、食べて美味しかったケーキにせよ、ショーウィンドーの秋冬物を着たマネキンにせよ、日常のさりげない風景の写真の撮り方が上手く、添えられているコメントも、さっぱりしていて彼女らしかった。一人でよく映画を見に行ったり、美術館に足を運んだりしているようで、自撮りは少なく、時折、友人が撮った写真にタグ付けされて上がってくる程度だった。

明るい昼間の姿を見ていても、美涼の「美味いウォッカ・ギムレットを作る人」という印象は変わらなかった。

コメント欄では、仕事の関係者や友人たちが、気楽なやりとりを交わしていた。何かにつけて彼女の「美しさ」を褒めそやす、ファンのような男もいた。

サニーのマスターも、よく顔を出していて、「酔っ払い」たちに囲まれて、一緒に笑っている写真も数枚あった。

城戸も、ほとんど彼女と連絡を取るためだけにフェイスブックのアカウントを取得していたが、熱心ではなく、人の投稿をシェアしたり、宮崎出張の写真を数点、アップしたりする程度だった。友人にも知らせていなかったので、閑散としていたが、美涼は、新規の投稿をすると、必ずと言って良いほど、〈いいね!〉というボタンを押してくれた。城戸は、それがフェイスブックの礼儀作法なのだろうかと思っていたが、他の〈友達〉は必ずしもそうでもなく、美涼も誰彼構わず〈いいね!〉を押しているわけではなさそうだった。城戸は、お返しに自分でも美涼の投稿に〈いいね!〉を押しながら、何のしるしなのかわからない、そのささやかなやりとりに少しく胸が躍った。

しかし、この二ヶ月ほどの間、彼らのフェイスブック上の交流は、些《いささ》か込み入ったものとなっていた。というのも、美涼は、谷口大祐を探すために、彼の名前で勝手にアカウントを取得し、彼になりすました投稿をしていたからだった。谷口大祐本人が目にすれば、きっと連絡してくるはずだというのだったが、城戸は流石に、その方法に感心しなかった。発案したのは、美涼ではなく、谷口恭一らしい。

恭一は、行方不明の弟の捜索を、警察が完全に放棄していることに憤慨していた。つまり、憤慨できるほどに、彼はこれが事件化される可能性のないことに、ひとまず安心したのだった。失踪は、身内にとっては一大事だが、警察にとっては、「よくあること」だった。そして、大騒ぎになる懸念がなくなり、城戸から、戸籍上も弟はまだ生きていて、里枝との婚姻も無効になったことを伝えられると、あとはもう、家族の問題として内々に処理したいと考えるようになっていた。警察に憤慨していたのは、どちらかというと、対応した刑事が横柄《おうへい》で、それを根に持っていたせいだった。

恭一は、弟はやはり、殺害されているのではないかと疑っていた。城戸がゲンナリしたのは、ネットで調べたらしく、彼の口からも、北朝鮮の工作員による「背乗り《はいの》」という言葉が聞かれたことだった。城戸が否定的な反応を示すと、あまりそれには拘らなかったが、いずれにせよ、殺されているならば、純粋な被害というより、何かしら、世間の同情を拒むような後ろ暗い背景があるのではと、恭一は勘繰っていた。あの弟のことだけに。――それを考え出すと、不安でならない様子だった。

「震災の時でさえ、何も言ってこなかったんですよ。おかしくないですか？　生きてたら、電話くらいは寄越すでしょう？　それか、生きてても、合わせる顔がないような酷い生活をしてるか。」

弟探しはとんだ藪蛇《やぶへび》になりかねないと、恭一はすっかり消極的になっていた。ところが、思いがけず、彼の――彼らの――母親が涙ながらにそれを責め、死ぬ前にどうしてもう一度、大祐に会いたいと、捜索を迫ったらしかった。

谷口大祐の戸籍の附票には、宮崎県S市に転居してくる以前の、大阪市北区のアパートの住所が残されていた。淀川沿いの築四十五年の古い物件で、家賃は三万八千円だった。アパートの所有者は、近くに事務所を構える工務店になっている。

城戸は、里枝とも話し合って、三人で一緒にそのアパートの所有者を訪ねてはどうかと提案していた。が、里枝からの返事に時間を要している間に、恭一は、一人でさっさと工務店の社長と面会してきたらしかった。

恭一からの報告はこうだった。

工務店の社長は、弟が行方不明だという恭一の話に同情した。そして、大祐の写真をしげしげと見つめて、確かに、住んでいたのはこの人だったと言った。恭一は念のために〝X〟の写真も見せたが、こちらは見覚えがないと首を横に振った。

大阪のアパートに居た頃までは、大祐は大祐のままだったらしい。このあと、どこかで〝X〟と出会い、名前から戸籍から一切合切を奪われてしまったのだろう。

恭一は、こんな簡単なことさえ警察が調べないことに改めて憤慨した。

彼は続けて、当時の契約書や退居時の書類に、大祐の電話番号や転居先の住所が載っていれば教えてほしいと頼んだが、その途端に、それまで協力的だった工務店の社長は、ハッとしたような顔つきになった。そして、「ああ、……まだあったかな、書類？　探してみますわ。」と返事を濁した。

恐らくは、何か厄介な話なのではと警戒したのだろう。無理もなかった。その後、社長からは連絡がないのだという。

城戸は、仕事のついでと言いながら、恭一がともかく、自分で大阪まで足を運んだことは理解できた。しかし、彼が美涼に弟のフェイスブックのアカウントを取得させた意図はよくわからなかった。どう見ても、大祐になりすまして美涼が投稿し続けていることとは奇妙だったし、効果があるとも思えなかった。

しかし、〈友達〉として、恭一と美涼、それに、美涼がなりすましている「谷口大祐」のやりとりを見ているうちに、城戸は段々、恭一が何を考えているのか察しがついてきた。そして、つくづくつきあいきれないものを感じた。

「谷口大祐」のページには、美涼と恭一が持っていた旧い写真が何点かアップされていた。出身校や出身地が基本情報として挙げられていて、マイケル・シェンカーと彼が在籍していたスコーピオンズ、ＵＦＯのページに〈いいね！〉が押してあった。美涼によると、大祐は、特にＵＦＯのファンだったそうだが、公式ページのフォロワーは二十五万人もいて、検索も出来ないので、たとえ彼がそのフォロワーの一人だったとしても、探し出すことは容易ではなかった。

「谷口大祐」という名前の人物は、フェイスブックに限らず、ツイッターやインスタグラムなどのSNS上に数名存在しているが、どれも無関係な人間のようだった。〝X〟との間でどういうやりとりが交わされたのかはわからないが、生きているとしても、そもそも、本名では登録していないのではないか。或いは、〝X〟と本名を交換しているのか。

もし、谷口大祐が生きていて、美涼の作った偽のアカウントを目にしたなら、確かにギョッとするに違いない。〝X〟だと思うのだろうか？　しかし、「谷口大祐」になりすましていた〝X〟は、恐らく美涼の存在を知らないのではないか？　谷口大祐は、偽物の自分が、かつての恋人と親しげに言葉を交わしているのを見れば、さすがに心中穏やかではないだろう。そうすると、コンタクトを取ってくるだろうか？

ともかく、この偽アカウント上の会話を眺めていてわかったのは、恭一が美涼に好意を抱いているらしいということだった。それも、今に始まったことではなく、兄弟の間には、どうも彼女を巡る昔からの因縁《いんねん》があるらしい。大方、恭一も美涼を愛していたが、彼女は弟を選んだ、といった話ではあるまいか。特に訊かなかったが、メッセンジャーでの直接のやりとりもある様子だった。

美涼がなりすます「谷口大祐」は、今も健康で明るく、気弱だが負けず嫌いで、優しく、昔と同じように、ＵＦＯの〈Love to Love〉という曲を聴いて「泣いてしまった」

りしていた。それは言わば、彼女の願望であり、実際には他に想像のしようがないのだった。

大祐の記憶と戯れながら、彼女は自分自身の過去をも懐かしんでいた。思い出と一体化することは、つまり、彼への愛に改めて触れ、その指先をじっと見つめることだった。

宮崎出張で、一人でバーに立ち寄り、〝X〟のように「谷口大祐」になりすました城戸は、もうかなり酔いが深まってきた頃に、自分のかつて愛した女性として、美涼の話をしていた。谷口大祐について知っていることのすべてを語るうちに、自然と口を衝いて出たのだったが、以来、彼の美涼に対する意識には、微妙な変化があった。たった一度、ほんの数時間だけ、青年時代に彼女を愛し、彼女から愛された男として生きてみたという事実は、彼の中で、発覚を恐れねばならない秘密となった。彼は、彼女を前にして羞恥心を覚え、動揺した。というのも、その素振りは、恋愛感情を隠そうとしている人にそっくりだからだった。

妻が抱いている不倫の疑いは、城戸の心の中で複雑に乱反射していた。宮崎出張が発端だったので、彼はその相手を里枝だと思い、呆れていたが、その実、香織が予感していたのは、美涼の存在なのかもしれなかった。勿論城戸は、それとて一笑に付すより他はなかったが。

美涼とはその日、みなとみらい駅で十一時の待ち合わせだった。オフショルダー気味のルーズなブラウスに足首の見えるジーパンという気楽な格好だったが、スタイルがいいのでよく似合っていた。城戸のネクタイ姿は、並んで歩くといかにも野暮《やぼ》な感じがした。

バーで会った時と同様、美涼はゆったりとした笑顔で、「すみません。お忙しいのに、お誘いしてしまって。」と挨拶した。バーでは、スツールに座って少し見上げながら喋っていたが、間近で向き合うと、下まぶたの分厚い大きな目と、高い鼻梁《びりよう》のすっきりとした線が一際目を惹いた。朝だけに、香水の匂いもまだ固かった。

平日の午前中で、若手の現代アート展ということもあり、館内は閑散としていた。オルセー美術館をミニチュアにしたような吹き抜けの階段を上ったり下りたりしながら、あまり会話もせずに作品を見て回った。

城戸は、特にアート通でもなかったが、フォンタナの《空間概念》のような洗練された単純さが好みなので、ボール紙で作った船だとか、「大変よくできました」「よくできました」「もうすこし」という三種のスタンプを無数に捺《お》して描かれた小学生のポートレイト、アニメを主題にした暴力的なドローイングなどには、何も感じなかった。美涼はこういうのが好きなのだろうかと、時々様子を窺っていたが、彼女も特に長く足を止める作品はなかった。

それでも、二階で見つけた《三歳の記憶》というインスタレーションは、二人とも例外的に楽しんだ。作者は二十代後半の日本人女性で、ベルリン在住らしく、城戸は名前を聞いたことがなかった。

箱型のドラマのセットのような大きな作品で、中に入ると、作者が三歳の時の自宅の居間が忠実に再現されている。それが、彼女の最初の記憶の光景らしいのだが、部屋のスケールは実物通りではなく、置かれている家具や道具はすべて巨大だった。

作者の意図は、三歳の自分に見えていた世界を、「そのまま」身体的に追体験することだった。四角い木製のダイニング・テーブルは、城戸の目の高さほどで、そこに据えられている四脚の椅子は、這い上らなければ座れないくらいのスケールである。キッチンの調味料やホットケーキの粉など、何もかもが大きく、見上げるような手の届かない場所にあり、包丁は脇差しのような刃渡りだった。つまり、相対的に鑑賞者の体は、小さくなってしまうのだった。

城戸は、毎日、颯太が自宅のリヴィングやキッチンをウロついている様を見ているので、この作者と同じようなことを考え、自身の幼少時を、郷愁とともに思い出すことがあった。洗面所に行っても、鏡さえ見えなかった年齢から、少しずつ、ジャンプすれば髪の毛だけが見えるようになり、顔が見え、自分で歯を磨けるようになり、やがては腰の辺りまですべてが映し出されるようになる。身の回りの家具や道具が、こんなに圧倒的だった頃、自分は毎日、何を考えていただろうか？……

インスタレーションには、キッチンに立つ母親も作られていたが、それだけがやや粗雑なのが玉に瑕《きず》だった。

城戸は、美涼と一緒に、必死でそのダイニング・チェアによじ登って、テーブル越しに向かい合った。バーのカウンターを挟んで対面した時とは違って、互いに照れ臭い笑みを浮かべた。二人とも少し子供の体に戻ったようであり、また過去に戻ったようでもある。架空の幼馴染みとして、一緒におやつでも食べたい気分で、待っていると、二人よりももっと大きな誰かが、それを運んできてくれるのではないかという気がした。

昼食は、駅に隣接するビルに入っている、モン・サン＝ミッシェルの有名なレストランで、これ以上、泡立てようがないというほど膨れあがったオムレツを食べた。

展覧会の感想を語って、二人とも全体に低調だったと苦笑した。美涼は、つまらない展覧会に誘って申し訳なかったと謝ったが、城戸は首を振って、《三歳の記憶》は面白かった、と言った。

「ねー、本当に。半日くらい、ぼんやり過ごせそう。――でも、あのキッチンのお母さんの背中が寂しそうだった。……あれなんでしょう、本当に表現したかったのは。」

「ああ、……そっか。あれだけ不器用で、人物が苦手なのかなとか思ってたんですけど、そうかもしれない。上手く表現できない理由があるんでしょうね。……」

城戸は、自分にはまったく見えてなかったものを見ていた美涼の眼差しに感心した。

「親子関係に悩んでたみたいですよ、解説読んだら。」

「見逃してた。……でも確かに、幸福な幼少期を過ごした人には、堪らない郷愁の体験になるでしょうけど、そうじゃない人は辛いでしょうね、あの空間は。」

美涼は同意するように微笑して、「城戸さんは？」という目をした。答えても答えなくてもどちらでも受け容れられそうな表情だった。

「僕は多分、幸せな家庭の方だったと思います。両親とも、弟とも仲が良かったし。」

「そんな感じがします。」

「そうですか？」

「うん。——うちも、いい意味で平凡だったなあ。」

「ただ、僕は在日三世なんですよ。高校生の時に帰化してるから、もう日本国籍ですけど。だから、室内の風景がちょっと違うんですよね、あの当時の日本の典型的な家庭とは。ハングルの書があったり、チョゴリで記念撮影をした祖母や母の写真があったりとか。まあ、多少ですけど。……あの作品は、海外では多分、それぞれの国の人が、自分の幼少の頃の記憶に変換して楽しむんでしょうけど、日本国内だと、〝普通の家庭〟の見せ方がちょっと批評の対象になるかもしれないですね。色んなルーツの国の人が増えてきてるし、経済的な格差も広がってるし。——いや、むしろそのこと自体を考えさせる作品なのかな。……」

城戸は、初対面の時には、あれほど警戒していた自らの出所を、いともあっさりと口にした。そして、そのことを、語りながら少し遅れて意識した。

恐らく、美術作品に触れたあとのせいで、同時に、この数ヶ月の間に、美涼のものの感じ方、考え方を見てきたからだった。

美涼は、特に驚くような顔はしなかったが、自分のこれまでの言動を振り返っている風の目をした。

「なるほどねー。そういうこと、考えてなかったな。もう一遍見たいかも。」

「僕もさっきの美涼さんの感想で、また行きたくなりましたよ。」

「一緒に戻りますか、このあと？」

美涼は笑って、冗談だという顔をした。そして、心配そうな顔で、

「前に会った時のサニーでの会話、不愉快だったでしょう？」

と言った。

「全然。」と城戸は肩を窄めた。「拉致問題の話でしょう？　だって、事実だから。――まあ、マスターは、拘ってましたけど。」

「それだけじゃなくて、……」と美涼は続きを躊躇《ためら》った。「マスターは、中国人とか、韓国人とかに、偏見があるんですよね。なんか、染みついてるっていうか。」

「あんなにブラック・ミュージックのファンなのに。差別に敏感になったりしないのかな？」

「それは、結びついてないんですよ。差別してるとも多分、思ってないから。」

城戸は、あまり愉快な話題でもないので、相槌で適当に切り上げると、「……彼は美

涼さんの……」と尋ねかけた。

美涼は、最後まで聞く前に、口をへの字にして、

「よく言われるんですけど、そういうんじゃないんです。」

と否定した。

城戸は敢えて、でも、彼は気があるでしょう？　と、余計なことは言わなかった。その間の悪い沈黙のせいで、美涼は、元の会話に後戻りした。蒸し返すと言うより、自分の立場をはっきりさせたがっている様子だった。

「最近のヘイトスピーチとか、最低ですよね。なんかもう、気持ち悪すぎて。」

城戸は、大変ですね、という他人事めいた同情の仕方ではない、彼女自身の唾棄《だき》するような口調に、無意識裡に残っていた強《こわ》ばりが解けるのを感じた。

「正直、あそこまで行くと、傷つくとか腹が立つとかって感じでもないですよ。死ね！とか、ゴキブリとか、そういうレベルになると、……疲れますけど。」

気の抜けた炭酸水のボトルのキャップを回した時のような、力ない笑いが漏れた。

「なんでこうなっちゃってるんですか？　数年前までは、あり得ないことだったでしょう？」

「まあ、ネットの底の方に沈殿してた言葉が、攪拌《かくはん》されてますよね。」

「法律で取り締まれないんですか？」

「そういう動きは出てきてますけど、表現の自由との兼ね合いで、法曹界でも意見は割

れてます。——僕は、ヘイトスピーチの定義を明確にした上で、やっぱり規制すべきだと思います。……ただ、何て言うのかな、僕はこの問題にコミットしたくないんですよ。そりゃ、ああいう連中のことは軽蔑してるし、いなくなってくれれば、僕の人生のストレスも、多少は減りますよ。でも、……多少ですよ。僕の人生には、他にもっと考えるべき重要なことがたくさんあるんです。今やってる裁判のこと、家庭のこと、特に子供のこと、……それに、……」

城戸は、美涼の顔を見つめた。今こうして、彼女と過ごしている時間こそ、どれほど重要かしれないと、勢い口にしそうになったが、口説き文句のようなその言葉を慎んだ。

彼は、皿の上のいかにも健康的に膨れあがったオムレツに手を着けた。ほどよく焼き色がついていて、二つ折りにされたその合わせ目からは、泡立った卵がほとんど敗北感を抱かせるほど傲岸に溢れ出している。海に向かって迫り来る溶岩のような趣《おもむき》だった。

「……とにかく、色々ですよ。もっと、真面目に悩んだり、傷ついたりするに値するようなことが山ほどあるんです。もちろん、楽しいこと、嬉しいことも。……僕は、コリアン・タウンでもない、普通の町で、日本人と同じように育ってきたから、いじめられた経験もないし。自分の出自を、最近まで、スティグマとしても大して意識してなかったんです。」

「……スティグマって、何でしたっけ？」

「ああ、スティグマって、人の差別や悪感情や攻撃の材料にされるような特徴のことですよ。それ自体は別に悪いことじゃないにしても。例えば、顔のあざとか、犯罪歴とか、生まれ育ちとか。」

「それがスティグマですか?」

「そう。そういうのが強調されると、その人の持ってる他の色んな面が無視されちゃうでしょう? 人間は、本来は多面的なのに、在日って出自がスティグマ化されると、もう何でもかんでもそれですよ。悪い意味だけじゃなくて、正直僕は、在日の同胞に、俺たち在日だしなって肩を組まれるのも好きじゃないんです。それは、俺たち石川県人だもんな、でも同じですよ。〝加賀乞食〟なんて、自虐ネタをフラれても、そういうところがある気がしないでもないけど、何かにつけて言われるとね。……弁護士だろう、とか、日本人だろう、とか、何でもそうですよ。アイデンティティを一つの何かに括《くく》りつけられて、そこを他人に握り締められるってのは、堪らないですよ。」

「本当にそう! それを、わたしもいつも言ってるんですよ!」

美涼は身を仰《の》け反《ぞ》らせ、今度は背もたれの反動で身を乗り出しながら、目を輝かせて共感した。

「美涼さんは、実践してますよ、僕よりも。フリーランスで働いて、夜はバーでカクテル作って。」

「わたしの人生のモットーは、〝三勝四敗主義〟なんです!」

「何ですか、それ?」

「人生、良いことだらけじゃないから、いつも〝三勝四敗〟くらいでいいかなって思ってるんです。」

「四勝三敗でしょう？　三勝四敗だと負け越してるよ。」

城戸は、単純な言い間違えだろうと訂正したが、美涼は首を振った。

「ううん、三勝四敗でいいんです。わたし、こう見えても、ものすごい悲観主義者なんです。──真の悲観主義者は明るい！っていうのが、わたしの持論なんです。そもそも、良いことを全然期待してないから、ちょっと良いことがあるだけで、すごく嬉しいんですよ。」

美涼は笑って、得意げに自説を開陳した。城戸はその言葉に虚を突かれたような感じがした。そして、自分の中に、新しい視界が開いてゆくような一種の感銘を覚えた。

「なるほど。……」

「ダイスケが急にいなくなっちゃったのもそうだし、ツイてないんですよ、大体、わたし。だから、本当は二勝四敗くらいでも平気なんですけど、目標は高く、〝三勝四敗主義〟で。」

「いい考えですね。」

「でしょう？」

「今の世の中は、一敗でもすると、他の三勝は帳消しにされてしまうようなところがありますからね。」

「城戸さんも悲観的ですねー。」

「はは。そうかもしれない。」

「みんな、この世界の評価が高すぎるんですよ。自分の人生にも全然満足できないし。だから、人が不幸になっても、本人が悪いって責めるし。願望ですよ、それって。だから、人が
「本当にそうですね。色々あるから、……だから、在日ってのは別に敗北ではないけど、それにまつわるストレスが、本当のところどのくらいなのかなっていうのは、よくわからないです、自分でも。——とにかく、面倒臭いんです、その話になると。誰か物好きな人が、僕を主人公にした小説でも書いてくれるとして、そのタイトルが、『ある在日三世の物語』だなんていうのは最悪ですよ。『ある弁護士の物語』でも嫌ですけど。」

「面白いですね、城戸さんって。」

「そうかな？」

「でも、すっごいわかる。」

「自分が典型的な在日だとも全然思わないし。——まァ、さっきの話だけど、ヘイトスピーチも、反対のために何かしなきゃいけないのはわかってるけど、ネットで動画とか見ると、ちょっと、……」

「……カウンター・デモとか、ですか？」

「行きたくないですね。やるなら、被害者の法律相談とかかな。丁度、京都朝鮮学校襲撃事件の民事訴訟の判決が出たところですけどね。……正直、僕はああいう暴力的な人

間と関わらずに済むような場所を選んで生きてきたと思います。僕の日常生活で、いきなり差別的なことを言ってくるような人間は、まずいないですから。デモの現場に行って罵詈雑言《ばりぞうごん》を耳にすれば、気分も悪いですし。……」

「だけど、……他人はともかく、城戸さんのご家族は？　ご両親とか、お子さんとか。」

　城戸は、颯太の顔を思い浮かべて、すぐには返事が出来なかった。彼の妻は、まさしくそのことを心配して、在日としての血筋を隠したがっているのだったが。劣等感からではなく、身を守るために、と彼女は主張していて、城戸はそれに反論しなかった。

「まぁ、そうですけど。……在日だから、カウンターに行くべきだって言うのなら、寧ろ、あんな連中をのさばらせてる日本人こそが、自国の問題として行くべきじゃないですかね。当事者には、被害者と加害者の両方が存在するわけだから。――となると、僕も今は日本国籍だから、結局、行くべきなのかもしれませんけど。」

　城戸は、美涼を責めるつもりがないことを示すために、冗談めかして微笑した。しかし、話しているうちに、段々と先日、新幹線に乗っていた時のように具合が悪くなってきて、話題を変えたくなった。

「まあ、当事者っていうのは、なかなか難しい存在ですよ。……いずれにせよ、第三者が関与すべきなんでしょう。弁護士なんて稼業が成り立ってる理由ですよ。」

　美涼は、納得したように頷いた。目が優しく細くなって、彼の顔を打ち目守《まも》っていた。少し笑みさえ含んでいるのが意外だったが、何となく安堵感があった。

「じゃあ、城戸さんの代わりにわたしが行ってきます。」

城戸は、思いがけない言葉に、「え?」と発するのが精一杯だった。自分が感激しているのか、当惑しているのか、よくわからなかった。

「いや、そんなつもりで言ったんじゃないから。……止めた方がいいですよ。嫌な気分になるだけだし。――でも、ありがとうございます。」

「ううん、わたしが勝手に行きたいだけだから。」

美涼は、終いには笑いながら、戯《おど》けるように言った。城戸も、その笑いを少しわけてもらうようにして笑った。そして、ふしぎな女性だなと改めて思った。

美涼がこの日、城戸に、谷口大祐探しの何を「相談」したかったのかはわからなかった。ただ、以後、二人のネット上でのやりとりが、これまで以上に親密になったのは確かだった。

10

里枝から依頼を受けて以来、既に十ヶ月以上が経過していたが、城戸の〝X〟の身許調査は、完全に行き詰まっていた。美涼たちがやっているフェイスブックの偽アカウントの方も、あまり期待できそうになかった。彼自身が、長時間労働の過労死事件の訴訟など、このところ多忙で、気にはなっているものの、里枝の戸籍訂正の手続きが完了したところで、一段落ついて、先に進み倦《あぐ》ねていた。

そんな矢先に、ひょっとすると、という手懸かりらしきものに逢着《ほうちゃく》したのは、事務所で交わした中北との雑談がきっかけだった。

中北は、東北の被災者支援を続ける中で、津波の被害者の中に、戸籍を持たないために存在を行政から把握されていない人がいるという相談を受けていた。

第二次大戦の頃は、空襲で役所の戸籍簿が燃え、そのあと、本人の届け出がなく、無戸籍になってしまった人がいたが、今は本籍地の役所に戸籍の正本があるだけでなく、管轄法務局か、地方法務局に副本もあるので、震災で戸籍簿そのものが喪失するというトラブルはなかった。電子データ化も進んでいる。しかし、中北が耳にしたのは、所謂《いわゆる》〝三百日問題〟で無戸籍の子供のことだった。

民法では、離婚後、三百日以内に生まれた子供は、前夫の子供と推定されてしまうので、酷いDVを受けて離婚した女性などが、別の相手とすぐに子供を儲けても出生届を出さず、結果、無戸籍のまま社会に存在している人のことが、近年問題になっている。日本国籍の取得の条件は揃っていても、国家は、その子供たちの生存を捕捉しておらず、従って、津波に飲まれたその死も把握できていないというのである。公文書上は、その子の誕生と死という出来事は、なかったことになっている。――「なかった」という言葉が宛てにしている、一旦は存在したはずの何かさえなく、とにかく、最初から何も起こらず、無が完全に蓋をしているのだった。

城戸は、〝X〟は無戸籍者だったのではないかと、話を聴きながら考えた。中北も、それを示唆したかったのだった。

もし谷口大祐が無事なら、恐らく今は、交換した〝X〟の戸籍を生きているのではと城戸は想像していた。しかし、〝X〟が無戸籍だったとすると、今は谷口大祐が無戸籍になっているということか？　城戸は、恭一が疑っている谷口大祐の殺害について考えた。もし、谷口大祐が公文書上のどこにも存在しない人間になっているなら、彼が殺されたとしても、国家はそれを認識できない。死体が見つかったとしても、身元不明として処理されるだろう。生前の知人や友人が証言し、DNA鑑定を行い、写真や遺品といった物証が残っていれば、彼が存在したらしいことは推定されるが、津波の場合はそれらが根こそぎ失われて、状況が著しく困難になっていた。

いずれにせよ、城戸はこれまでさほど悲観していなかった谷口大祐の生存に関して、嫌な予感を抱いた。里枝のためにも、〝X〟が殺人を犯していたなどとは考えたくなかった。もしそうだったなら、今でも紙一重のところでどうにか人生を維持している彼女は、もう保《も》たないんじゃないかという気がした。――

それから、事務所のソファで、コーヒーを飲みながら二人でしばらく戸籍の歴史について雑談をした。

戸籍は律令制の時代から、基本的には徴税と治安維持がその目的で、江戸時代には、キリスト教を禁止するために更に内心にまで踏み入って、〈宗門人別帳《にんべつ》〉が、出生から婚姻、養子縁組、離婚、住所の変更、職業の変更、死亡、……と、個人のＩＤを広範に管理するようになった。その時代から、浮浪人のように戸籍に把握されない人間は、幾らでも存在したのだった。

明治になって移動の自由が認められると、土地への固定が前提だった〈宗門人別帳〉は用をなさなくなり、〈壬申《じんしん》戸籍〉が作られる。これは、徴兵と徴税のために人口調査に用いられたので、それを逃れるために、無戸籍になったり、戸籍を偽装したりする事例が頻発した。

「婚外子の無届けとか、あと、戦時中は在外公館が閉鎖されたりして、移民先の新生児が出生届を出せずに、無戸籍になったりとか。——まあ、とにかく、遺漏の多い仕組みではあったみたいやな。」

中北は、誰かが差し入れで置いていったバウムクーヘンをパクつきながら言った。城戸は、戸籍がないことでどんな不利益を被るのだろうかと、根本的なことを考えながら応じた。

「戦前は社会保障制度がまったく不十分だったから、徴兵を回避できるなら無戸籍の方が良いと思うのもわかりますよ。だからこそ、教育勅語でギュウギュウやったんでしょうけど。」

「だけど、それは循環してるんだよ。だって、皇国民の根拠が、万世一系の天皇と家族制度を通じて接続されてるってことなんだから。」

「戸籍に入ってないと、国体から疎外されるって話ですよね。……」

「だって、朝鮮半島でやった皇民化政策だって、それだから。」

中北は、城戸のルーツを知った上で、当然のことのように批判すべきだという気遣いを窺わせた。そして、頷いて同意するだけの城戸に更に続けた。

「いずれにせよ、ID管理は住民票中心だし、マイナンバーまで導入するんだから、戸籍はいよいよ以て不要だよ。」

「……そうですね。そうなった方が、IDの交換は簡単なのかもしれないですけど。」

「いずれ、生体情報も一緒に管理されるだろう？　そうなると、逃れにくくなるわな。」

「ええ。――まあ、ともかく、谷口大祐みたいな人は、やっぱり、戸籍制度があるからこそ、家族と縁を切りたかったんでしょう。」

「じゃあ、〝X〟は？　無戸籍じゃないとするなら、普通に考えたら、やっぱりなんか、犯罪歴を隠したいんじゃないかなあ。それもかなり重い罪の。セキュリティ上のリスクとして国からも社会からも睨まれるっていうのが、一番、困るんじゃない？」

「まァ、……そうでしょうけど。」

「谷口大祐には、犯罪歴はないんやろう？」

「ないです。」

「だったら、……」

　城戸は、腕組みしたまま考え込んだ。中北も、肩を窄《すぼ》めてみせて、その先はくどくどしく口にしなかった。


　中北との会話のあと、城戸は、ひとまず社会保障関連の事件を調べてみたが、その中で、六年前のとある珍妙な裁判の記録に突き当たった。

　東京都足立区の当時五十五歳だった男性が、六十七歳の別の男性になりすまして、厚生年金を不正に受給した、という事件で、勝手に他人の名を騙っていたのではなく、その相手と話し合いの上、戸籍を交換していた、というのである。

相手の男性は、三十代の女性と結婚するにあたり、初婚と偽り、且つ十歳年齢をサバ読みするために、この男性と戸籍を交換したらしい。

裁判では、電磁的公正証書原本不実記録罪、不実記録電磁的公正証書原本供用罪による有罪判決が下され、懲役一年執行猶予三年とされたが、城戸が注目したのは、この事件にもう一人、彼らの戸籍交換を仲介したブローカーがいた点だった。

この男もまた、共同正犯として執行猶予付の有罪判決を受けていたが、その後、今度は架空の事業の投資資金を募る詐欺容疑で逮捕され、懲役三年の実刑判決を受けている。

事件の発生した二〇〇七年は、丁度、谷口大祐が大阪のアパートを引き払い、〝X〟がS市に現れた年だった。被告人の二人だけでなく、このブローカーは当時、他にも多数の戸籍の交換を仲介していて、手数料を取っていたらしい。

記録を読みながら、城戸は、ひょっとすると、谷口大祐と〝X〟も、この男を通じて知り合ったのではないかという気がした。調べてみると、今は横浜刑務所で服役しているのだという。自宅から電車で三十分程度の距離なので、城戸はともかく、彼と面会してみることにした。

横浜刑務所は、「再犯者など犯罪傾向が進んでいる」B指標の受刑者と「日本人と異なる処遇を必要とする外国人」であるF指標の受刑者の服役先で、近頃は民事しか担当していない城戸がここを訪れるのは、十年ぶりのことだった。

午前中が希望とのことで、十時に着いて、入口で警備員に面会を告げた。

曇り空の肌寒い日だった。周囲を塀に囲まれていなければ、学校と見紛うような建物で、城戸は、大学時代に読んだミシェル・フーコーの『監獄の誕生』という本のことを思い出した。

受付で面会申請書に記入して荷物を預けた。小見浦《おみうら》という珍しい苗字のその男は、手紙で六年前の事件について話を聴きたいと伝えると、見知らぬ弁護士との面会に「喜んで」応じた。

刑務官に付き添われて面会室に現れた小見浦は、坊主頭の固太りした男で、年齢は五十九歳らしかった。左目に比べて右目が大きく、短い薄い眉毛が、精力の些か露骨な隠喩のような額の皮を押し上げている。鯉《こい》のような口をしていて、城戸の姿を見ると嬉しそうに笑った。

「いや、こんなイケメンの弁護士先生に会いに来てもらえるとは！　私は自分の容貌に劣等感がありましてね。こんなことになってるのも、それを跳ね返そうとする力が、歪んでしまったせいなんですよ。」

透明のアクリル板越しに座りながら、小見浦は首を斜めに傾けて、城戸を値踏みするように見ながら言った。少し舌足らずな喋り方だったが、愛想は良かったが、俺を馬鹿にしたら殺す、とでも秘かに凄《すご》んでみせているような圧迫感があった。

「イケメン」云々はいかにも口から出任せという感じがしたが――しかも、それが伝わるように意図していた――、「劣等感」の訴えには本心らしさが覗いていた。城戸は、潰れ気味の左目と見開かれた右目が、何かを隠しつつ、何かを信じさせようとする彼の言葉を奇妙に象徴しているように感じた。

小見浦は、城戸が特にその挨拶代わりの言葉に取り合わず、本題に入ろうとすると、出し抜けに、

「先生、在日でしょう？」

と言った。

城戸は顔を顰めたが、喉元を絞められたように、咄嗟に言葉が出なかった。ほど経て静かに嘆息すると、彼は、実際に自分が、数秒間、呼吸をしていなかったことに気がついた。傍らの刑務官は、無関心らしく座っているだけだった。

「――ね？」

「答えるべきことですか？」

「顔見たらわかりますよ。特に目鼻立ち。私はすぐに見抜けるんですよ。」

「三世ですよ、僕は。もう帰化して日本国籍ですが。」

城戸の脳裏には、毎朝、洗面所の鏡で見ている自分の顔が過《よぎ》った。腹が立ったが、面接時間を無駄にしたくないので、面には表さなかった。小見浦は、それでようやく「劣等感」と一種の優越感とのバランスが取れたように、唇を捲り上げるようにして上の歯だけを見せて笑った。

城戸は、簡単に自己紹介をして、面会理由を説明した。小見浦は、気のない様子で相槌を打っていたが、そのうち、城戸の言葉を遮るようにして、

「先生、世の中には、三百歳まで生きる人間って本当にいるんですね？」

と言った。

「……え？」

「よく言うじゃないですか、三百歳の人間がいるって。」

「聞いたことないです。」

「先生みたいな人の住む世界には、いないんですかね、やっぱり。——ここだけの話ですけど、この刑務所の中にもいたんですよ。もう出所しましたけど。」

職業柄、色んな人間を見てきたが、こんなにいかがわしい男も珍しいと城戸は思った。腕時計を見て、話を戻そうとしたが、小見浦は、構わずその「三百歳の人間」についての印象を、時折アクリル板に顔を近づけながら、声を潜めて話し続けた。まったくとりとめのない内容だった。

面会時間が残り十五分ほどになったところで、城戸は堪らず口を挟んだ。

「すごく面白い話ですが、今日は六年前の事件について伺いたいんです。谷口大祐さんという方、ご存じないですか？」

小見浦は、城戸が取り出した写真を一瞥《いちべつ》したが、明らかに気分を害した様子で、背もたれに身を預けると、つまらなそうに天井を見上げた。城戸は、刑務官を見るともなく

見て話を続けた。

「彼の名を名乗っていた男性が亡くなってるんです。でも、彼は谷口大祐さんじゃなくて、本物の谷口さんは行方不明なんです。これは僕の推測なのですが、もしかすると、小見浦さんが彼らの戸籍の交換について、何かご存じなんじゃないかと思いまして。」

小見浦は、顎をちょんと突き出して、

「伊香保温泉の次男坊でしょう？」と言った。

城戸は目を瞠った。

「そうです！　ご存じですか？」

「さあ、……今日はもういいでしょ。」

「彼が誰と戸籍を交換したのか、知りたいんです。教えていただけませんか？」

「交換じゃなくて、身許のロンダリングですよ。汚いお金と同じで、過去を洗浄したい人はいっぱいいるでしょ？　系図買いってのは、昔からあるんです。先生だって、そうでしょう？　まあ、私は見抜けますけどね。」

「……。」

「先生、今度来る時、手土産持ってきてくれます？」

「……何ですか？」

「『アサヒ芸能』。あと、般若《はんにゃ》心経の本。わかりやすいのがいいですわ。」

刑務官が、面会時間の終わりを告げた。城戸は頷いたが、小見浦は物足りなそうだっ

た。城戸を見下ろしながら、

「先生は、在日っぽくない在日ですね。でも、それはつまり、在日っぽいってことなんですよ。私みたいな詐欺師と一緒で。」

と、また前歯だけを剝いて笑って言った。

城戸は、怒りを爆発させそうになった。しかし、腰が抜けたようになってどうしても椅子から立ち上がることが出来ず、結局ただ、彼が面会室から出て行くのを見ていただけだった。

時間が経つほどに、城戸は自分の中で、小見浦に対する憎しみに近いような感情が膨らんでゆくのを感じた。

たった一度、仕事の必要で会ったペテン師に過ぎなかった。「在日っぽくない在日」などというのも、何の意味もない、心理的なゲームのつもりなのだろう。にも拘らず、彼は以来、鏡の前に立つ度に、面会室のアクリル板越しに、あの男と向かい合っているような気分になり、不快になった。この世界からも、自身の記憶の中からも、彼という人間の存在が消えてなくなることを本気で願った。

小見浦が、谷口大祐を知っていたのには驚いたが、彼ともう一度会うと考えると気が滅入った。二度と言葉を交わしたくなかったが、恐らくは、〝X〟の身許についても知っているのではないか。不憫な里枝のためには、〝X〟は犯罪者などではないことを証《あか》してやりたかったが、事件の様相は俄《にわ》かに不穏になり、谷口大祐がそもそも無事なのかも心配になってきた。

城戸は、小見浦に改めて手紙を書いたが、一つには、この事件からは、もう出来るだけ早く手を引くべきだと考えたからだった。ここで投げ出すことは出来なかったが、早く片づけてしまいたかった。

十日後に、改めて面会した小見浦は、「手土産」の礼を言い、雑誌に載っていたヌード・グラビアの感想を長々と話した。

「私くらいの歳になりますとね、もう、若い子のヌードはダメなんですよ。五十歳くらいの女がいいですね。風呂でも、一番風呂ってのは、湯がかたいでしょう? アレとおんなじなんですよ。若い子のハリのあるからだっていうのは、写真で見ててもかたい、かたい。その点、中高年の女は、二、三人浸かって、少しとろみがついた風呂の湯みたいな肌触りですよ。先生は、まだ若いから、わからんでしょう?」

それから、大学時代にラグビー部の先輩に無理矢理「ホモビデオ」に出させられて、春先のまだ寒い時期に、九十九里浜の海に全裸で入らせられ、その後、ホテルで数人かららレイプされた話を「ひでぇ目に遭った」と面白おかしく喋って、結局、この日も〝X〟については、知っていることを仄めかしただけで終わった。

三度目の面会は、その二日後だったが、今度はバイアグラの個人輸入で財をなした自慢話で、これは合法だから、出所したら一緒にこの儲け話に乗らないかと城戸を誘った。

そして、城戸がやんわりと断って、谷口大祐と〝X〟との関係について再度尋ねると、小見浦は、コントか何かのようにそっぽを向いて口笛を吹き始め、そのまま面会を中断して、以後、城戸の手紙は無視するようになった。

小見浦は、移り気な変わった男で、話は虚実が複雑に癒着していて、嘘だけを引き剝がそうとすると、事実まで破れて判読できなくなりそうなところがあった。

城戸は、性格的なものというより、幾らか病的なものも感じて、しばらく様子を見るために連絡を取らずにいたが、やがて向こうから、彼が差し入れした『アサヒ芸能』のヌード・グラビアを模写したハガキが、立て続けに八通送られてきた。

ボールペンによる稚拙《ちせつ》な模写だったが、それを眺めていると、何となく物悲しい気分にもなってきて、彼が一番聴いてもらいたかったのは、ポルノ・ヴィデオの出演でレイプされたという、あの体験だったのではないかという気がしてきた。眉唾《まゆつば》な話として受け流してしまったが、何か法律家らしい助言を、或いは、人間的な同情を期待していたのかもしれない。

ヌードの模写に飽きたのか、次に「水月観音」の絵が送られてきたところで、城戸は、礼状と併せて再度、小見浦に面会の申し込みをした。返事はすぐに来た。「拝啓、朝鮮人へ！」と、からかっているのか、それとも親しみを込めたつもりなのかもわからぬ調子で書かれていて、本文には、「イケメン弁護士先生の目は節穴ですか？　マ・ヌ・

ケ！」とだけあった。ボールペンで幾重にも強調した文字だった。

絵はまた、卑猥なヌードに戻っていた。写真ではなく漫画を模写したらしく、中年の女性が、たっぷりと強調された胸を鷲摑みにして持ち上げていたが、よく見ると、右の乳首を丸く取り囲むように、小さな文字で「谷口大祐」と書かれており、左の乳首の周囲には「曾根崎義彦《そねざきよしひこ》」と書かれていた。

城戸は、そのハガキをデスクの近くを通りかかった中北に黙って見せた。中北は、眉を顰めたが、表を確かめ、さすがに首を傾げながら失笑して、城戸と顔を見合わせた。

「この『曾根崎義彦』っていうのは？　これが〝X〟だって言いたいんかな？」

「そういうこと、……なんですかね？　初めて聞く名前ですけど。……」

城戸は小見浦に確認の手紙を書いたが、返事はなく、面会の依頼にも、もう応じてはくれなかった。

11

　十月最後の日曜日、里枝は、母と悠人《ゆうと》、それに花と連れ立って、例年より少し早目の満開を迎えているという秋桜《コスモス》を見に、車で郊外の古墳群公園まで出かけた。花はいつも、その公園を「はなちゃんのこうえん」と呼んでいるので、喜んでついてきた。

　悠人は、このところ、ますます部屋に籠もりがちになっていて、最初は、本を読みたいからと外出を渋っていた。

　里枝は、自分自身が本を読むようになったのは、もっとずっと大人になってからで、結局それほど多読でもないので、悠人の降って湧いたような読書意欲に驚いていた。しかも、図書館から借りてくるのは、夏目漱石や志賀直哉、武者小路実篤といった古い文学作品ばかりである。特に芥川龍之介が好きらしく、文庫本を買って、暇さえあればページを捲《めく》っていた。「面白いの?」と訊くと、「面白いよ。」とだけ答えた。去年の今頃は、ゲームのしすぎを注意していたが、このところは見向きもしなくなっていた。

しく従った。

昼食後、二階に上がってなかなか下りてこなかったが、最後は、祖母に誘われて大人

悠人は、特段、里枝が言い聞かせたわけでもなかったが、祖父母のことは昔から敬っていた。反抗的な態度を見た例《ためし》がなく、母親に言われて不満なことも、祖母に言われると聞く耳を持つのだった。尤も、里枝の母親も、不幸続きの孫がかわいそうで仕方がなく、よくかわいがって、お菓子でもおもちゃでも、買いすぎなほど買ってやっていたが。

家の玄関には、金魚の水槽があるが、これにはちょっとした逸話があり、祖父の死後、一周忌を経て里枝が再婚した頃に、悠人が祖母と二人でペットショップに買いに行ったのだった。

里枝も死んだ夫も、この計画については何も知らなかったので、仕事先から帰宅して目を丸くした。

「どうしたの？ 金魚飼いたかったの？」

と尋ねると、悠人は、

「おじいちゃんが死んで、おばあちゃん、ずっと寂しそうだったから。」

と理由を説明した。それは里枝が子供の頃に金魚を飼っていた水槽だったが、全滅して以来、もう三十年以上も納屋で埃《ほこり》を被ったままになっていた。

「じゃあ、おばあちゃんのために買いに行ったの？」

「うん。……気が紛れるかなと思って。」

「なんで金魚なの?」

「おばあちゃんが、納屋で水槽を見てたから。金魚くらいなら、いいでしょう? 僕、世話するから。」

里枝は、悠人の優しい気持ちに心を打たれた。亡くなった夫も、「悠人は、思いやりのある良い子に育ってるよ。」と、目を細めていた。

悠人の真意は、祖母には伝えていないらしかったので、夜、子供たちが寝たあとに里枝は母親と話をした。

いつ相談したのかと尋ねると、里枝は母から意外なことを聞かされた。

「じいちゃんが死んで、悠君もずっと、寂しそうやったかいね。」

里枝は思わず笑って、

「じゃあ、お母さんが金魚を飼いたかったんじゃないの?」

と聞き返した。里枝の母親は、何がおかしいのだろうと怪訝そうに、

「悠君のためやが。」

と言った。

「悠人もまったく同じこと言ってたよ。」

「え?」

里枝が説明すると、母は呆気にとられたような顔をしていたが、やがて娘と一緒に笑い、仕舞いには感動して涙ぐんだ。

悠人は、祖母の捜し物を納屋で手伝っていた時に、一緒にこの水槽を見つけたらしかった。そして、ホースの水で水槽を洗い、インターネットで砂利《じゃり》やエアポンプなど、必要なものを調べて祖母と一緒に買いに行き、設置も自分でやったらしかった。

里枝は、自分の知らないところで、母と息子が心を通い合わせていたことに、嬉しくなった。自分の愛する者同士が愛し合う。しかも、自分が仲介する必要もなく。それは、ふしぎな喜びであって、どんな話をしているのだろうと想像するだけでも、胸の内に、少しくすぐったいような温もりが膨らんだ。

しかも、二人は共に哀しみ、共に孤独でありながら、相手の傷を思いやり、相手の寂しさを癒やしてやろうとしていたのだった。

悠人は飽きっぽい性格で、何かに熱中したかと思うと、急に関心を失ってしまうようなところがあったが、この金魚の世話だけは決して欠かすことなく、今に至るまで家族の手を煩わせたことは一度もなかった。それは、「後のお父さん」が亡くなった時でさえ変わらなかった。

普段は閑散としている古墳群公園の駐車場も、この日は県内外の様々なナンバーの車でいっぱいだった。

秋晴れの気持ちの良い日で、三百万本と謳われている秋桜は、直径が三十五メートル余りに及ぶ円形の古墳をヘソのように取り囲んで、公園を、見渡す限り覆い尽くしている。黄色い蘂《しべ》を囲んだ赤やピンク、紫の花が緑の茎に支えられて輝いていた。大小併せて三百十九基の古墳が点在する広大な公園の、ただ過去だけがあるような殺風景を彩るために、市が始めた事業で、春は桜と菜の花、夏はひまわりと、季節ごとに色々な花が咲き、それを見に行くのが、里枝が子供の頃からの家族の慣《なら》わしだった。「花」という娘の名前も、亡くなった夫が、ここの風景を気に入ってつけたもので、だから「はなちゃんのこうえん」なのだった。

花畑の中に整然と作られた散歩道は、家族連れで賑わっていて、大きなカメラと三脚を抱えた写真愛好家の姿も方々に見られた。風があまり冷たくなく、一年中、こんな気候だったらいいのにというような陽気だった。

「はなちゃん、コスモスとならんでみてん。まだはなちゃんのほうがちいっとちいさいかね？」

花は、祖母に促されて、花畑の前に立ち、里枝に写真を撮るようにせがんだ。毎年、ここで秋桜と背比べをしていて、その写真を並べて見るのが、彼女の楽しみだった。うっかりすると秋桜の花で姿を見失ってしまうので、去年は走り出す度に、追いかけるのが大変だった。携帯電話のカメラを構えたが、秋桜の背を超えるのは、来年か、再来年くらいだろうか。微風が起こって、まるで人垣の向こうの里枝たちを背伸びして見ようとしているかのように、棒立ちの花々が右に左にと身を揺らした。

悠人は、車を降りてからもずっと無言で、グレーのパーカーのポケットに両手を突っ込んで、何か重たいものでも腹に抱えているかのように、それを下に突っ張らせていた。そして、妹を気に懸けてやりながら、ぼんやりと秋桜を眺めていた。

弟と祖父、それに「お父さん」の死を立て続けに経験するというのは、どういうことなのだろうかと、里枝は、息子の背中を見つめ、微かに覗く横顔に目を遣った。この一年で急に背が伸びたが、それでもやはり中学生らしく、華奢は華奢だった。

大人でさえ、自分の中の最も大切な部分をごっそりと削り取られてしまったような空虚感を抱えている。それで、バランスが崩れてしまって、今はふらつきながら辛うじて立っているような状態だった。この子も口には出さないまま、辛さに耐えているんだろうと、今更のように思った。金魚の世話をしてみたり、妹の面倒を看たり、本を読んだりしながら、きっと、どうにか自分自身を保とうとしている。——そう考えると、我が子ながら、つくづくかわいそうになった。遼を亡くした時は、まだ死そのものの意味が、あまりよくわかっていなかった。けれども、これから色んなことを感じ、考えるようになる。直接、肉親の死に触れたわけでもなかった里枝自身でさえ、十代の頃には、やはり、死について覚束ないながらも考えていたのだった。

悠人は、一緒に過ごした年齢のせいもあり、実の子の花よりももっと、「お父さん」に愛着を抱いていた。母親として何をしてやれるのか、里枝はいつも考えていたが、そんな時には、あべこべに彼が生きていてくれて、相談に乗ってくれたならと、心底、思った。

悲痛さは、日々そのかたちが曖昧になって、少しずつ、音もなく崩れていっているように感じられた。時の流れの中に零《こぼ》れ落ちていって、少なくとも心は軽くなってゆきつつある。そのお陰で、自分が危機から遠ざかってゆく安堵を覚えてはいたが、死の直後の恐ろしい寂しさとはまた違った、ゆっくりと染み入るような寂しさを、時折、からだの深い奥で感じた。

里枝は、自分の年齢を以前よりも意識するようになっていた。再婚を勧める者もいないわけではなかったが、それにはただ、「もういいです。」と微笑して首を振るだけだった。

父の享年は六十七と若かったが、それを考えれば、自分はもう、とうに人生の折り返し地点を過ぎている。死を思えば、やはり恐かった。けれども、父も遼も待っていると思うと、その不安が和らぐ感じがした。あんなに小さかった遼でさえ受け容れた死だった。自分が決して、身代わりになってやれなかったあの死。……寂しく待ちくたびれていると思うと、むしろ、早く行ってやりたい気にさえなった。自分の他に、誰が一体、世話をするというのだろう？　必要もなかった治療で、あんなに苦しめてしまったことを、彼女は、遼に謝っていなかった。それだけはどうしてもしたかった。

子供の死を、過去ではなく、そんなふうに、未来で自分を待ってくれているもののように感じ出したのは、いつ頃からだろう？　遠ざかるのではなく、少しずつ、近づいている。――不幸にして、彼女はそれを信じ込める人間ではなかった。本気なら、あと四十年ほども天国で遼を待たせることになる。そんなことは出来るはずがなかった。それでも、とても真っ当な考えとは思えなかったが、最も愛する人たちが、自分よりも先に死んでくれているというのは、彼女の死の不安を宥《なだ》め、孤独な生を支えてさえいるところがあった。

父が死後の世界で歳を取ってゆく姿は想像できなかった。しかし、遼は？　生きていれば、もう十一歳だった。引っ越しをしたので、保育園の遼の同級生たちが大きくなってゆく姿は、見ずに済んだ。けれども、あのおむつをして、よちよち歩きをしていた子供たちも、あと二年もすれば、制服を着て中学校に通うのだった。

亡くなって、来年で十年になる。早いな、と里枝は思った。そして、もう一度、心の中で、早いな、と繰り返した。

城戸から連絡があり、多少の進展はあったようだが、〝X〟の名前は、依然としてわからないままだった。少ない謝金で調査を続けてくれている彼を急かすわけにもいかず、恐らく明るい話ではないであろう真相を知るのは怖かった。が、それでも、夫が一体誰だったのかは知りたかった。彼という存在ばかりではなく、自分自身の過去も靄《もや》に霞んだままだった。

悠人の背中には、「お父さん」の死を曖昧に放置している自分への非難が籠もっていることを、里枝は知っていた。しかし、近頃では、幾分憐れみもあるのか、もう、いつか自室のベッドの上で話した時のように、直接何かを言うことはなくなった。

紅葉の桜並木の道に差し掛かると、

「悠人は、さっき家で何の本を読んでたの？」

と尋ねた。

「……別に。」

「別に、なんて本ないでしょう？」

里枝は肩をちょんとつついて笑った。

「芥川龍之介の本。」

「好きね、悠人は。お母さんも、昔読んだよ。『トロッコ』とか、『芋粥《いもがゆ》』とか。」

悠人は、あまり共感したくなさそうな顔で、下を向いたままだった。

「どんな話？」

「話じゃないよ。詩みたいなの。……」

続けて、悠人はタイトルを言ったが、里枝には聴き取れなかった。

「ごめん、何？」

「──『浅草公園』。」

「へー、……それ、芥川龍之介なの？」

「そう。」

「どんな話？」

悠人は面倒くさそうに首を傾げた。

「教えてよ、お母さんにも。」

「……造花屋さんの前を通ったら、鬼百合が話しかけてくるんだよ。『わたしの美しさを御覧なさい。』って。そしたら、主人公が、『だってお前は造花じゃないか？』って言い返すの。……」

「何それ？ヘンなの。」里枝は失笑した。「それが面白いの、悠人は？」

「……うん。でも、難しい。」

「段々、お母さんにもわからないこと、考えるようになるのね。読み終わったら、貸して。」

「だめ。」

「どうして？」

「線とか引いてるし。……」

里枝は、息子の横顔を愛おしげに見つめて微笑んだ。

「そっか。じゃあ、お母さんも自分で買って読もうかな。」

「……お母さんが読んでも、多分、面白くないと思う。」

「コラッ。失礼ねえ？」

悠人は、やっと少し笑った。

「面白くなくても、悠人がどんなことに興味持ってるのか、知りたいから。」

「いいよ、知らなくても。」

「じゃあ、悠人と関係なく、勝手に読むから。」

「もう、いいんだよ、僕の本のことは。」

悠人は、頭を掻きながら、母親の干渉を振り解こうとするような身振りをした。そして、妹と祖母が、後ろの方で道端の何かを見ているのを確認すると、

「お父さんの木、覚えてる、お母さん？」と振り返った。

「覚えてるよ。あれでしょう？　ここから三番目の、枝がこうなってる、……」

悠人が言っているのは、母が「後のお父さん」と再婚した後、ここに来て、みんなで自分の木を決めようと提案し、それぞれに好きな桜を一本選んだことだった。

里枝の木は、もっと先の方にあった。悠人の選んだ木は、父の木の二つ隣に立っていた。花はまだ里枝のおなかの中にいたので、悠人が代わりに選んでやった。ふしぎなことに、一度そう決めると、次にここを訪れた時には、もうその木は、他の木とは決して同じではない、特別な愛着の対象となっていた。

それから、春になる度に、ここで誰の木が一番立派に花を咲かせているかを比べるのが恒例になった。父が亡くなった翌年の春には、前年には父の木に見劣りした悠人の木が、家族の木の中でも特に見事だった。悠人はそのことを墓前で伝えたいと思ったまま、

それが叶わなかったのだった。

そして、今年の春、里枝は家族を春の花見に連れて行かなかった。

里枝は、葉の落ちたその裸の亡夫の木の前に立って、それを見上げた。二千本もの桜が植えられているというこの公園の中で、勿論、すべてを見たわけではなかった。しかし、ともかく、彼はこの木を気に入って、以後、季節が変わる度に、自分の分身のように、ここに立って見つめていた。

彼の身許は、依然としてわからなかった。しかし、彼はこれだけ多くの木の中から、特にこの一本を好きだと感じるような誰かなのだった。

「今年の命日も、お母さん、お父さんのお墓、作ってあげなかったね。」

悠人は、子供でもこんな話し方が出来るのだと思うような、抑制した声で言った。

里枝は、ここですべてを説明しきれるとはとても思えなかったが、もう曖昧な返事は許されないと感じて口を開いた。

「悠人にずっと黙ってたことがあるんだけどね。」

「——何？」

「お父さん、……本当は、『谷口大祐《たにぐちだいすけ》』っていう名前じゃなかったの。」

「……え？」

「お母さんも知らなかったんだけど、……死んだあとで、本名じゃないってわかったの。谷口大祐さんのお兄さんが訪ねてきて、これは自分の弟じゃないって言って。」

「全然わかんないんだけど。……」

「他人の名前を名乗ってたの。」

悠人は口を開きかけたまま、ただ瞳だけを震えさせていた。

「じゃ、……誰だったの？」

「それをずっと調べてもらってるの。警察に行ったり、弁護士さんにお願いしたりして。」

「で、誰だったの？」

「まだわからない。だから、お墓も作れないの。」

「じゃあ、……僕の『谷口悠人』って名前は、……何なの？」

「谷口は、だから、お父さんがしばらく名乗ってた名前ね。わたしたちが知らない人の名前。」

「それで旧姓に戻したの、お母さん？」

里枝が頷くと、悠人は愕然とした様子で、しばらく母親の顔を見つめていた。自分の動揺が、どんな感情に委ねられているのかもわからない風だった。

「じゃあ、……お父さんが僕にしてくれた話は？　実家が伊香保温泉で、家族と喧嘩して家を出てきたっていうのは？」

里枝は、一瞬躊躇《ためら》ったが、すぐに思い直して悠人の目を見ると、

「お父さんじゃなくて、その谷口大祐さんって人の話みたい。」と言った。

「嘘だったの？」

悠人は蒼白になった頰を強ばらせた。里枝は、黙って小さく二度頷いた。

「何それ、……欺されてたの、みんな？　え、……なんで？　お父さん、……なんで嘘ついてたの？　何やったの？」

「わからないのよ、お母さんも。……だから、悠人に説明も出来ないし、もう少し色んなことがはっきりしてから言おうと思ってたんだけど、……わからないの。」

言葉はそのまま潰《つい》えてしまった。

やがて、花が、祖母に手を繫がれてスキップしながら近づいてきた。

「ママ、みて、パパのき！」

「そうね。」

「はなちゃん、こうおもうよ。――んと、パパ、はなちゃんたちがくるかなあとおもって、きょうはきのなかにはいって、かくれてまってたんじゃない？」

里枝は、悠人から視線を逸らしてしまうことを気にしつつ、花を見下ろして、「そうかもね。」と微笑みかけた。

「ねえ、ママ、しゃしんとって。」

「うん。ここで、パパのきといっしょにとる？」

「うん！　そのあと、はなちゃんのきのまえでもとる。」

花が一番に木の前に立つと、里枝の母親もそれに従った。悠人は、立ち尽くしていたが、祖母に促されて、ふらっとその傍らに歩み寄った。

「はーい、笑って。」

里枝は、そう声をかけた。スマホを構えたが、モニターの中で、悠人は決して笑わず、彼女を見つめていた。

シャッターを押し、その顔がそのまま写真になった。

「里枝もそこん立ちないよ。撮っちゃるかい。」

言われるがままに花の手を取り、悠人と並んだが、彼女も自分の表情をどう取り繕えばいいのかはわからなかった。

12

横浜地裁の吹き抜けのロビーで、城戸は終わったばかりの五回目の口頭弁論期日のことで、依頼者の両親と立ち話をしていた。この二年近く取り組んできた過労死の訴訟で、被告の居酒屋チェーンに対する世論の批判も高まっており、和解に向けて動き出しそうな気配だった。

裁判期日の経過については、このあと、労組も交えた報告会で説明する予定で、今後の方針を改めて確認した。依頼者の父親は、「先生、……」と城戸の目を見た。「勝ち負けじゃなくて、何があったかを知りたいんです。あの子がどうして、死ぬことになってしまったのか。」

城戸は、ここに至っての念押しに、「ええ、そうですね。」と、それを理解していることをはっきり示すように頷いた。

依頼者の父親の、もう八割方、白くなった髪は、額こそ広いものの豊富で、刈り上げできちんと整えられていた。いつもハの字の長い眉の下で、三角定規を二つ並べたような目は、潤《うる》んだように光を含んでいる。世論は、この過労死事件に同情的だったが、メディアに映るなり、誰もが不憫に思わずにはいられないこの父親の表情もそれに与《あずか》っていた。

「一緒にがんばりましょう。いい方向には向かっています。」

城戸のいつもの決まり文句に、依頼者は特に勇気づけられた風でもなかったが、どちらかというと、この二年間、親しんだその口調に感慨を催した様子だった。

「先生には本当にお世話になりました。最初は、何をどうして良いのか、ただ混乱するばかりでしたけど、どうにか気をしっかりと持っていられたのも、先生のお陰です。裁判で、あの子が帰ってくるわけじゃないですけど。……」

城戸はその言葉を慎みを以て受け止めつつ、やはり、「がんばりましょう。」しか言わなかった。しかし、決して本心を疑わせないその依頼者の言葉には、心を動かされた。

城戸はこの日、出がけに駄々をこねて服を着替えようとしない息子を怒鳴りつけ、一日中、気が咎《とが》めていた。

昨日から、妻が大阪に出張中なので、城戸は颯太《そうた》と二人で留守番をしていた。

夕食はファミレスで済ませ、入浴も就寝も普段と変わらなかったが、今朝、目を覚ますと、リヴィングのテレビで一人で『ドラえもん』の映画のＤＶＤを見ていて、それから、朝食を摂らせようとしても、顔を洗わせようとしても、ずっとだらだらしていた。

城戸は、風邪でも引いているのかと最初は心配していたが、熱もなく、本人も体調は悪くないと首を振った。それでも、いつまで経っても食卓につこうとしないので、段々と彼の口調も厳しくなっていった。

城戸は、今朝は九時半に一つ約束があり、時計を見ながら気が急いていた。

颯太がどことなく不安定なのは、この二週間ほどのことだった。公文《くもん》の宿題をやらないと香織《かおり》が叱りつけるので、元々、過熱気味の幼児教育に否定的な城戸は、「足し算なんて、どうせそのうち出来るようになるんだから、今そこまでしてやる必要はない。」と息子を庇い、口論になった。子供の教育問題が、意外に根深い夫婦の不仲の原因であることは、離婚相談でよく知っていたが、それにしても、この程度の話し合いさえ静かに出来ないというのは真面《まとも》ではなかった。城戸の見るところ、香織自身も、習いごとの送り迎えに疲弊していたが、労《いたわ》るつもりで言ったそのことが、火に油を注いでしまった。そして、颯太は母親から余計に酷く叱りつけられることとなった。

城戸は、香織の子供に対する態度を見ていて、初めて真剣に離婚について考えてみた。妻が、この結婚生活にストレスを感じているのは明らかで、しかも、彼女という人間が本質的に嫌いではない城戸は、自分ではない別のパートナーと人生を再開したなら、彼女も以前のような精神的な落ち着きを恢復するのではと感じていた。

愛されている、という手懸かりを見出すことは容易ではなく、では、自分は愛しているのかと問われれば、言葉に詰まった。しかし、愛していないとは、決して言えなかった。

何か一時の激しい対立の結果というわけでもなく、十年という結婚生活を経て、緩やかに崩れゆく関係を、どう立て直すべきか、城戸はその方法を考え続けていた。互いに、この数ヶ月というもの、指一本触れぬ生活を続けていて、二つの肉体の間には、何かの不注意で触れ合ってしまうことさえないような、慎重な、他人らしい距離があった。

それでも、香織の方でも、踏み止まろうと努力しているのは確かだった。

夫に対しては、極力、感情的にならぬように気を遣っていたが、その分、颯太への叱責は、折々激昂《げっこう》を伴うようになっていた。彼は、彼女のそういう姿を、十年間一緒に生活してきて、これまで一度として目にしたことがなかった。

颯太は颯太で、極《ごく》真っ当な自我の発達から、頭ごなしに命じられることには、このところ強く反発するようになっていて、母子の関係は悪循環と言うより外なかった。

城戸は、香織にそのことを指摘したが、それは、触れれば壊れるような夫婦関係に怖々手を伸ばすような、まったく不十分なものだった。その代わりに、彼は風呂や寝室で、颯太を慰め、抱擁しながら話を聞いてやったが、誤魔化しとしか言いようのない自分の態度に、嫌悪感を覚えた。それは、自分がこうでありたいと願ってきた父親像からは、ほど遠かった。

妻の中に鬱積しているものの原因が、自分にあることは承知していた。しかし、馬鹿げた浮気の疑いなどの奥にある、根本的な苛立ちの原因に踏み入ろうとする度に、城戸はどうしても足が竦《すく》んでしまった。そうして、ほとんど趣味的な〝X〟探しに、束の間の現実逃避を求めている。

夫婦関係だけなら、それでも構わない。しかし、両親の不仲が、子供に悪影響を及ぼすというのは、彼が何としても避けたい、決して受け容れ難い状況だった。

城戸は、子育てに関してはさしたる定見もなかったが、颯太が将来、ふと、自分は愛されて育ったのだと、一片の疑いもなく信じられる日が来たなら、それに勝ることはないと思っていた。その考えには、勿論、香織とて同意しないはずがなかった。

颯太は、父親には決して反抗しなかった。城戸は、自分の欺瞞的な優しさを憎みつつ、結果的には息子との間に、何か特別な信頼関係が築かれているような錯覚を抱いていた。しかし、妻が家を空ければ、颯太がそのフラストレーションをぶつける先は、当たり前のように父親なのだった。

城戸は、そんなことはわかりきっているはずなのに、颯太の反抗に、終いには目も当てられないほど感情的になって、なかなか履かない靴下を投げつけ、頭に手を置いて、「いいかげんにしろ！」と怒鳴りつけた。

ただ、手を置いたのではなかった。言い聞かせるようなその素振りで、彼は恐らくは頭を叩いたのだった。そして、咄嗟にそのことに気づき、半ば無意識にそれを隠そうとして、頭から手を離さなかった。颯太は、怯えたように泣き止んだ。彼は怒気とともに鷲摑みにした自分の手を見つめた。そこに籠もった力には、彼が暴力に対して唾棄するもののすべてが、何一つ欠けることなく揃っていた。

胸の内で、何か酷く汚らしいものが破裂してしまったような感じがした。城戸は、一旦その場を離れると、顔を真っ赤にして嗚咽しながら靴下を履く颯太を、最後には抱きかかえて泣き止ませた。そのまま、黙ってこども園に送り届けたが、子供の背中が見えなくなるや否や、後悔に駆られ、酷く惨めな気持ちになった。

離婚訴訟で児童虐待の悲惨な事例に触れる度に、彼は、子供をかわいそうに思う傍ら、そうせざるを得ない人間に生まれつき、そうならざるを得ない環境に生きている親たちに幾らか同情を寄せたが、それも、彼らを自分とはまったく異なる人間と思えばこそだった。

しかし、今の生活がもっと不遇であったなら、自分は或いは、子供を殴る親だったのかもしれないと、初めて真剣に考えた。その想像は、彼の自分という人間に対する信頼を深刻に損なってしまった。最後には、抱きしめ宥めはしたものの、それとて、暴力とハネムーン期を繰り返すDVの加害者の典型のようだった。

六時過ぎに元町・中華街駅のビルに入っているこども園に迎えに行くと、颯太は、大急ぎで友達と遊んでいたブロックを片づけ、満面に笑みを浮かべて駆け寄ってきた。保育士からは、一日特に問題なく過ごしたという報告を受け、しばらく友達と名残を惜しむようにじゃれついたあと、「ごいっしょに、さようなら。」といういつもの挨拶をして園を出た。

海風の強い日だった。夜の闇にそのシルエットだけを許されている街路樹が、クリスマスのイリュミネーションを煌めかせている。元町の華やぎを尻目に、信号待ちをしていると、見知らぬ男が、なぜかしきりに電柱を蹴り続けている。

城戸は、それとなく颯太の手を強く握って、その男から数歩、遠ざかった。青になっても、男はその場に留まり続けたので、直《じき》に姿は見えなくなった。特に何も言わなかったが、颯太も心持ち、早足で歩いていた。

信号の度に、ビルの谷間から冷たい風が吹きつけてきた。城戸は、コートの前を閉じ合わせながら、繋いだ手から食み出している颯太の指先を気にした。

「さむくない？　だいじょうぶ？」

「うん。……ねえ、おとうさん？」

「なに？」

「ウルトラマンって、くちがうごかないのに、なんで、『シュワッチ！』とかいえるの？」

「え？　なんでかな。」

城戸は笑って首を傾げた。颯太は、それがどんなにおかしなことかを、勢い込んで、目を丸くして説明した。

「そうだな。……まあ、でも、ウルトラマンは、とんだり、スペシウムこうせんをはっしゃしたり、いろんなことができるんだから、くちをうごかさずにしゃべることくらい、むずかしくないんじゃないかな。」

城戸は、我ながら気の利いた答えだと思ったが、颯太はその理屈にまったくピンと来てないようだった。

帰宅後は、ミートソースのスパゲティと冷凍物のハンバーグを二人で食べた。それから、颯太がテレビを見始める前にソファで膝の上に乗せて、「けさはおとうさんも、おおきなこえをだしてごめんな。」と謝った。

颯太は、「うん。」と頷いたが、それよりも早くテレビを見たがった。

「あさはおとうさんも、しごとにちこくしそうでいそいでたし、そうただって、こどもえんにちこくしたら、こまるだろう？　それでおこっちゃったけど。」

「うん。」

「あしたのあさは――こっちみて――ちゃんと、まにあうようにじゅんびしよう。」

「うん。」

「よし、じゃあ、このはなしはおわりだ。いいよ、テレビみて。」

そう言って、城戸はもう一度、息子の頭を撫でて、その小さなからだを抱擁した。

入浴を済ませて子供部屋に行くと、電気を消した真っ暗なベッドで、一緒に横になった城戸に颯太が言った。

「おとうさん。」

「なに？」

「もし、ぼくと、ぼくのニセモノがいたら、ほんもののぼく、わかる？」

「なんだ、それ？」

颯太は、こども園で読んでもらった『アンパンマン』の絵本の中に、〝ばいきんまん〟が扮した偽物のアンパンマンが登場した話をした。

「あー、そういうことか。……そりゃ、わかるよ。じぶんのこどもだから。」

「どうやってわかるの？」

「みたらわかるよ。あと、こえとか。」

「でも、みためもこえも、まったくおなじだったら？」

「そしたら、……そうだな、おもいでをきいてみるよ。きょねんのなつ、いっしょにいったかぞくりょこうはどこだった？」

「ハワイ！」

「そう。ニセモノは、そとがわだけマネしても、おもいではわからないだろう？」

「そっかあ。おとうさん、すごい！　じゃあ、おとうさんのニセモノがいても、おもいでをきいたらいいんだよね？」

「そうだよ。」

「じゃあ、……ハワイにいったとき、おとうさんはこんなおっきな、ぞうりみたいなステーキをたべたでしょうか、たべてないでしょうか？」

「たべた。――まあ、そのききかただと、ニセモノにもわかっちゃうかもしれないけど。……」

そんな話をしばらくしているうちに、少しずつやりとりが間遠になり、やがて傍らから小さな寝息が聞こえてきた。城戸は、暗がりの中で急速にそれが深まって行くのを待ってから、布団を掛け直し、そっと子供部屋をあとにした。

ずっと先延ばしにしていたクリスマス・ツリーの飾りつけを今日こそしようと、彼は、富樫《とがし》雅彦と菊地雅章の美しいデュオのCDをかけながら、その作業に取りかかった。段ボールを開けると、金銀のオーナメントと電飾が、去年、彼が片づけたままの状態で身動《みじろ》ぎもせずに収まっていた。

里枝から〝X〟についての相談を受けたのが、丁度、昨年の今頃だったのを、彼はそのフェイクのツリーを見て思い出した。月並みな感慨だが、一年の経つのの速さに愕然とした。

彼は、颯太を子供部屋で寝かしつけたあと、一人でここでウォッカを飲んでいたあの晩のことを思い返した。あの時感じた強烈な幸福感の意味を、彼は考えるともなく考えた。

ツリーを組み立て終えると、窓辺に設置して、星や球体のオーナメントを枝にぶら下げて、仕上げにLEDの電飾を巻きつけた。いざやってみると、三十分ほどの作業だった。電飾を点《とも》し、部屋の照明を少し落として離れた場所から眺めた。ベランダに面した窓に、独り彼の立ち尽くす部屋の様子が反射している。

また少し飲もうかと思ったが、菊地のピアノだけで演奏される破格の〈All The Things You Are〉が始まったところで、しばらくその場から動きたくなくなった。

時間が、ゆっくりと解体されてゆくようなテンポだった。旋律が、一滴ずつ、澄んだしずくとなってしたたり、静まり返った室内に、幾重にも波紋を広げていった。

城戸は、音楽そのものというより、その音の予感と余韻との融け合いの中で息を潜めて、クリスマス・ツリーの電飾が、一定のパターンで変化してゆく様を眺めた。

やがて、テーブルの上の携帯電話から、ラインの着信音が聞こえた。香織からだった。

「そっちは大丈夫？　颯太は良い子にしてる？」

出張中に連絡してくることは珍しかったが、彼女なりに、このところの不和を気にしているのかもしれない。少し気分転換になればいいがと思っていたので、城戸は、このたった二行のメッセージを喜んだ。新しい上司と一緒だと言っていたが、人望のある男性らしく、仕事の不満を言うことはなくなった。

城戸は、いつになく絵文字をつけて、「うん、大丈夫。良い子にしてるよ。出張、がんばって！」と返信した。妻からは、「Thank You!!」という城戸の知らないキャラクターのスタンプが届いたが、それは、当人には、この一年ほどの間、ついぞ見たことのない明るい笑顔だった。

ダイニング・テーブルでしばらく携帯を弄っていたあと、城戸は、美涼が語っていた、〝三勝四敗主義〟という人生観のことを思い出した。

彼は、美涼という人間に対して、はっきりと「好きだ」という感情を抱いていた。が、その関係を発展させるための努力は、最初からまったく放棄していた。それは、あらゆる意味で非現実的であり、まともに考えてみることさえしなかったが、それでも美涼は、自分がもし彼女をパートナーにしていたなら、といった想像を掻き立てずにはいない女性だった。

彼は、美涼とやりとりをしている時の自分に、他のどんな時とも違った居心地の良さを感じた。あのどことなく投げやりで、いつもちょっとしたことで、いかにも楽しそうに笑っている顔をフェイスブックで見ていると、彼女が常に傍らにいる日常というのは、どんな風だろうかと、つい想像せずにはいられなかった。彼女と結婚して、彼女が颯太の母親だったたなら、どうだっただろう？――しかしそれは、この世界で現実に起こり得ることというより、あり得たかもしれない、まったく別世界の、別の人生の空想に過ぎなかった。

もっと若い頃だったなら、たとえ既婚であったとしても、こんな分別臭い、煮えきらぬ態度でもなかったのではないか、と城戸は思った。しかし、その時分に、躊躇《ためら》いがちな彼の尻を叩き、強引に腕を引っ張っていたあの衝動は――つまりは性欲は――今は照れ臭そうに後退《あとず》さりしながら、彼がどうしてもと言うならつきあってもいいといった体《てい》なのだった。妻とのセックスレスをあれほど気に病んでいる当の性欲が！　そして、彼自身が今、反対にその性欲の尻を叩き、腕を引くというのは何としても億劫だった。二十代の彼は、そんな大人びた無気力は、みんな白々しい、嘘に決まっていると思い込んでいたのだったが。……

いずれにせよ、中年ののぼせたような考えで、何か突発的な、破滅的な衝動に身を委ね、これまで築いてきた生活を捨て、彼女と新しい生活を始めるなどというのは、彼が強い感銘を受けた、彼女の〝三勝四敗主義〟という、あの人生との地に足の着いた折り合いのつけ方とは、凡《およ》そ対極的だった。

〝X〟とは、結局のところ、人生に退屈した、極平凡な人物だったのではあるまいかと、城戸は初めて考えた。

人はなるほど、「おもいで」によって自分自身となる。ならば、他人の「おもいで」を所有しさえすれば、他人となることが出来るのではあるまいか。

『――本当は、こんな風に深夜に独り、人生の倦怠を持て余して、ネットか何かで小見浦を見つけ出しただけなんじゃないだろうか。殺人だの何だのとは無関係に、ただ今よりは幾らか刺激的な人生を求めていただけの軽薄な男だったのでは？……』

小見浦が、ヌードのイラストの片方の乳房に書き記していた「曾根崎義彦」という名前は、ネットで検索しても、犯罪歴は疎《おろ》か、存在すら見つけ出すことが出来なかった。

城戸は、小見浦という人間のいかがわしさから、〝X〟が何か犯罪に手を染めているのではないかという考えを以前よりも強くしていた。そしてそのために、彼への共感は幾らか揺らいでもいた。

しかし、寧ろ逆に、彼は、谷口大祐が、家族との不和という理由のために交換しても良いと思うほど、穏便な人生の人間だったのではないかという気がした。或いは、金目当てか。

いずれにせよ、里枝にとっては、それで構わないに違いない。そして、城戸自身も、この虚しい〝探偵ごっこ〟を終わらせることで、家庭を立て直さなければならないということを今一度、真剣に考えた。

城戸が、〝X〟の正体に逢着したのは、この日から二週間後の、ひょんな出来事がきっかけだった。

それは、彼を再び〝探偵ごっこ〟にのめり込ませてゆくこととなったが、その直前には、実のところ、今にもその関心に見切りをつけようとしていた、こんな一夜があったのだった。

13

クリスマスを五日後に控えて、街はいよいよ浮き足立った雰囲気だった。

城戸はその日、東京地裁で仕事を一つ済ませた後、渋谷の東急デパートの脇にある小さなギャラリーを訪れていた。

杉野《すぎの》という名の友人の弁護士が、死刑廃止運動に熱心で、確定死刑囚の公募美術展に携わっており、その案内を貰っていたのだった。

城戸は、死刑制度には反対だが、廃止運動に直接関与したことはなく、死刑が求刑されるような刑事事件を担当した経験もなかった。どちらかというと、小見浦が刑務所から送ってきた珍妙なハガキを見て以来、受刑者の描く絵の方に興味を持っていた。

小見浦は、どことなく物悲しい、悪い冗談のようなペテン師だったが、死刑囚となれば、描くものもまったく違うだろう。

過去には自らの殺人があり、未来には国家による処刑が待っている。そういう人間が、現在に於いて描く絵を、城戸は見てみたいと思っていた。

会場は、飲食店が軒を重ねる雑居ビルの六階だった。夜は、都心でも積雪の恐れという予報で、傘を差してはいたものの、渋谷駅から歩いてくる間に、コートの前は大分白くなっていた。急いで歩いた分、悴《かじか》んだ頬は内から少し火照っていた。

入口の前でまだ残っていた雪を落としていると、杉野が、こんな日に申し訳ないと礼を言いに来たので、「いや、寒いね。」と苦笑した。今日は、彼がモデレーターを務めるトーク・イヴェントも予定されている。

会場の白い板張りの床は、靴底の雪で濡れていて、城戸の目の前でも女性が一人、滑って転びそうになった。既にイヴェントの椅子も設置されていて、百平米ほどのスペースは、思いの外、混雑していた。城戸は、帰りの電車が心配なので、イヴェントは、途中で抜けるつもりで、後方の席にコートだけを掛けておいた。

出品者は十数名で、見上げるような大作からハガキ大のものまで様々だった。画材が限定されているだけに、紙を貼り合わせたり、色を塗ったりするのに苦心のあとが看て取れた。作品の傍らにはタイトルと作者、それに事件の通称が添えられている。それ以上の詳しい説明はなく、携帯で検索しながら見て回っている者もいた。

入口付近に展示されていたのは、五十センチ強の絵を縦に二枚並べた大作だった。下の絵に描かれているのは、煉瓦作りの巨大な空井戸の底で、壁を這い上がろうとしながら跪《ひざまず》いている全裸の女性。それと一続きになっている上の絵には、遥か頭上に覗く青空と緑の草花、それに静かに差し込む太陽の光が描かれている。恐らく、拘置所の窓から見える光を重ねているのだろう。B4くらいの紙を貼り合わせてこの大きさにしているようで、彼方の自由を渇望する遠近法は絶望的であり、眩しい光と、井戸の底に行くほど濃くなってゆく闇との対照が、悲痛な効果を上げている。

ペットショップのオーナー夫妻が、顧客四人を相次いで殺害し、死体を完全に消滅させていた事件で、描いたのは、逮捕以来、一貫して殺人については冤罪を主張している妻の方だった。有名な事件だけに、展覧会のチラシでも、この絵が大きく取り上げられていた。

隣の絵は、初秋らしい地面を描いたもので、まだ若い松ぼっくりや緑の落葉が散乱し、蟻《あり》の行列も見えているが、異様なのは、そこに無数の手榴弾が混ざっていることだった。その場所を、靴も履かずに歩こうとする女性の白い足が覗いている。空井戸の絵でも、女性の裸足《はだし》が強調されていた。

その他、より直接的に、言葉によって無実を訴えている作品もある。

城戸は、まずその絵の達者なことに驚いた。絵画というよりは、ポスター風である。隣に展示されているのは、やはり冤罪を訴えて、最高裁に再審請求中の毒物による大量殺人犯の女性の作品だった。

色紙大の絵が、十点ほど展示されている。城戸は、前を行くカップルに続いて、全体が黒く塗り潰され、真ん中に下向きに湾曲した、太い赤い線が描かれている絵の前に立った。縦には、血の涙のようなしずくが滴っている。城戸が、事前にウェブサイトで読んだ解説では、真ん中の横線は、絞首刑の際にロープが首に食い込んで出来る傷を表現しているらしく、しずくは家族の涙なのだという。

傍らには、一面が青で塗られ、中心に豆粒のように小さい四角い囲いと赤い丸が描かれた絵がある。これも解説を読んでいて、青空を見ることが出来ない、拘置所の閉塞感と孤独の表現らしかった。

死の恐怖も冤罪の訴えも、ほぼ正方形の画面に図案化されていて、筆記具の乏しさもあり、決して巧みとは言えないものの、いずれも、見る者の存在を、内に強く圧《お》し込んで来るような力があった。

城戸は、一点一点の作品の前に立ち止まる度に息を呑み、しばらくして長い溜息を吐くということを繰り返した。

この作者の作品も、どちらかというと、グラフィック・デザインだった。

城戸は、広告表現の芸術性といった通念を脳裡に過ぎらせた後に、寧ろ、芸術表現の広告性をこそ議論すべきなのではないか、と考え直した。

グラフィック・デザインの目的は、イヴェントにせよ商品にせよ、何かが存在していることの告知である。知らされなければ、それは、そもそも存在していないかのように黙殺されてしまう。ポスターは、「ここにこれがある！」ということを、美の力を借りて訴えるのであり、結果、その表現は芸術の域にまで高められることもある。

しかし、芸術とはその実、資本主義とも大衆消費社会とも無関係に、そもそも広告的なのではあるまいか？——例えば、燃えさかるようなひまわりの花瓶がある。草原を馬が走っている。寂しい生活がある。戦争の悲惨さがある。自ら憎悪を抱えている。誰かを愛している。誰からも愛されない。……すべての芸術表現は、つまるところ、それらの広告なのではないか？


城戸は、時計を気にしながら少し歩みを速めた。

個々の死刑囚の表現は、驚くほど多様だった。イラスト風のものから漫画仕立てのもの、入れ墨の原画のような竜や鯉、名画の模写、シュルレアリスティックなペインティング、拘置所の朝昼晩三食の味噌汁の具を几帳面に表にしてまとめたものなど、どれ一つとして似たものはなかった。

巧拙にも差があり、歴然とした〝才能〟を示しているものもある。公募なので、死刑囚の中でも、絵の得意な者が出品している、ということもあるのかもしれない。

自分が今いるこの場所からは、あまりに遠い絵がある一方で、決して拘置所の中で描かれたとは思えないような、心温まる、きれいな絵もあった。

罪を認めている死刑囚の作品の中には、死刑制度そのものの残酷さを訴えるものもあったが、鳥や花、猫など、ただ描きたいものだけを描いている作品も少なくなかった。

城戸は、最初の思いつきに拘るべきかどうかと迷いつつ、彼らが「広告」しようとしているものについて、引き続き考えた。

冤罪の訴えにしても、犯行自体の否認は、意外に少なかった。自分はそんなことはしていない、というのではなく、寧ろ、自分はそんな人間ではないと必死に叫んでいる。行為ではなく、存在そのものを抗弁している。なぜなら彼らは、国家によってその存在を無に帰せしめられようとしているのだから。——

犯した罪からは想像もつかない愛らしい絵を描く死刑囚は、自分の存在の痕跡を、やがて消滅する肉体とは別の外部に、どうにか留めようとしている。それらは、殺人犯として処刑される際、諸共《もろとも》にこの世界から抹殺される、彼らの〝意外な一面〟だった。もし人格を切り分けられるとするなら、道連れにされる犠牲者のようなそれらの存在を、彼らはやはり、死の恐怖の底から、必死で広告しているのかもしれない。

イヴェントの時間が迫っていたので、城戸は、入り組んだ展示の壁に沿って、人を避けながら、残り数点を見てしまった。

アジビラ風の、「安保破棄！」、「プロレタリア独裁万歳！」、「消費税増税反対！」などといった主張を詰め込んだ画面の中央に、ピンクチラシのような女性のヌードのイラストが描かれた一連のシリーズがあった。城戸は、目を瞠った。構図といい、胸を強調したポーズといい、小見浦が自分に寄越してきたあのハガキとそっくりだった。——というより、明らかにこの絵の模倣だった。展示の中には、彼が拘っていた般若心経を写経したものもあった。

『――あの男は、どこかでこの展示を見たんじゃないだろうか？　或いは、雑誌でその記事を目にしたのか。……』

城戸は、彼の「マ・ヌ・ケ！」という言葉を思い出した。敢えて死刑囚の絵を模して描いているのに、こちらがまるで気づかない鈍感さに腹を立てていたのだろうか？

「はい、……えー、では、そろそろイヴェントを始めますので、皆さん、ご着席ください。また終了後にも見ていただく時間はありますので。」

アナウンスに従って、城戸も座席へと向かいかけたが、最後に一瞥した絵が、彼の足を止めた。

強烈な他の死刑囚の絵と違って、それは穏やかな、小川の流れる野山を描いた風景画で、稚拙だが、慎ましやかな純朴さが感じられた。隣に並んでいるのは、満開の桜の木と小鳥たちの絵であり、また、板塀に囲われた道路と電信柱や郵便ポストといった、どこかの古い町角の絵もあった。

城戸は、奇妙な感覚に見舞われた。何となく、どこかで見た絵のような気がしたからだった。中学生が美術の時間にでも描きそうな風景画ではあるが。

小見浦だろうか？――違う。そうではなく、……何だろう？

描いたのは、一九八五年に四日市市で起きた放火殺人事件の犯人らしいが、当時十歳だった城戸は、そう言えば、その事件を微かに記憶していた。

しばらく考えていたが、思い過ごしだろうかと、促されて座席に着いた。

トーク・イヴェントでは、キュレーションを務めた美術批評家が、個々の作品について解説していったが、飽くまで〝美術作品〟として論じようとしすぎるために、城戸は途中で退屈した。司会役の杉野も、その方針には同意している様子で、あとで一言、言いに行こうかとも思った。

城戸は、最後に見たあの風景画のことがまだ気になっていた。人の頭越しに、ぼんやりとそちらを見ていたが、雪も気になるので、そろそろ帰ろうかと思い始めていた。

一時間のトーク・イヴェントも、残りは十五分ほどだった。

「――えーっと、時間もなくなってきましたので、急いで見ていきましょうか。……こちらのちょっと刺激的な女性のヌードの絵はですね、北九州市で起きた替え玉保険金殺人事件の犯人の一人が描いたものですね。非常に複雑な事件なので、簡単にお話ししますと、北九州にあったスナック経営者Aとその店員Bが、金に困って保険金詐欺を計画します。この二人は、金蔓《かねづる》にしていた某氏と養子縁組をしていて、義兄弟の関係でした。――で、Bに多額の生命保険をかけて、Aを受取人にし、Bの身代わりに、ホームレスの男性に酒を飲ませて溺死させます。替え玉殺人で、生命保険を騙し取ろうとしたんですね。ところが、まあ、この辺が杜撰《ずさん》なんですが、殺された男性は、Bとは年齢も背格好も全然違ってて、あっさり、警察に見破られてしまうんです。実は、このBという男は、この事件の前にも、強盗殺人と放火を犯していまして、死刑判決となりました。この絵は、そのBが描いたものです。……」

城戸は、聞くともなく聞いていたが、「替え玉保険金殺人」という通称の意味がようやくわかって、つと話者の方に目を向けた。

『ホームレスは、Bと身許を入れ替えられて、Bとして殺されたのか。……』

そして、二の腕の辺りに、さっと何かに触れられたように鳥肌が立った。彼は当然に、谷口大祐になりすましていた〝X〟のことを思い出したのだった。

そして、あっ、と口が開いたが、声にはならなかった。そのまま数秒間、微動だにしなかった。

城戸が見ていたのは、Bが描いたヌードのイラストではなかった。その隣に展示されている、先ほどの風景画だった。そして、その絵の見覚えに卒然と心づいたのだった。

『――〝X〟の絵に似ている。……』

城戸は携帯を取り出すと、里枝の実家で撮った〝X〟の遺品の写真を探した。数点、そのスケッチが見つかったが、描かれているのは、まったく違った場所の風景だった。ただ、タッチがそっくりだった。

城戸の心臓は、彼の胸を内から懸命に叩いて、何かを訴えようとしていた。しかし、次の瞬間には、少し冷静になって、だから何なのだろう、と考えた。

批評家の解説も、丁度、この風景画に移っていたが、既に二十年も前に刑は執行されているらしく、死刑囚の名前は小林謙吉《こばやしけんきち》というらしい。小見浦のあのわけのわからないハガキによると、谷口大祐になりすましていた〝X〟は、「曾根崎義彦」という名前のはずだった。

しかし、なぜそう言えるのだろう？——

城戸は、眉間を険しく寄せて、少し首を傾げた。彼がそう考えているのは、小見浦が送ってきたあのハガキの女性の胸にそう書かれていたからに過ぎなかった。しかし、右の胸に「谷口大祐」と書かれていて、左の胸に「曾根崎義彦」と書かれていたからといって、二人が戸籍を交換したと、どうして思うのだろうか？

彼は、乳首の周りに円を描くようにして並んでいたその文字を思い出した。そして、またあの「イケメン弁護士先生の目は節穴ですか？マ・ヌ・ケ！」という言葉のことを考えた。

『——あの男は、なんで俺をマヌケだと言ってるんだろう？……』

単なる思わせぶりか。それとも、小見浦は、やはり何かを仄めかしているのだろうか？

彼が、「替え玉保険金殺人」の死刑囚の絵を真似ているのには、何か意味があるのかもしれない。もし彼が、どこかでこの展覧会を見ていたなら、この小林謙吉の絵も知っているのではあるまいか。それを言わんとしているのだろうか？　何を？　小林謙吉はとっくに死んでるじゃないか。……

城戸は、先走った興奮の空虚な余韻に、独り取り残された。拍手の音で、対談が終わったことに気がついた。そのまま引き続き、質疑応答の時間に移った。

観客は、死刑廃止運動への理解者が大半らしく、質問というより感想が多く語られ、感極まって涙ぐむ者もあった。肝心の質問も、開催に当たっての苦労だとか、今後の展望など、当たり障りのないものが大半で、やや過剰なほど慎重に言葉が選ばれていた。

やがて、最初から挙手していて、ずっと当てられなかった前方の男性が、「じゃあ、こちらの方で最後の質問とさせていただきます。」と指名された。

「今日は、貴重なお話をありがとうございました。それから、質問の時間を与えて下さって感謝します。ノンフィクション作家の川村修一《かわむらしゅういち》と言います。犯罪被害者の家族についての本を書いています。」

城戸は、彼を知らなかったが、白いシャツに紺のセーターを着た、真面目そうな青年だった。丁寧な口調だが、今にも自制を振り切ろうとしているような声が、聴衆を身構えさせた。

「あの、……ちょっと空気読まないこと言いますけど、僕はこの展覧会は、欺瞞《ぎまん》的だと思います。正直、ちょっとムカついてもいるんですけど。なんで、これをやる前に犯罪被害者の絵の展覧会をしないんですか？　なんで先に、その人たちの心情を理解して、寄り添ってあげようとしないんですか？　死刑囚に、こんな絵を描く才能があったんだって感心する前に、殺された人たちに、どれだけの才能があって、夢があって、どんなに美しい心があったか、そういうことを考えないんですか？　その人たちは、殺される前に絵を描いたりする余裕があったんですか？　死刑は残酷だって言いますけど、自業自得じゃないですか！　なんで、この人たちにだけ、贅沢に、絵なんか描く自由が許されてるんですか？　どんなに自分を表現したいって思っても、その自由を人から奪ってるんですよ、この人たちは！　そのことを考えないで、ただ、ここにある絵だけを見て、ああ、死刑囚はかわいそうとか、一面的すぎるんじゃないですか？　この人たちが、どれほど残酷な罪を犯してるか、もっとちゃんとした説明も掲示すべきじゃないですか？　殺人事件の中でも、死刑になるのって0・9パーセントとかですよ。情状酌量を超えてるんですよ、この人たちがやったことは！　亡くなった人だけじゃなくて、ご遺族やお友達、愛する人たちが、どれほど苦しんでるか、考えてみないんですか？　こういう展覧会は、その人たちの神経を逆撫でしてると思います！――以上です。」

青年は、打ち震えながら一気にそう語ると、すとんと椅子に座って、マイクをスタッフの方に突き出した。鋭いハウリングが、会場の静寂を切り裂いた。後方から力強く拍手する者もあって、何人かがそちらを振り返った。川村という青年は、急に思い出した

ようにまた立ち上がると、

「あ、因みに、冤罪で死刑にするのは大問題ですので、僕も反対です。それだけ、つけ加えておきます。」と言って着席した。

城戸は、被害者の話が一切出ないことは気になっていたので、誰かがすべき質問だったと感じた。誰も言わないなら、あとで杉野とその話をしようと思っていたし、彼がこれまで死刑廃止運動に積極的になれなかったのも、一つはそのせいだった。

杉野は、まったく表情を変えることなく頷いて応じた。川村のことは、以前から知っている様子だった。

「法的に保障されている権利の問題と、心情的な問題とをわけて考える必要があるかと思います。法的には、日本の刑罰観は絶対的応報刑論ではなく、相対的応報刑論です。よく言われる『目には目を』という同害報復の考え方は、実は、心情的に過剰になりがちな報復を、被害以上に拡大させないための制限原理でした。そして、『目には目を』式の身体刑は、近代以降の刑法では自由刑に置き換えられます。傷害事件で被害者が失明しても、加害者の目が潰される、ということはありません。被害者はその後、この世界の一切の美しいものを見ることが出来ませんが、加害者は何だって好きなものを見ることが出来ます。その代わりに、重い罪ほど、より自由を制限する罰が科されるのが自由刑です。死刑という制度は、この原則から完全に外れています。心情的には、仰ってることもわかりますが、亡くなった被害者は、一切の自由を失っているわけですから、あなたの理屈では、死刑囚は、そもそも何かを感じて、ものを考えることさえも許されないはずです。」

「僕はそう思ってますよ。即刻、死刑にすべきじゃないですか。一秒一秒が、殺された人間にとっては、途轍《とてつ》もない贅沢ですよ。」

川村は、マイクを通さずに言った。

「私は、死刑という身体刑を例外として認めることに反対の立場です。そして、生きる上での最低限の活動の一つとして、死刑囚の芸術創作の権利を擁護します。ただ、社会には役割があると思います。被害者やご遺族の絵画展というのは、とても興味深いですが、それは、被害者を支援する人たちがすべきことでしょう。国民は勿論、両方を見て判断すべきだと思います。」

川村は、杉野が話している間中、何度となく、強い拒絶の調子で首を横に振っていたが、それ以上、反論はしなかった。しかし、その強ばった背中には、遣る方のない怒りが満ちていた。杉野は、司法修習生時代、判事に見込まれて、何度も誘われながらも弁護士になったという珍しい男だった。今し方の返答も、法制史的には正統だったが、表情一つ変えないことに、川村が反発するのも理解できる気がした。

散会後、杉野はゲストの美術批評家と一緒に奥に下がってしまったので、城戸は、帰路につく人の流れから外れて、またあの風景画の前で待つことにした。

先ほどの解説では、小林謙吉は、近隣の工務店の社長夫妻だけでなく、その小学六年生の一人息子まで殺害しているらしいが、ナイーヴなことは百も承知で、城戸には、そんな人間が描いた絵とは、とても思えなかった。

会場は次第に閑散としてゆき、城戸が「小林謙吉」を携帯で検索しかけたところで、奥から杉野が出てきた。

「お待たせしました。ありがとう、最後まで聞いてくれて。」

「お疲れさん。勉強になったよ。」

城戸は、労《ねぎら》いの言葉をかけて、携帯をポケットに仕舞いかけた。そして、目に留まった一枚の顔写真に言葉を失った。――〝X〟だった。

杉野は、メールのチェックでもしているのかと、城戸の傍らで電話の操作を終えるのを待っていた。

城戸は、その写真に添えられた文章に素早く目を走らせた。

「――これ、……」

iPhoneの画面を見せると、杉野は顔を近づけて、

「ああ、この絵の人だよ。小林謙吉さん。」と言った。

城戸は、その写真と展示されている絵とを見比べながら、しばらくどういうことなのか考えていた。

同じではなく、似ているのだった。そして、一つの推測に至ったが、呆然としつつも興奮していて、その先を冷静に考えることが出来なかった。

14

杉野によると、小林謙吉には、誠《まこと》という名の一人息子がいて、今は離婚した母親の「原《はら》」という姓を名乗っているらしい。つまり、「原誠」が氏名である。

小林謙吉が、三重県四日市市で事件を起こしたのは、一九八五年のことだった。典型的なギャンブル依存症で、借金で首が回らなくなり、つきあいのあった工務店の社長宅を訪れて、十万円を無心するも断られて逆上。一旦帰宅した後、深夜に強盗に押し入り、社長夫婦と小学六年生の一人息子を文化包丁で刺し殺して、証拠隠滅のために放火したという、残虐な事件だった。

城戸はやはり、この事件を曖昧にしか記憶していなかったが、偶然にも、その誠という名前の子供は、彼と同じ一九七五年生まれらしかった。

あの時の同じ小学四年生が父親の殺人事件を経験したのだと思うと、生々しい実感が湧いた。同級生たちの顔がちらつき、彼らと一緒に遊んでいた自分自身が思い出された。

メディアで大きく報じられ、マスコミが殺到したので、原誠は母親とともにすぐに転居している。その後、彼自身は、一時、前橋市の児童養護施設にいたらしい。そこを出てからの足取りは不明だった。

原誠の存在が知られるようになったのは、ひょんなことからだった。

彼は二〇〇六年頃から万引きの常習犯となり、何度も見つかって通報された挙句、二〇〇八年に、到頭、起訴されて窃盗罪で懲役一年、執行猶予三年の判決を受けるに至った。執行猶予期間中にまた万引きで逮捕されて、懲役一年六ヶ月の実刑を科され、更に出所後、間もなく同罪で三度目の有罪判決を受け、今年の初めにようやく刑期を終えている。

最初の実刑判決が下った後、それを暴露するように、週刊誌の〈事件のその後〉という特集が、加害者家族の例として彼を取り上げた。

仮名の記事だったが、ネット上の犯罪マニアのサイトには、それ以前から、彼が母親の「原」という姓を名乗っていることが出ていたらしい。城戸も、小林謙吉について検索する途中で、それらしいサイトを覗いてみたが、真偽不明の噂話がごちゃ混ぜになっており、何よりもサイト管理者の悪趣味に辟易《へきえき》した。ただ、週刊誌の記事の切り抜きが多数貼りつけられていたので、件《くだん》の特集の内容も知ることが出来た。

原誠の経歴で城戸が驚いたのは、施設を出たあと、しばらく北千住のボクシング・ジムに所属していて、プロボクサーとしてデビューし、一九九七年には、バンタム級の東日本新人王トーナメントで優勝していることだった。城戸は多少、格闘技に詳しいが、これは大したことだった。

ただ、精神的な問題を抱えていたらしく、全日本新人王決定戦前に突然出場を辞退して失踪。その後、十年間ほどは日雇いの仕事で喰い繋いでいたが、どこに行っても、いつの間にか「殺人犯の子供」という噂が職場に広まり、長続きはしなかった。

最初に万引きで捕まったのは二〇〇六年で、以後、急速に常習化したらしい。件の週刊誌の記事は、原誠の人生を憐れみつつ、犯罪性向はやはり遺伝するのだろうかといった酷い結び方をしていた。

その後、杉野と一緒に死刑廃止運動に携わっている門崎《かどさき》という女性の弁護士が、偶然この小林謙吉の子供に関する記事を見て驚き、二度目の実刑判決が出た万引きでは、彼女が弁護を引き受けている。裁判では、原誠の生育歴や通院歴などが強調され、万引きの繰り返しは精神疾患によるものだと主張されたが、判決では考慮されなかった。門崎によると、恐らく「窃盗症《クレプトマニア》」で、再犯の懸念があるため、出所後も医師を紹介し、時折連絡を取っているのだという。

原誠の写真は、ネットのどこを探してもなかったが、杉野の紹介で、門崎に直接訊いてみたところ、父親の小林謙吉には、まったく似ていないらしかった。

城戸は、話の流れで、原誠がどこの刑務所にいたのかを電話で尋ねたが、その返答に驚愕した。

「横浜刑務所です。」

「え？……横浜？」

「ええ。城戸先生、お近くですよね？」

「近くですけど、それより、……」

小見浦《おみうら》のいる刑務所だった。東京矯正管区内のB指標受刑者のための刑務所というと、そう幾つもあるわけではないので、不思議ではないが。……城戸は、小見浦は、刑務所内で原誠を知っていたのではあるまいかと考えた。そして、これまで自分でも「まさか。」と半信半疑だった憶測が、俄かに真実めいてきたことに却って戸惑いを覚えた。

城戸は、〝X〟という男は、小林謙吉の息子なのではないかと考えているのだった。つまり、彼こそが本当の原誠であり、万引きの常習犯として逮捕されたのは、小見浦を通じて戸籍の交換をした別人なのではないか、と。

城戸は、その話を電話で門崎にしたが、彼女は、「――え？」と一言発したきり、絶句した。

「〝X〟っていう人物が、小林謙吉の息子だったとするなら、彼がどうしても自分の過去を変えたがったのもわかります。あんな事件を起こした犯人の息子として生きるのは、……大変でしょう、それは。」

「ちょっと、……えー？　本気ですか？」

「ええ。」

「飛躍しすぎてて、ついて行けないんですけど。」

「まあ、……とにかく、顔がそっくりなんですよ。小林謙吉と〝X〟は。」

「それだけですか？」

「あと、絵が本当に似てるんです。それでハッとしたんです。ああいうところが遺伝するのか。……」

「……微妙ですね。」

「刑務所に入ってた原誠さんは、父親の話、します？」

「いいえ、まったく。」

「ボクシングをやってた頃の話は？」

「それは、少し。殴られすぎて、バカになったって、笑ってましたけど。」

「その人、身長、何センチくらいですか？」

「身長、……170センチちょっとくらいだと思います。」

「大きいですね。……ボクシング、興味あります？」

「いえ、全然。」

「原誠のバンタム級って、体重52、3キロですよ。」

「えー、そんなに軽いんですか。っていうか、わたしより軽い。……」

「〝X〟は、163センチくらいで、身長的にもピッタリなんですよ。」

門崎は、またしばらく黙って考えていたが、やがて、

「でも、原さんが窃盗症《クレプトマニア》になってしまったのは、ボクシングの影響かもしれないって、精神科のお医者さんも言ってたんです。もちろん、お父さんのことが大きいでしょうけど。」と言った。

「身許確認はしてないんですか、警察は？　運転免許証とか、そういうのの写真は？」

「免許、持ってないと思います。ホームレスですから。」

「あ、そう、……」

「あの人ちょっと、知的障害があるんです。ボクシングのせいで、計算とか、出来なくなったっていうんですけど、お医者さんは元々じゃないかって。」

「……。」

「〝X〟って人が、もし本物の原誠なら、……でも先生、それって、ヒドくないですか？　自分の過去が嫌だからって、知的障害があるホームレスを欺して、戸籍を交換したってことでしょう？」

「欺してはないんじゃないですか？　原誠が小林謙吉の子供だってことは、その人も自覚してるんでしょう？」

「『はい。』って言うだけで、わかってるかどうか、よくわからないんです。なんでも、『はい。』って言いますから。そういう人に、……やっていいことなんですか？」

「……お金かな。」

「お金かもしれませんけど、絶対、大きな額は渡してないはずです。」
「――でしょうね。……」

門崎の言うことは、尤もだった。〝X〟が本当に小林謙吉の子供だとするなら、その事実から解放されたいというのは、なるほど、切実な願いだったに違いない。しかしその運命を、他人に負わせるというのは、まったく感心できなかった。況《ま》してや、物事の判断さえ覚束ないという人に押しつけるなど、言語道断である。

城戸は、〝X〟という人間のことがよくわからなくなっていた。同時に、自分自身も不可解だった。

そもそもは里枝への同情から始めた調査で、その限りに於いて、〝X〟には、複雑な事情はあれ、愛すべき人間であってほしいと思っていた。でなければ、不幸続きのあのシングル・マザーの女性は、あまりに不憫だった。

しかし、城戸は、自分の過去を捨て去って、まったく違う新しい人生を生きた〝X〟に、恐らくは、そこはかとない憧れを抱いていた。さもなくば、自分の〝X〟への関心をうまく説明できなかった。必ずしも、現状に絶望していなくとも、まったくの別人として生きてみたいというのは、たった一度の人生を運命づけられている人間の、ありきたりな願望ではあるまいか？　決断し、実行する無謀さがないからこそ、それはただ、夢見られるしかなかった。彼は、在日という出自の故に、身許を隠さねばならない人間の境遇を様々に想像して同情していたが、それも、〝X〟が本当は、里枝のような女性に愛されるべき人物であったからこそだった。

小見浦と会って、城戸は、それまでは、単に谷口恭一の妄想ではないかと思っていた、〝X〟の重大犯罪の可能性について、真剣に懸念するようになった。そして、胸の裡に、やはり自分とは違う人間なのだという醒めた感覚が広がってゆくのを意識せざるを得なかった。

それが、小林謙吉の息子ではないかと考え始めて以来、城戸の〝X〟への感情移入は、また、反動のように強くなっていた。彼の苦悩は、当人にはまったく咎のない、言わば運命的なものだった。そして、その不幸を思いやることには、奇妙な効果だったが、直視すると具合が悪くなってしまう、城戸自身の現在の不安を幾分なりとも和らげてくれるところがあった。

だからこそ、門崎の「ヒドくないですか？」という指摘に、城戸はもやもやとしたものを感じていた。そして、冷静になって、それをどうかしていると思うのだった。

いずれにせよ、城戸の推理はこういうことだった。

門崎が担当した、知的障害のある男性の本名は、恐らく、小見浦が示唆した「曾根崎義彦」である。

原誠は、まず彼と戸籍を交換し、しばらく「曾根崎義彦」として生きていた。その後、今度は谷口大祐と会って、二度目の戸籍交換を行った——或いは、一方的にその戸籍を奪った。そうして彼は、S市で、「谷口大祐」として里枝と出会うことになる。他方で本物の谷口大祐は、生きているならば、その時以来、「曾根崎義彦」と名乗っているはずだった。……

城戸はともかく、「原誠」と名乗っている万引きの常習犯に会いたくて、門崎に仲介を頼んだ。門崎を慕っている彼は、二つ返事で面会を応諾した。

「原誠」として、東中野駅の側にあるカフェに現れたその男は、戸籍によると城戸と同い年のはずだが、どう見ても四十代後半か、五十代の風貌だった。

痩せていて、白髪交じりの坊主頭は、上から何かで押さえつけられたように平らに潰れている。薄い上瞼《うわまぶた》が重たく垂れていて、全体に左に歪んだ顔は、中心を逸れた小さな顎の先端で、頼りなげに結ばれている。城戸は、その細い、ツンと突き出した鼻っ柱《ぱしら》に目を遣った。とても元プロボクサーで、「殴られすぎて、バカになった」というほど、パンチを受けてきた顔には見えなかった。

「ああ、先生！」

先にテーブルで待っていた男は、門崎に会って本当に嬉しそうだった。

門崎は、まだ三十代前半の若い弁護士で、髪型から服装に至るまで、真面目を絵に描いたような風貌だった。男が握手を求めると、気さくで親身な口調で、その体調を気遣った。男は、城戸を紹介されると、やはり笑顔で恭《うやうや》しく頭を下げた。城戸は、簡単に自己紹介をし、水を持ってきたウェイトレスにコーヒーを注文した。平日の午後だが、店内は中高年の女性客で混んでいた。

テーブルが落ち着くと、単刀直入に、

「曾根崎さん、……」と男に声を掛け、数秒反応を待った。

男は、笑顔の名残を湛えたまま、その人がどうかしたのだろうかという表情をしていた。

城戸は改めて、「曾根崎義彦さん、ご存じですか？」と尋ねた。

「はい。」

「――どういったお知り合いですか？」

「はい。知りません。」

「あ、……ご存じないですか？」

「はい。」

「失礼ですが、……本当は、あなたが曾根崎義彦さんなのではありませんか？」

「私は原誠です。絶対にそうです。」

城戸の隣で、門崎が、その「絶対に」という言葉に驚いていた。そして、

「ごめんなさいね、原さん、急にヘンなことをお尋ねして、ビックリしますよね。」

と優しく語りかけた。男は、動揺した様子で、彼女に助けを求めていた。城戸には、

やや悪感情を持った様子だった。

「実は、城戸先生が代理人をされてる女性のご主人が亡くなってしまって、……」

門崎は、要領良く事訳《ことわけ》を説明した。

「それで先生は、ひょっとすると、その亡くなった人が、原誠さんなんじゃないかってお考えなんです。」

「すみません、不躾《ぶしつけ》に。そのご夫人は、亡くなった夫の身許がわからずに、とても苦しんでいます。なんとか助けてあげたいのですが。――それで、とある人から、あなたの本名は、実は曾根崎義彦なんじゃないかと伺ったもので、失礼を承知で、質問させていただきました。」

男は、砂糖とミルクをたっぷりコーヒーに入れ、カップの持ち手を摘まんで、瞳を左右に巡らせた。口がぽかんと開いたまま、言葉が出なかった。

『――この人は本当に、原誠じゃないんだ。……』

城戸は、今更のようにそう確信して、驚きを抑えられなかった。そして、話せないのは、もしかすると、小見浦に口止めされているからではないかと考えた。秘密を守るように、脅されているのではないだろうか。

「じゃあ、ちょっと、質問を変えますが、小見浦憲男《のりお》さん、ご存じですか?」

「はい。」

「――知ってる?」

城戸は、その「はい。」が何を意味しているのか、確認するように尋ねた。男は、きっぱりとした態度で、「はい。」とまた言った。

「その小見浦さんが、戸籍の交換を仲介されたんじゃないですか？」

男は、門崎の方を見て、喉に詰まっている言葉を呑み込むべきか、引っ張り出すべきなのかを無言で尋ねた。

「言ってもらって大丈夫ですよ。その方が、わたしも力になりやすいですし。本当に、原誠さんって名前なんですか？」

「はい。」

「じゃあ、本名は？」

「あの、……私はまた、刑務所に行くことになりますか？」

「ここで伺ったことは絶対に口外しません。」

城戸は、彼の目を見て言った。男は、躊躇っていたが、やや唐突に、

「自分は本当は、田代昭蔵《たしろしょうぞう》と言います。」

と言った。城戸は、眉根を寄せて、隣で門崎が固唾《かたず》を呑む気配を感じた。

「それが本名ですか？」

「はい。」

「その名前を、原誠さんと交換したんですか？」

「はい。そうです。戸籍も何もかも全部。」

「どうしてまた？　お金ですか？」

「はい。あと、ホームレスだと仕事を探したり、お金を借りたりが難しいですから。」

「そう言われたんですか？」

「はい。」

「それで、原誠さんの戸籍と交換したんですか？」

「はい。」

「原誠さんがどういう方かはご存じでした？」

「はい。」

「本人が説明したんですか？」

「はい。仲介の人が。」

「本人に直接は会ってないんですか？」

「はい。会いました。」

「田代さんと仰いましたよね？　曾根崎義彦さんではなく？」

「はい。その人は知りません。」

「田代」と改めて名乗ったその男は、はっきり首を振った。嘘ではなさそうな感じがした。

城戸は、〝X〟の写真を取り出して彼に見せた。

「戸籍を交換した原誠さんは、この人ですか？」

彼は再び、ほとんど自分の矜恃に懸けてといった、一切の曖昧さを残さぬ態度で、こう断言した。

「はい。違います。この人は知りません！」

そのあと、しばらく三人でケーキを食べながら、田代がどういう人生を歩んできたかを聞いた。中卒で職を転々としたが、どこに行ってもグズだ、のろまだ、と罵られて続かず、十数年前からホームレスになったという。戸籍を交換した際に手にした金額は、手数料を引かれて三万円らしかった。原誠が、小見浦に幾ら払ったかは知らないと言った。

小林謙吉の子供となることで、却って人生が困難になるとは思わなかったのかと尋ねると、

「はい。けど、苗字も違いますし、私は人に話しませんし。」と言った。

一時間半ほどで店を出たが、門崎は、城戸と二人だけになってからも、しばらく物も言えない様子だった。

「わたしの今までの支援、……何だったんでしょう？　原さん、――じゃなくて田代さん？　あまり事件のことを話したがりませんでしたけど、それも当然だと思って、深く訊かなかったんです。」

「無理もないですよ。」

「窃盗症《クレプトマニア》になったのを、ボクシングのせいと思ったり、お父さんの事件のせいだと思ったり、……でも、そう言われたら、そういう人に見えるんです。彼の目尻のあの皺を見てると、犯罪者の子供として生きるっていうのは、苦労が多いだろうなって、本当にいつも感じてて。」

「まあ、……でも、まったく何もなかった過去ではないでしょう？　表情には、抽象的に孤独や悲哀が滲むだけだから。……」

城戸は、そう言って門崎を慰めながら、谷口大祐の人生を、自らの苦悩として切々と語った〝X〟のことを考えた。

城戸は、恐らく無視されるだろうと思いつつ、もう一度、小見浦に面会を乞う手紙を書いた。何かしら、気を引く内容でなければなるまいと考えて、「あれからこちらでも色々と調べまして、小見浦さんが、ハガキで何を訴えようとされていたか、やっとわかりました。」と書いた。

小見浦からは、すぐに返事が来た。何のイラストもなく、手紙の礼が書かれていて、いつでも面会に来てほしいとあった。受刑者は、外部の人間との面会を好むので、そうした心変わりも必ずしも奇異というわけではなかったが、小見浦に限っては、やはり意外な感じがした。

年の瀬も迫った十二月二十九日に、城戸は小見浦に会うために、再び横浜刑務所まで足を運んだ。雪こそ降っていなかったが、曇り空で風が冷たく、自然と速くなる革靴の跫音《あしおと》が、アスファルトの歩道に、乾いた硬い音を響かせていた。

事務所は前日で正月休みに入っていて、電車もそろそろ人が少なくなりつつあった。こんな時期に刑務所に来たこともなかったので、幾らか感傷的な気分になった。年の瀬の静けさが、一年分の重みを、憂鬱にしっかりと加えていた。

小見浦は、面会室に入ってくるなり、「ああ、朝鮮人の先生、お久しぶりです！」と、顎の先をこちらに向けて、片目を見開きながら言った。

城戸は、その様子に、少し頬を緩めて、「お久しぶりです。」と頭を下げた。

前回は、あれほどの憎悪を掻き立てられたその態度に、なぜかあまり腹が立たなかった。親しみを感じるというのではなく、況《ま》してや自分を卑下《ひげ》するのでもなかったが、いずれにせよ、その瞬間には、笑うべき何かがあったらしかった。

「お元気そうですね。」

「冗談言っちゃいけませんよ。辛うじて生きてるようなもんですよ。」

「原誠さんに会いました。」

城戸がそう言うと、小見浦は一瞬、口を尖らせて片目でこちらを凝視した。

「そうですか。ここにいましたよ、最近まで。」

「彼も、小見浦さんが仲介したんですか？」

「何をです？」

城戸は、黙って彼が口を開くのを待った。

「まあ、何言ってたか知りませんけど、私は関係ないですよ。」

「別人なんでしょう、本当は？」

「誰がですか？」

城戸は、空惚《そらとぼ》けたような小見浦の問いかけを無視した。

「本物の原誠さんは、彼に自分の生まれを押しつけることを、躊躇わなかったんですか？」

小見浦は、それを聞くと、急に驚いたように頰を窄めて、意味ありげに笑った。

「先生は、何にもわかってないんじゃないですか、結局？」

「そうですか？」

小見浦はおかしくて仕方がない様子で、下を向いてニヤついていた。

城戸は、面会簿に会話を記録している刑務官を気にしたが、その必要もなさそうだった。職業的な、決して動揺することのない退屈への沈潜が、彼を一切の面倒から遠ざけ、超然とさせていた。怪しげなやりとりのはずだったが、手はろくに動いていなかった。

「まあ、そうかもしれません。ここにいた人の本名がわかって、曾根崎義彦っていう人が誰なのか、逆にわからなくなったんですよ。小見浦さんがハガキに書いてた、……」

小見浦は、城戸の素直な訴えに動かされるわけでもなく、今にも椅子から立ち上がりそうな、つまらなそうな様子を見せた。そして、

「先生は、バカ丸出しですね。生きてて恥ずかしくないですか？」と言った。

城戸は、苦笑するしかなかったが、その反応が気に入らなかったらしく、それからしばらくは、相手の自尊心を徹底して打ち砕こうとするように、これまで彼が書いてきた手紙の内容を扱《こ》き下ろし続けた。刑務官が、物珍しそうに、小見浦ではなく城戸を見ていた。城戸は、その内容にやはり幾分傷つき、腹が立ったが、この手の罵倒は、マインド・コントロールのプログラムなのではあるまいかという感じもした。

「先生は、朝鮮人のくせに、私を見下《みくだ》してるでしょう？　内心では、ただの詐欺師のくせにと、そもそも私の言うことなんて、端《はな》から何も信じちゃいないんですよ。私のことを差別主義者だと思いながら、自分の方が差別してるんですよ。」

城戸は、『偏見じゃなくて、実際にあんたは詐欺罪で服役してるんだろう？』と言いそうになったが、見下していると言われれば、その通りだった。そうした正邪の入り混じった言葉で口を塞ぎながら、相手の心を縁《へり》から踏み締めて、足場を作ってゆこうとするような小見浦の話しぶりには、本領発揮とでも言うべき威力があった。城戸は、ここではなく、ファミレスかどこかで面と向かって話していたなら、自分は終いには、彼の主張を何でも受け容れていたのではあるまいかと、寒心に堪えなかった。

「先生の一番トンマなところ、言ってあげましょうか？」

「何ですか？」

「先生は、私がホ、モ、ビ、デ、オ、に出させられたせいで、こんな人間になったと思ってるんでしょう？」

「そこまでは言いませんが、初対面の僕にあんなに強く訴えてたんですから、深く受け止めるべき逸話なのだろうとは認識してます。」

「どうして私のことをペテン師だと馬鹿にしてるのに、あの話だけは本当だと思うんですかね？」

「……。」

「だから、先生はマヌケだって言うんですよ。」

そう言って、小見浦は、今や完全に城戸を下目に懸ける態度で、アクリル板にゆっくりと顔を寄せた。

「私が『小見浦憲男』って男だって、どうしてわかるんです？　私、そんなに『小見浦憲男』っぽい顔をしてますか？」

城戸は、言葉を失って、ただ彼の目を見ていた。

「刺青《いれずみ》の彫り師だって、人に彫るばっかりじゃなくて、まず自分に彫るでしょう？　私だけどうして、戸籍を変えてないと思うんです？　バカですねぇ。」

「……あなたも、本当は違う誰かなんですか？」

小見浦は、城戸のその直接的な問いかけをせせら笑った。そして、面会時間の終わりを告げられると、最後にこう言った。

「朝鮮人の先生、あんまり気の毒だから、一つだけ教えてあげますよ。先生が熱心に正体を知りたがってる男は、つ、ま、ら、な、い、奴ですよ。変な期待をしてるみたいですけど、人殺しの子は所詮、そんなもんですよ。家族もいるんでしょう？　あんまり触ると藪蛇ですよ。」

15

年末年始は、例年通り、大晦日を近所の香織の実家で過ごし、年が明けてから金沢の城戸の実家に帰省した。

香織は、実の父母や兄とは寛《くつろ》いで、義父母とも愛想良く接し、表面的には何の変哲もない正月休みだった。城戸も、家族で食卓を囲んでいる時には、極自然に妻と笑顔で会話をし、就寝のために、それぞれの実家の一室に下がってからは、布団を敷いたり、翌日の予定を確認したりと、必要な言葉を交わした。

颯太は、近頃は父か母かどちらかが寝かしつけ、あとは朝まで一人なので、三人で川の字になって寝られることに興奮し、なかなか眠れなかった。

離婚ともなれば、それぞれの両親に事情を説明せねばならないが、それを考えると気が重かった。颯太の親権を巡っては、香織と争うことにもなろうが、決して息子を手放す気はないながらも、妻から奪ってしまうこともかわいそうだった。離婚時の共同親権の導入に関しては、事務所でもよく議論になっている。どちらの両親も、孫を心から愛しているので、彼らにも申し訳がなかった。

それに、今はどれほど自分を慕っているように見えていても、城戸は、父親か母親、どちらかを選べと颯太に訊いたなら、恐らくは母親と答えるであろうことを知っていた。

いずれにせよ、何もかもが残酷で、自分たち夫婦は、決してそこまでの決断を迫られるような状況にはないはずだと、彼は妻の寝息がいつまでも聞こえてこない布団の中で、実家の暗い天井を見つめながら考えた。

城戸は、仕事始めの多忙が一段落すると、昨年末から気になっていた、北千住にある、かつて原誠が所属していたボクシング・ジムを訪ねた。

ボクシングは、子供の頃からテレビで世界戦の中継を見ていたが、九〇年代末からの格闘技ブームの影響で、技術的なことへの関心が強くなると、一頃よく、ネットに上げられている名勝負を見漁っていた。

しかし、ジムという場所に足を運ぶのは初めてで、寒空の下、駅からの一本道を辿って「昭和会」という名の商店街を歩きながら、彼はむしろ、『あしたのジョー』や『がんばれ元気』といった少年時代に愛したボクシング漫画を思い出していた。

住宅街の細い路地に立つ街灯は、携帯電話を片手に、約束に遅れた友人をぽつんと待っているような俯き加減だった。

こんな場所にボクシング・ジムがあるのだろうかと、城戸は何度か、地図を確認したが、ほどなく、それらしい建物と看板が見えた。

事前にメールで面会の希望を伝えると、ジムの会長はすぐに快諾の返事をくれた。原誠のことは、「よく覚えてます。」とのことで、亡くなったと知ってショックを受けていた。彼の妻が、生前の夫のことを知りたがっていると説明すると、当時、一緒に練習していた選手にも連絡してくれることになった。

ガラスの引き戸を開けると、リング上に一人、フロアに二人いた準備中の若者が、ちらと城戸を見て、「会長さーん！」と奥の事務室に声を掛けた。

出てきたのは、五十歳くらいの黒いトレーニング・ウェアの男性だった。メールでやりとりをした小菅《こすげ》という名のジムの会長で、城戸が挨拶をすると、血色の良い笑顔で迎えてくれた。

元々は精肉工場だったらしく、高い天井から、ぶっきらぼうに蛍光灯が下がっていたが、部屋の広さに対して本数が少ないのか、見上げると眩しい割に、全体は薄暗かった。

赤や黒のサンドバッグが何本も吊されている間を抜けながら、奥に通された。四方の壁には、マイク・タイソン対イベンダー・ホリフィールドといった、かつての有名な世界戦やジム主催の興行のポスターが、所狭しと貼られている。ジムの創設者の遺影と訓辞、日々のトレーニングメニューなどが、歴代のチャンピオン・ベルトと一緒に飾られた一画があり、城戸には何もかもが珍しかった。

事務室では、原誠と一緒に練習していたという元プロボクサーの男性が待っていた。柳沢《やなぎさわ》という名前で、原誠よりも少し年上らしく、今はもう引退していて、錦糸町の釣具店の名刺を渡された。

城戸は、事前にメールで伝えた内容を確認するつもりで、簡単にここに至るまでの経緯を説明し、〝X〟の写真を見せて、「この人が原誠さんですか？」と尋ねた。

会長の小菅も練習仲間の柳沢も、一目見て、「ああ、マコトです。」と頷いた。

「確かにそうですか？」

「ええ、先生が来られるっていうんで、古い写真を引っ張り出してきたんですよ。――この人ですよね？」

小菅は、赤いグローブを手につけて、ファイティング・ポーズを取る原誠の写真を見せた。かなり体重は絞っているが、間違いなく〝X〟だった。

やっと辿り着いた、と、城戸はしばらく言葉もなく、その写真を見つめていた。肩口に兆した戦慄が、どこに駆け抜ければ良いかわからぬように何度となく背中を走り、腕や足に散った。

死刑囚の絵画展で、唐突に閃いた、〝X〟は、小林謙吉の子供ではないのかという直感は、この瞬間を示唆していたように思われた。そして、固《もと》より、結局は無関係だったと判明し、嘆息する以外になかったであろうようなその当て推量が、正しかったことのふしぎを、当の本人が茫然としつつ噛み締めた。

「マコトは、何で死んだんですか？」

城戸があまり何も言わないので、会長の小菅が尋ねた。城戸は、正気に戻ったように顔を上げると、

「林業に携わっていて、最後はその現場で亡くなったんです。」

と言い、更に差し障りのない範囲で説明をした。小菅は、腕組みをして、口を半開きにしたまま聴いていた。柳沢も、顎に梅干しの種のような皺を作って相槌を打っていた。

城戸はその様子から、彼らが原誠の生い立ちを知っていることを察した。

「いつ頃ですか、彼がこのジムに通い始めたのは？」

「九五年の春ですよ。阪神淡路大震災と地下鉄サリン事件が立て続けに起きたあとだったから、よく覚えてますよ。」

「ああ、……あの年ですね。」

「なんか、逃げてきたオウムの信者なんじゃないかとか、最初言われてましたよね？」

柳沢が、ぼそっと、冗談めかして言った。小菅は、怪訝な顔をした城戸に、慌てて、

「いや、マコトは自分のことを全然話しませんでしたからね。あと、目がとにかく独特で、何か事情がありそうな感じでしたし。繊細な、人と接するのが苦手な感じと、なんか、迫力のある腹の据わったところと。」

「写真で見る限りは、優しそうな目ですけど。」

「これ見たら、ここにいた時よりも、そんな感じがします。この奥さんと一緒になって、幸せだったんじゃないですか？」

「ええ。――そうだったみたいです。」

城戸は、心からそう感じて頷いた。

「ボクサー時代は、これですから。」

小菅が改めて示した昔の写真の原誠は、確かに、目だけを見ると、別人のようだった。

「まあ、でも、優しい、いい男でしたよ。別に、虎みたいな恐い目をしてたわけじゃなくて、何て言うのかなあ、……」

「よく見てましたね、色んなものを。」

「そうね。洞察力がありましたよ。――やっぱり、ボクシングは相手のあるスポーツだから、こんな風に面と向かった時の態度なんですよ。それで、センスの有る無しが結構、出るんです。」

「そういうもんですか。……彼はどうして、ボクシングを始めたんですかね？　最初からプロを目指してたんですか？」

「最初は、なんとなく、だったみたいですよ。そこの入口の前に立って、しばらく練習を見てたんですけど、そのうち、ふらっと入ってきて。よく覚えてますよ、その時のこと。」

原誠が、S市で初めて里枝の文房具店を訪れた時も、確かそんな風だったのではなかったか。城戸の中で、その二つの場面が溶け合うようにして混淆《こんこう》した。それが、この世界の断片との、彼のいつもの、警戒心に満ちた触れ方だったのかもしれない。

「――で、やってるうちに芽が出て？」

「そうです、そうです。ボクシングのことは、何も知りませんでしたけど、運動神経も良かったし、覚えも早かったですよ。あと、これしかないって感じで打ち込んでましたし。結局は、ここなんですよ。」

小菅は、突き立てた親指で、自分の胸を二、三度、突いた。城戸は、軽く握っただけの小菅の拳《こぶし》の複雑な起伏に、素人とはやはりまったく違う迫力を感じた。

「本人も、そういう気持ちになってきてたみたいで、私が勧めたんですよ。プロテスト受けてみたらどうかって。柳沢さんも、プロを目指してがんばってましたし。」

「プロを目指す人は少ないんですか？」

「今は少ないですね。うちも、八十人くらい会員がいますけど、ほぼアマチュアです。女性のボクササイズとかも含めて。なかなか、プロになっても食べていけないですし。ええ。あと、最初から本気の人たちは、今はネットで、どこのジムがいいかとか調べて、そっちに行っちゃいますからね。こういう下町の小さなジムは、なかなか、……」

「なるほど。……お金は、どれくらいになるんですか？　すみません、興味があって。」

「入会金はうちは一万円です。月謝は協会で上限一万二千円って決まってますから、まあ、それプラス、マウスピース作ったり、グローブ買ったりとか、諸費用ですかね。裸のスポーツですから、そんなには。」

「いや、稼ぎの方じゃないですか？」

柳沢は、城戸の表情を見て、苦笑いしながら口を挟んだ。そして、「え？」という顔の小菅の代わりに自分で答えた。

「年に三回くらい試合するんですよ、大体。で、四回戦で一試合のファイトマネーが六万、六回戦で十万とかです。だから、無理ですよね、喰っていくのは。しかも、現金じゃなくてチケットだから、マコトみたいに、知り合いを頼れない人は辛いっすよ。」

「じゃあ、みんなバイトしながら、という感じですかね。」

「そうです、だいたい飲食店ですね。マコトは中華料理屋で働いてましたけど。」

城戸は、録音まではしなかったが、一応、聴いた話をメモしていった。

「プロテストを受ける時には、身分証明書が必要ですよね？」

「テストの時は要らないですけど、ライセンスの交付の時に、住民票か戸籍か、どっちか要りますね。」

小菅は、城戸に答えながら、急に気になったように、リングでシャドー・ボクシングをする練習生を振り返った。城戸も目を遣った。髪を真ん中分けにした二十歳くらいの青年だった。彼独りしかいないその正方形の空間で、パンチは、そこにいるはずの誰かに向かって放たれ続けている。相手からの攻撃を躱《かわ》すために、足は絶えず動き続け、上体が細かく左右に揺れた。手応えは、まだ見ぬ対戦相手の肉体にあり、青年は、現在という檻《おり》によって、その未来から隔離されている。……原誠も、この寂れたジムで、毎日こんな孤独な練習を続けていたのだろうかと、城戸は想像した。

「ああ、すみません。」

小菅がこちらを向いたのを潮に、城戸は一番訊いてみたかったことを切り出した。

「原さんのお父さんのことは、ご存じでした？」

小菅は、柳沢と目配せして、「ええ、聞いてました。」と答えた。

「いつ頃ですか？」

「プロデビュー戦の前に、リングネームをつけたいって相談されたんですよ。私は賛成したんです。ボクシングの興行は、まあ、キックとか総合とかに比べると地味ですからね。お客さんを呼べる選手になるのも大事ですし、なんか、ド派手な名前を考えたらって言ったんですよ。そしたら、そうじゃなくて、なるだけ平凡な、目立たないリングネームがいいって。」

「それで、理由を？」

「その時は何も言いませんでしたけど、あとで聞きました。東日本の新人王になったあとに。」

「そうですか。」

「まあ、……私もビックリしましたけど、親は親、子は子だし、自分の人生だから、しっかりがんばろうって励ましたんです。」

「その時には、昔のことも、色々話したんですか？」

「そうですね。……事件のあと、しばらくは母親の妹夫婦の家にいたらしいんですけど、最初は親切でも、段々、その妹さんの夫の方が耐えられなくなったみたいですね。それで、妹さんが夫と姉の板挟みになって鬱病みたいになっちゃって、結局そこを出て。」

「悲惨ですね。……」

「そのあと、母親も蒸発して、マコトは施設にいたみたいですよ、中学を出るまでは。学校でも、酷かったみたいですね、いじめられて。」

「その時は、だけど、もう小林じゃなくて原っていう苗字だったんでしょう？」

「最初の転校先は、けっこう近くだったらしくて、すぐにバレたんですって。マコトのオヤジさんは、子供も殺してるでしょう？　マコトよりちょっと年上の。その友達からもコイツのオヤジが殺したんだよって憎まれて。そのあと、施設から通ってた中学では、みんなマコトの素姓は知らなかったみたいですけど、本人も内向的になってしまって、どっちかというと、それでいじめられたみたいですね。」

「高校は行かなかったんですか？」

「定時制に入学したけど、すぐに退学したって言ってました。それから施設も出て、ここに来るまでの二、三年は、なんか、ホームレスみたいな生活をしてたみたいですよ。詳しくは言いませんでしたけど。未成年は辛いでしょう？　住民票もないし、一人で放り出されて、かわいそうに。」

「小林謙吉は、一九九三年、原さんが十八歳の時に死刑が執行されていますけど、丁度、その時期ですかね？」

「マコトは、オヤジさんのことは、死ぬほど恨んでましたね。大人しい男でしたけど、なんであんな親から生まれてきたのかって、その話になると、何かに取り憑かれたみたいな恐い顔になって、震えるんですよ。目がこう、抉《えぐ》るみたいに鋭くなって、……殺された子供とも遊び仲間だったみたいだから、それはちょっと堪らないでしょう。」

「面会には行ってるんですか？」

「いや、会ってないみたいですよ。手紙が来ても、後悔とか、罪悪感とか色々書かれてるけど、結局、自分が辛いっていう話ばかりで、被害者への謝罪もかたちだけだって。マコトには、自分とのいい思い出を忘れないでほしいって懇願してたみたいです。」

城戸は、獄中のあの穏やかな風景画を思い出して嘆息した。

「原さんにとっては、いい父親だったんですか？」

「どうなんですかね？　ああいうことがあると、思い出の見え方も変わりますし、……でも、とにかく、生きててほしかったとは言いませんでしたね。わかりませんけど、本心は。」

「ええ、……それは。」

「父親が死刑になってから、二年くらい経ってからですよ、だから、うちに来たのは。

普通の同い年の子たちが大学に行ったり、仕事始めたりしてるのを見てて、やっぱり、自分の生き甲斐が欲しくなったみたいですね。……」

城戸は、よくわかるという風に頷いた。

小菅は、またリングの方を振り返って、

「ちょっとすみません。いいですかね、少し？　あとでまた。柳沢さんに何でも訊いてください。ご興味あったら、ジムの中も自由に見てもらって構いませんので。」

と、やや唐突に事務室から出て行った。城戸は勿論、同意して、立ち上がって一旦、頭を下げた。

空調は、斑《まだら》に効いていて、改めて椅子に腰掛けると、足許に冷気を感じた。気がつけば、もう一時間以上も経っていた。

城戸と一緒に残った柳沢は、リングでミット打ちの相手をする小菅を見ていたあと、少し目を細くして言った。

「会長は、一度、マコトに説教したことがあるんですよ。うん。」

城戸は、改めて彼と向き合うと、「説教？」と、歳の近い者同士の口調で問い返した。

「あいつは、結構、才能あったんですよ。チャンピオンになるとか、そういう偉材だったかどうかはわかりませんけど、俺より全然。階級が違うから、仲は良かったですけどね。」

「ええ。」

「プロテストも一発で合格して、そこまでは良かったの。けど、東日本の新人王トーナメントで優勝して、注目されちゃったんですよ。決勝戦もKOだったし。今みたいにネットもない時代だから、一部ですよ、もちろん。でも、全日本新人王決定戦に出る前に、マコトは、辞退したいって会長に言ったんです。うん。俺も相談されましたし。」

「そうですか。リングネームは結局？」

「緒方勝利《おがたかつとし》ってリングネームですよ。『勝利《しようり》』って書いて、こう、……ね。俺と一緒に、電話帳開いて、目ェ瞑《つむ》ってパッと開けたページに載ってたんです。」

「そんな決め方？」と城戸は微笑した。

「そーそー。勝利《しようり》っていうのが、縁起がいいからってつけたんですけど、勝つと、『緒方勝利　勝利』って書かれるから、けっこう笑われて。マコトも後悔してましたけど。」

城戸は、一年以上にも亘って原誠のことを考えてきたが、里枝と会う以前の彼が、笑った顔を思い浮かべたのは、この時が初めてだった。すると、これまでただ、経歴と逸話ばかりで出来ていた彼の姿に、急に血が通ったような感じがした。

「よく笑いました、原さんは？」

「いや、あんまり。暗いヤツじゃなかったけど、大人しーい感じですよ。だから、さっきの奥さんと写ってる写真見て、別人みたいな感じがしましたよ。歳も取ってるけど、やさしーい顔つきになって。良かったなって。」

「そうですね。……」

「それで、……何だっけ？　ああ、そうそう、さっきの話に戻しますけど、会長が、新人王決定戦を辞退する理由を訊いたんですよ。そしたら初めて、父親のことを話して。」

「誰か、ボクシング関係者で、気づいてた人はいるんですか？」

「いや、……どっちかというとね、バレるっていうより、本人が、華々しい場所に立っていいんだろうかっていう、……そっちですよ。」

「ああ、……。」

「かわいそうでしたよ。ずっと日陰者として生きるのが嫌だったから始めたボクシングなのに、いざとなるとね。バッシングも恐かったと思いますよ、それは。――それはもちろんそうなんですけど、それだけじゃないんだな。殺された友達にもすまないと思ってたし。」

「……ええ。」

「マコトはさ、とにかく、……ほらあ、性同一性障害ってあるでしょう？　心と体が一致しないとかっていうの？　そういう感じ。そう。すごく気持ち悪い着ぐるみの中に閉じ込められてて、一生出られないような感じなの。」

「それは、……人から死刑囚の子供として見られるっていう意味ですか？」

「それもあるけどさ、自分の体のことを言ってましたよ。うん。そっくりらしいんですよ、見た目が父親と。」

「ああ、……ええ、そうですね。」

「だから、自分の体に父親と同じ血が流れてると思うと、もう、掻き毟《むし》って、体を剝ぎ取りたくなるくらい気持ちが悪いらしいんですよ。そういう体だと、好きになった子も抱けないでしょう？　だから、童貞でしたよ、ここにいた時は。」

城戸は、言葉を継げないまま、俯いて何度か小さく頷いた。そして、視線の先の自分の両手足を見つめた。人間の最後の居場所であるはずのこのからだが地獄だというのは、どんな苦しさだろうかと考えた。それが、愛し、愛される資格を欠いていると思いつめる人生とは。……

「俺らは普通に、父親似とか、母親似とか、そういう話をするじゃないですか。それが、出来ないんですよ。父親に似てるってのは、この世にいてはいけない存在ってことだから。……だから、心と体が一致してないんですよ。自分の体も、いつか暴れ出して、コントロールが利かなくなるんじゃないかって、ものすごい不安なんですよ。大体、周りがそう言っていじめてきたから。――普通の人は、どんなに腹が立ったって、人を殺そうなんて思わないでしょう？　でも、自分はやってしまうんじゃないかって。だから、マコトはとにかく、自分の体を痛めつけたいんです。人から殴られたり、トレーニングでいじめ抜かないと、苦しいんですよ。それに、ボクシングで、自分の暴力の衝動を、コントロールできるようになりたいって。」

「そういう動機ですか。」

「本人が言うには、ですよ。俺は、親子二代で殺人事件起こすやつなんか、聞いたことないって慰めたんですけどね。——まあ、マコトも、俺と同じでいじめられてたから、なんかそういう理屈になっちゃったんですよね。毎日、殴られてると、その現実を受け容れるために、自分も自分を殴る側に回っちゃうっていうか、殴られても仕方ないんだって思ってしまうんですよ。これはもう、どうしたって。」

「まァ、……自傷行為みたいに、痛みが自己否定的な感情を癒やしてくれるっていうのは、僕も思い当たるところがありますけどね。十代の時とか。」

「そーそー。けど、会長は、マコトの話が、多分よくわからなかったんですよ。苦しむことで、父親の罪を償ってる、みたいな話と思って、その考え方はおかしいって、かなりキツく言ったんです。幾らお前が苦しんだって、殺された人が生き返るわけじゃないし、苦しんでる僕を見てくださいってのは、お前の父親の手紙と同じ自己満足だろうって。マコトは、そういう意味で言ったんじゃないの、多分。まあ、会長は会長なりに、マジでマコトのこと心配してたし、ここまでやってきて、なんで今更って腹も立ってたし、色々しょうがないんだけど。——それで、お前はお前の人生なんだから、どうしても気になるなら、遺族のとこに挨拶に行ったらどうかって言ったの。うん。誰が文句言おうと、遺族がお前の生き方を認めてくれるなら、堂々としていられるだろうって。」

城戸は、リング上の小菅に、焦点を合わさないまま目を向けた。殺害された工務店の社長には、確か両親と弟がいたはずだった。

「かわいそうでしたよ、マコトは。」

柳沢は、懐かしそうな、遣る瀬ない表情で、しばらく何かを考えていた。

「その頃は、一緒に朝よく走ってたんですよ。その辺を。それで、いよいよどうするか、決めなきゃいけなくなって、その日もロードワークに誘ったんですけど、近所の公園まで来たところで、段々、マコトが遅れ始めたんですよ。それで、あれー？と思って振り返ったら、足が止まっちゃってて。……で、ストンと力が抜けたみたいに両膝を着いちゃって、大丈夫か？って近づこうとしたら、そのまま突っ伏して、腹ばいで泣くんですよ。広い公園の真ん中で。地面に顔をこすりつけて、オンオン号泣して。寒ーい、霜が降りそうな時期でしたけど。」

「そうですか。……」

城戸は、その光景を思い浮かべて、胸が詰まった。恐らくは、先ほど来る時に通りかかった公園だった。

「それで、俺はさ、言ったんですよ。行かなくていいよって。会長はああ言ったけど、マコトが責任感じることじゃないしさ、それに、……相手の神経も逆撫《さかなで》しますよ、きっと。」

城戸は、ただ表情でだけ、曖昧に反応した。そして、少し間を置いてから、「……行ったんですか、結局？」と尋ねた。

「行かなかったみたいです。——というか、……そのあと、すぐに事故起こしたんです、あいつ。」

「事故？」

「ビルから落ちたんです。住んでたマンションの六階のベランダから。全身を何ヶ所も骨折する大怪我だったんですけど、駐輪場の屋根の上に落ちたおかげで助かったんです。」

「それは、……」

城戸は、その先を言い澱《よど》んだ。柳沢は、それを察した風に先回りした。

「本人は、うっかりしてて、とか言ってましたけど、よく覚えてないらしいんだよね。うん。……まあ、大の大人が、うっかり落ちないでしょ。柵もあるし。……俺はでも、マコトは死にたかったわけじゃないと思うんですよ。なんかもう、どうしようもなくなって、何もかもから逃げ出したかったんじゃないですか？　怪我して、新人王決定戦はもちろん、パーですけど、本人もどっか、ほっとした顔してましたし。」

「会長さんは、何と？」

「会長もショックでねぇ。……ジムでも久しぶりにプロが出たとこだったし。マコトは謝りましたけど、そのあと、退院したら姿を消しちゃって。会長はそれで、自分をすごい責めて。――今はもう元気ですけど、結構長いこと、鬱だったんですよ。急に今、席外したでしょ？　しんどいんですよ、思い出すと多分。」

城戸は、またリング上の小菅を見て同情を寄せた。

「会長は、マコトをどうしてもチャンピオンにしてやりたかったんですよ。辛い人生だったけに、それを変えてやりたかったの。自信もつくでしょう？」

「ええ。……」

「けど、マコトはチャンピオンになりたかったわけじゃないの。ただ、普通の人間になりたかったんですよ。」

「……。」

「フツーに、静かーに生きたかったの。誰からも注目されずに、ただ平凡に。心の底からそう思ってた。ホントに。——けど、会長がチャンピオンにならせてやりたいって一生懸命なのも知ってたし、辛かったと思う。……」

城戸は、「普通の人間」という言葉を手帳に書きつけたところで、その文字を見つめたまま、しばらく黙っていた。ありきたりの反論がしつこく纏《まと》わりついてくるのを払い除けながら、彼はそこに込められた強い憧れの気持ちを宛《さなが》らに受け止めた。

やがて、あまりに長く見ていたために、到頭、その「普通」という言葉の意味が、まったくわからなくなってしまったところで、城戸はまた、柳沢に尋ねた。

「原さんは、それっきりですか？」

「そう。」

「いつ頃ですか？」

「一九……えっと、いつだったかな、九八年ですよ。」

「その後はじゃあ、全然知らないんですね？」

「全然。」

城戸は、色々なことを整理するように頷いて、疎《おろそ》かになっていたメモを続けた。原誠が、「谷口大祐」と名乗って、S市を訪れ、里枝と出会ったのはその九年後のことだった。

ようやく顔を上げたところで、柳沢が、「あの、一ついいですか?」と口を開いた。

「はい、何でしょう?」

「――自殺ですか、マコトは最期は?」

城戸は、一瞬、目を瞠《みは》ったが、小さく数回、首を横に振った。

「僕が把握している限りは、違うはずです。」

「そう? よかった。……いや、わざわざ弁護士の先生が来るって言うんで、何か、嫌ーな予感がして。」

城戸は、もう少し詳しい話をしようかと迷ったが、曖昧に誤魔化すしかなかった。柳沢は、その態度に、引っかかっている様子だったが、それ以上、問い質すわけでもなく、一つ大きな話をし終えたような表情で語を継いだ。

「マコトは、ボクシングはやってなかったんですか、その後?」

「やってなかったみたいですね。」

「そうですか。……ふーん。……」

そう言うと、彼はもう一度、机の上の里枝と一緒に写っている原誠の写真に手を伸ばした。

「早死にしたのはかわいそうだけど、……最後に幸せになって、良かったな。」

城戸は、自分に言われたのか、写真に向かって語りかけているのか、わからなかったが、同意するように、「ええ、幸せだったと思います。」と言った。

「心配してたみたいに、人を傷つけることもなく一生終えて、それも本当に良かった。俺の言った通りだろうって、言ってやりたいですよ。うん。……あいつと今、話したいこと、いっぱいありますよ。……会長も、きっと。」

城戸はまだ、谷口大祐の安否を気にしていたが、この時は、その柳沢の言葉に心から同意して、「ええ。」と返事しただけだった。

16

北千住のボクシング・ジムから戻ると、城戸は、走り書きのメモを元に、二人から聴いた原誠の話を、記憶している限り、文章にしていった。それだけでなく、これまで雑然と記録していたこの一年あまりに亘る調査を、彼の生涯に関連づけるかたちで、一から整理し直した。

里枝に報告するためで、ようやく、その段階に達したと感じた。そして、作業を通じて、今までなぜか思い至らなかった、一つの単純なことに気がついた。

城戸が、小見浦憲男の存在を知ったのは、二〇〇七年に、東京都足立区の五十五歳の男性が、六十七歳の別の男性と戸籍を交換していた例の事件だった。

この裁判を傍聴した〝法廷マニア〟のブログによると、小見浦が「過去のロンダリング」の仲介を始めたのは、前年の二〇〇六年のことらしい。きっかけは、意外にも、一九九三年にイギリスのリバプールで起きた「ジェームズ・バルガー事件」の報道だったという。

当時十歳だった少年二人が、ショッピング・センターで誘拐した二歳のジェームズ・バルガーを惨殺したこの事件は、イギリス国内のみならず、世界中に衝撃を与え、憤激を巻き起こし、ほとんど厭世的なやるせなさを蔓衍《まんえん》させた。

二人は、十八歳になると、八年の刑期を終えて、猛烈な反対運動が起こる中、残りの人生を〝別人として〟生きるための、まったく新しい身許を与えられ、仮釈放された。

この元受刑囚二人のうち一人が、周囲に感づかれないまま結婚し、とある企業のオフィスに勤務しているという情報がタブロイド紙に暴露されたのが、二〇〇六年一月だった。小見浦は、このニュースに「ピンと来て」、戸籍の売買や交換を思いついたらしい。

発覚している以外にも、かなりの数の仲介をしているらしく、小見浦がやたらと「朝鮮人」と連呼していたのも、顧客の中に実際に在日や外国籍の人間が含まれていたか、或いは、その需要を当て込んでいたからだろう。気に入らない場合には、数度に亘って戸籍を交換した者もあったらしく、城戸が今更のようにハッとしたのは、そのことだった。

彼は、〝X〟こと原誠が、どうして田代昭蔵のような知的障害のあるホームレスに、死刑囚の息子としての自分の戸籍を押しつけたのか、ずっと疑問だった。城戸はそれに失望し、この長い〝探偵ごっこ〟に、一種の徒労感を覚えていた。ナイーヴすぎる期待ではあったが、里枝の思い出の中に生きている夫は、決してそのような人間ではなかったはずだった。

しかし、田代が戸籍を交換した相手は、そのいかにも不安定な証言を信じるならば、原誠ではないらしかった。少なくとも、彼が会ったのは原誠ではなく、「原誠」を名乗る別人だった。

つまり、最初の推理とは少し違って、恐らく、こういうことだった。

原誠は、最初にまず、田代ではない誰か別の人間と戸籍を交換しているのである。そして、死刑囚の息子という厄介な「原誠」の戸籍を引き取ったその男が、それを、田代と交換したのだろう。いずれも、小見浦の仲介によって。

そして、城戸の推理では、その原誠が最初に戸籍を交換した別の人間こそが、小見浦が件のヌードのハガキに書き込んでいた「曾根崎義彦」なのだった。

これを、原誠の立場から改めて考えると、こういう話になる。

彼は、ネットか何かで小見浦の存在を知り、最初はまず、「曾根崎義彦」という人間になった。しかし、何らかの理由で、それが気に入らなかったのだろう。次に、谷口大祐と知り合い、彼と二度目の戸籍交換を行って、「谷口大祐」としてS市に行き、そこで里枝と出会うのである。

もしそうだとするならば、谷口大祐こそが、今は「曾根崎義彦」と名乗っていることになる。勿論、彼がその後、更なる戸籍交換を重ねていなければ。

そして、そもそも彼が、まだ生きていれば。――

城戸は、自分が向き合っているパソコンのワープロソフト上で、これまで遍在し、ただ失われるに任せていた原誠という人物が、言葉によって出現し、再び確かに存在してゆくのを実感した。弁護士としての彼の仕事は、基本的にはそうして、起きたこと、それに関係した人を言葉にすることだったが、裁判で起案をするのとは違って、目的に収《しゅう》斂《れん》させることなく、無駄と思えるような細部に至るまで、極力書き留めようとした。それは、火葬場で、愛する人間の遺骨を、少しでも多く拾い集めようとする遺族の心情に近かった。

原誠本人が、肉体を以てこの世界に存在していた時には、それらの過去はただ、消えるに任せられていた。寧ろ積極的に、消したいと思っていたのかもしれない。なぜなら、生きようとしている実体としての彼にとって、過去は重荷であり、足枷《あしかせ》だったから。——けれども、その実体が亡くなった今、彼を愛する人が、すべてを愛を以て理解してやれるなら、彼の全体は恢復されるべきではあるまいか。

そうして出来《しゅったい》する一個の人間が、「原誠」と呼ばれるべきかどうかはわからなかった。しかし、城戸は明らかに、これまで情報の断片に惑わされながら、彼自身が酷く不安だったのに対して、かたちを成しつつある原誠の存在と呼応するように、自分という人間もまた、まとまりをつけ、一つに練り上げられてゆくような感覚になった。

　城戸は、この〝探偵ごっこ〟が、ほどなく終わりを迎えるであろうことに、言い知れぬ寂しさを感じた。そろそろ潮時であることは、彼自身が痛感していたが、このあとに訪れる空虚を想像すると、索漠とした心境になった。

　寂しさ。——そう、情けないことに、彼はこのところ、自分の胸中に蟠《わだかま》っている感情を、臆することなくそう表現していた。

　それは、若い頃には想像だに出来なかった、中年の底が抜けたような寂しさで、少し気を許すと、無闇な冷たい感傷が、押し止める術もなく、彼に浸潤して来るのだった。

　そういう時、彼は、あの北千住の公園に突っ伏して号泣する原誠の姿をよく想像した。彼には、その光景は、時間と場所から解き放たれて、ほとんど神話の一場面のように感じられた。なるほど、今すぐ直ちに、この場所で、足許に身を投げ出して泣くというのは、何か、超人間的な行為に違いなかった。にも拘らず、城戸は、自分の頬が小石混じりの砂粒に塗《まみ》れて、地面に擦りつけられるその痛みを、まるで経験したかのように知っているのだった。

　小林謙吉は、記事によると、一九五一年に四日市市で生まれている。

　幼少期は、食事さえ満足に与えられないほどの貧困と、父親からの凄まじい暴力に苦しんだという。十代の頃から素行不良となり、高校も中退して、しばらくブラブラしていたが、やがて地元の工場で働き始め、両親とは絶縁して、一人暮らしを始めた。

二十一歳の時には、二歳年下の女性と結婚し、三年後に一人息子の誠が生まれた。

小林謙吉は、妻にも子供にも日常的に暴力を振るっていたが、彼自身の幼少期と同様、それが大きな問題となる時代ではなかった。傍目には、この後、五年間ほどは、極一般的な家庭に映っていたようである。

ギャンブルにのめり込むようになったのは、三十代を前にして再会した、中学時代の〝先輩〟の影響が大きかったとされる。そこから、たちまち借金漬けとなり、犯行時には、連日、取り立てに追われていたらしい。

事件は、一九八五年の夏に起きている。小林謙吉は、誠が入っていた「子ども会」を通じて親しくなった工務店の社長宅に金の無心に訪れるが、断られたことに激昂する。一旦帰宅後、深夜に強盗に押し入り、夫婦と小学六年生の男児一人を惨殺。十三万六千円を奪った後、犯行を隠すために放火し、帰宅したが、一週間後に逮捕されている。

事件はあまりに浅はかで、残酷で、とりわけ、子供まで巻き添えにしている点で、「鬼畜の所業」と報じられた。三人が殺されていることから、死刑は当然視され、小林謙吉自身も起訴事実を争わず、また一審の判決後、控訴はしなかった。

城戸は、自分の人生が、どこかで小林謙吉のような人間の人生と交わり、こんな理不尽な理由で、自分だけでなく、妻も子も殺害されることを考えて、心底、嫌な気分になった。凶器は「刃渡り二十センチの文化包丁」で、それが颯太のあのしわ一本なく輝いている薄く柔弱な肌を刺し貫く様を想像すると、とても正気ではいられなかった。

しかし、その恐怖と不合理への憤りは、小林謙吉への憎悪には必ずしも直結しなかった。

それは無論、城戸が真の当事者ではないからである。同時に、恐らく職業的な経験もあって、彼の世界観が、これほどの悲惨な事件でさえ、あり得ることと認識していて、それに遭遇することを、一種、運命的な、事故的な何かのように見せているからだった。

不幸にして――そう、それは文字通り不幸だった――、小林謙吉のような人間は、現に存在している。彼に罪を犯させるに至った遺伝要因と環境要因、更には数多《あまた》の偶然と必然とに、人間の歴史上、前代未聞の例外的な条件は何一つなく、寧ろ、何もかもが溜息が出るほど凡庸だった。

だからこそ、彼には責任があるのだとは、城戸も当然に考える。彼は、個人の自由意思を一切認めないといった極端な立場にまで、どうしても立つことが出来ない。しかし、小林謙吉の生育環境が悲惨であることは事実であり、彼の人生の破綻が、大いにその出自に由来していることは明白だった。

国家は、この一人の国民の人生の不幸に対して、不作為だった。にも拘らず、国家が、その法秩序からの逸脱を理由に、彼を死刑によって排除し、宛《さなが》らに、現実があるべき姿をしているかのように取り澄ます態度を、城戸は間違っていると思っていた。立法と行政の失敗を、司法が、逸脱者の存在自体をなかったことにすることで帳消しにする、というのは、欺瞞以外の何ものでもなかった。もしそれが罷《まか》り通るなら、国家が堕落すればするほど、荒廃した国民は、ますます死刑によって排除されねばならないという悪循環に陥ってしまう。

けれども、城戸はこうした考えを、積極的に人に語ったことはなかった。それは取り分け、彼の妻が、絶対に理解しない論理で、一度、テレビのニュースを見ながら、もし颯太が誰かに殺されたら、という話をした時、彼女は断固として、犯人は死刑にすべきだと言い、夫に同意を迫った。

城戸はその時、一人を殺しても、今の日本では死刑にならないとまずは言った。しかし、妻はすぐに、「じゃあ、わたしと颯太の二人が殺されたら？」と詰め寄った。

彼は腹を括って言った。

「何か、よほどのことがあれば、人を殺してもいいという考え自体を否定することが、殺人という悪をなくすための最低条件だと思う。簡単ではないけど、目指すべきはそっちだろう。犯人のことは決して赦さないだろうけど、国家は事件の社会的要因の咎を負うべきで、無実のフリをして、応報感情に阿《おもね》るのではなくて、被害者支援を充実させることで責任を果たすべきだよ。いずれにせよ、国家が、殺人という悪に対して、同レヴェルまで倫理的に堕落してはいけない、というのが、俺の考えだよ。」

香織の目は、怒りと失望に赤く染まって震えた。それはほとんど、人間の血が通っていないのではないかと疑うような眼差しだったが、この話を続けることが、夫婦関係に決して後戻りの出来ない、破壊的な事態を招来することを察して、その時は、そのまま話が打ち切られた。起きてもいない悲劇のために、喧嘩する必要もなかった。颯太が丁度、一歳になった頃のことだった。

そして、城戸が今、小林謙吉に対して、直接の憎悪を抱き得ないもう一つの理由は、彼が本人の人生だけでなく、子供である原誠の存在を知り、強い共感を寄せているからだった。

城戸は、同じ「子ども会」で、一緒にソフトボールの練習をし、ベースやバットといった用具を預かってもらっていたために、何度もその家に遊びに行ったことのある上級生が、ある日突然、両親共々、惨殺されたと知った朝の原誠の心情を想像した。パトカーや救急車のサイレンが轟《とどろ》く騒然とした町内や、父母が殺到し、泣き声が響き渡る小学校の講堂を思い浮かべた。

そのうちに、他の子供たちとは違って、彼ばかりが、登下校時に、マスコミに事件について訊かれるようになる。死んだ友達のことだけでなく、必ず「お父さん」の様子を尋ねられる。最初から、どこか呆然としていた母親の表情をふしぎそうに見ていた姿を想像する。警察が訪れ、カメラマンが怒号を発しつつ押し合いへし合いする中で、父親が逮捕され、連行された朝の情景を思い描いてみる。……

かわいそうに、と城戸は心底感じた。成人後の原誠の背中を思った。掛ける言葉が見つからなかった。

颯太が通っているこども園は、元町・中華街駅の駅舎ビルに入っていて、少し早い時間に迎えに行くと、子供たちは、屋上のアメリカ山公園でよく遊んでいる。横浜市が開港百五十年となる二〇〇九年に開園した新しい公園で、外国人墓地へと連なるなだらかな傾斜の石畳の道を真ん中に挟んで、花壇と芝生の広場が設けられている。

地下鉄のホームから屋上に至るまでは、幾度も乗り継がなければならない、ひたすら上に向かってゆくエスカレーターが続くが、城戸がその時間を実際以上に長く感じるのは、いつも早く颯太に会いたいからだった。

二月初めの夕暮れ時は、さすがに寒かったが、黄緑色の帽子を被った二十人ほどの子供たちが、ダウンのジャンパーのファスナーを胸のあたりまで下ろして、夢中で駆け回っていた。

その日も、城戸が迎えに行くと、颯太は遠くの方で、おかしくて仕方がないといったふうに笑いながら、くねくねした走り方で、友達を追いかけているところだった。

若い女性の保育士に挨拶し、平穏無事だったという報告を受けて、彼女が颯太を大声で呼んだ。しかし、それよりも早く、「あ、そうたくんのパパ！」と、指さして知らせた子が何人かいた。

父親の姿を見つけると、颯太の目が照れ臭そうに輝いた。笑顔のニュアンスが変化して、見られていたことを恥ずかしがるような、それでいて、友達には求めようのない何かを期待している表情になった。

「そうたくんのパパーっ！」

颯太よりも早く、数人の子供が駆け寄ってきて、城戸に飛びついた。彼は以前、参観日にじゃれついてきた子供たちを何の気なしに抱っこしてやって以来、すっかり、遊んでくれるお父さん、と認識されているのだった。

この日も、あっという間に四、五人に取り囲まれたが、颯太が追いつくと、嫉妬して、

「もー、ぼくのおとうさんにくっついちゃダメ！」

と引き剝がしにかかった。

「こらこら、いたいよ、そんなにつよくひっぱったら。」

城戸は颯太に優しく言い聞かせながら、立ったまま抱き寄せてやった。中の一人が、城戸に報告した。

「そうたくん、きょうね、りょうくんと、こうへいくんが、けんかしてたとき、ダメよっていってね、とめたんだよー。」

「そうだよ！　ねー、そうたくん。」

「ほお、そうなんだ？　えらいじゃん。……」

城戸は、この無邪気な子供たちの誰かが、いつかは人を殺すかもしれないのだと、ふと思った。たとえここにはいないとしても、今この瞬間に五歳という年齢で、同じように友達とはしゃいでいるどこかの子供が、やがては殺人という罪を犯してしまう。追い

詰められてか、或いは、心得違いによってか。――それは一体、誰の責任なのだろうか？……

城戸は、頬の笑みを崩さぬように保ちながら考えた。小林謙吉にせよ、五歳の頃はこんなあどけない子供だったのだろう。いや、彼はもっと傷ついた、見るからに不憫な子供だったのかもしれない。

ジェームズ・バルガー事件の犯人二人は、十歳の少年だった。イギリス世論は、その責任を厳しく問うたが、報道で知る限り、彼らの境遇もまた、目も当てられないほど荒廃していた。

日本の刑法では、十九歳までは少年法の適用範囲で、成人後の犯罪は、当人の責任と見做される。しかし、それまでに、負債のように抱え込んでしまった悪影響が、突然、二十歳でチャラになるわけではない。たとえ、他のすべての良き影響が、それに勝る人間が大半だとしても。

本人の努力は尊いが、それとて努力を方向づける人なり出来事なりに恵まれた幸運ではないのか？　中北などは、人間の人格は、遺伝要因と環境要因との〝相互作用〟で決定されるという、昨今の生物学の知見を確信していて、氏か育ちかといった排他的な二項対立を馬鹿げていると考えている。勿論、すべて自己責任などというのは愚の骨頂だと一蹴する。それについては、城戸もまったく同感だった。

帰宅後も、城戸の頭には、この思考がしつこく留まり続けていた。

数日前に、彼は久しぶりに谷口恭一に連絡をして、原誠について、これまでにわかっていることを説明した。これは里枝からも、そうしてほしいと依頼されたことだった。目下、最後の謎は、原誠がボクシング・ジムをあとにしてから里枝と出会うまでの九年間の足跡で、取り分け、重要なのは谷口大祐の安否確認だった。そして、そのためには、親族に協力を仰ぐのが、最も可能性の高い方法だった。

電話口で、恭一は、何度も「ええ⁉　マジですか？」と驚きの声を発していたが、話が一旦、途切れると、一昨年末、彼に最初に面会した時とはまた深刻さの度合いを異にした声で、

「大祐は、やっぱりその男に殺されてるんじゃないですか？　だって、そんな狂った殺人犯の子供なんでしょう？」と言った。

城戸はいつになく、少し感情的になって、

「そんなことは言えないでしょう。第一、殺人者の息子っていう出自から自由になって、社会に受け容れられたかったんだから、自分が殺人を犯せば、元も子もないんですし。」と言った。

恭一は、その内容にも口調にも呆れたように鼻を鳴らすと、

「だから、バレないように殺すんでしょ？　父親も父親なんだから、そんな理性的なものの考え方はしないでしょう？　カッとなったら何するかわからないですよ。」と反論

した。

「原誠さんが弟さんに会った時には、恐らくもう、『曾根崎義彦』って名前だったはずです。つまり、死刑囚の子供ではなくなってるんです。だからこそ、弟さんも戸籍の交換に応じたんじゃないでしょうか。仲介者もいるんだし、殺してまで相手の戸籍を強奪する理由はないでしょう？」

「そんなの、全部、先生の推理でしょう？　言っちゃ悪いけど、妄想と何が違うんですか？　なんか証拠があるんですか？　殺す理由は幾らだってありますよ！　例えば、死刑囚の子供だって秘密を大祐に知られて、口封じに殺したとか。」

「ないでしょう、それは。」

「どうして？」

「そういう人だとは思えません。」

「はあ？　先生、どうかしちゃったんじゃないですか？　何でそんなこと、言えるんです？」

「彼をよく知る人たちに話を聴いたからです。」

「そんなもん、人間なんだから、ウラオモテもあるでしょ？」

「――とにかく、それを確かめるためにも、弟さんを一緒に探してほしいんです。それをお願いしてるんですよ。」

幾ら兄弟仲が悪いとはいえ、恭一に異存があろうはずはなかったが、彼自身も立腹してしまい、この時には、明確な返事を聞くことが出来なかった。
城戸は、父親が父親なのだから、息子も人を殺しかねないという恭一の放言にカッとなったが、電話を切ってからも、収まりがつかず、頭の中で反論しているうちに、段々と、自分の理屈が心許なくなってきた。

城戸が、殺人犯としての小林謙吉を理解しようとするのは、その暴力的な父親からの影響の故だった。だとするなら、同様に劣悪な家庭環境に育ったその子供——つまりは原誠——に、犯罪のリスクを見ようとする恭一の態度は、一理あると言うべきだった。遺伝的にも、原誠の風貌は、哀れなほどに父親に似ていて、しかも、彼の純粋な心の反映のようなあのスケッチは、皮肉と言うには過酷だが、父親の獄中の絵とそっくりなのだった。

実際、原誠の人生は、常に過去と未来に押し潰されそうになっていたに違いなかった。彼の心が自由になれなかったのは、父親が過去に犯した罪のせいである。子は子であり、その責任を彼が感じねばならない理由はない。しかし、被害者の家族が苦しみ続け、加害者の家族に苦しみがないという非対称に、他でもなく、彼自身が不合理を見て、苦しんでしまう。しかも、彼は過去に対しては負い目があり、未来に於いては、父親の罪を反復するかもしれない、社会のリスクと見做されているのだった。
他人からそう見られていたというばかりではない。原誠を最も恐れていたのは、原誠自身に外ならなかった。――しかし、だから何だというのだろう？　それは、城戸が、「原誠はそんな人間じゃない。」と信じることと、何の関係もないはずだった。彼と接する誰もがそう言明していたなら、原誠は、戸籍を変える必要もなく、今も原誠として生きていることが出来たのではあるまいか？

17

夕食にすき焼きを食べ、颯太が今日は母親と一緒に寝たいというので、入浴後は妻に任せて、城戸はキッチンで洗い物をした。それから、ソファに寝転がって、ミシェル・ンデゲオチェロを聴きながら、バンドでベースを弾いていた大学時代のことを取り留めもなく思い出した。自分も中北くらい達者だったなら、今もバンドを続けていて、それがきっと良い人生の息抜きになっただろうになどと、ぼんやりと考えた。そのうちに、いつの間にか眠ってしまっていた。

酷く疲れていた。

目を覚ましたのは、十一時を回った頃だった。裸足の指先が冷たく、暖房の温度を上げて、何となく、普段は見ないテレビをつけた。しばらくザッピングをしていると、旭日旗を掲げた物々しい集団が、「朝鮮人をガス室に送れ！」などと叫びながら、白昼堂々、通りを練り歩いている映像が目に飛び込んできた。ニュース番組の「ヘイトスピーチ」の特集らしく、城戸は、選りにも選ってと、辟易してテレビを消そうとした。

ところが、「現場には、カウンター・デモをする人々の姿も――」というテロップとともに、「仲良くしましょう！　チナゲチネヨ！」というプラカードを持った女性が映し出されたところで、驚いてソファから飛び起きた。一瞬だったが、恐らく美涼だった。

『――何してるんだ、こんなところで？』

その時、背後で、「……おとうさん、」と呼ぶ声が聞こえた。

振り返ると、颯太が寝ぼけ眼を擦りながら立っていた。

「ん？　どうした？」

「めがさめた。……なにみてるの？」

颯太がソファに歩み寄ってきた。城戸は、警察を挟んで、デモ隊が怒鳴り合う声を聞きながら説明に窮した。すると、次の瞬間、唐突にテレビが消えた。

「そうた、おいで。もうねないと。」

颯太を探しに来た香織が、リモコンをテーブルに音を立てて置いた。

城戸は急にテレビを消されたことに気分を害したが、香織は何も言わずに、颯太の手を引っ張って寝室に戻った。

城戸は、手許のもう一つのリモコンで、またテレビをつけかけたが、改めて見たいとも思わず、結局、妻の判断に同意するより他はなかった。

さっきのは本当に美涼だったのだろうかと振り返ったが、記憶はもう曖昧になっていた。横浜美術館の近くで昼食を共にした時、彼女はカウンター・デモに触れて、確かに、「じゃあ、城戸さんの代わりにわたしが行ってきます。」と言っていた。しかし、城戸は、真に受けてはいなかったし、ほとんど忘れかけていた。

しばらく美涼とは連絡を取っていなかったが、彼女が、自分と交わした約束を密かに実行に移していたことを知って驚いた。彼女らしいと感じ、笑顔になったが、彼女の行動自体には、嬉しさとも苦しさともつかない、複雑な思いを抱いた。

彼は、彼女の中で、自分の存在がそれなりの場所を占めていたことを喜んだ。決して簡単なことではないはずだった。けれども、その関与を、どうしても手放しで歓迎することの出来ない自分の屈折に溜息が出た。

城戸は常々、自分の在日への眼差しは、『アンナ・カレーニナ』の中で、リョーヴィンが農民に対して考えていることと大体同じだと思っていた。

「もしもおまえは農民を愛しているかと聞かれたら、リョーヴィンはまったく返答に窮したことだろう。彼は人間一般に対してと同じく、農民のことも愛しかつ憎んでいたのだ。もちろんお人好しの彼は人を憎むよりは愛するほうが多かったから、農民に対しても同じ態度をとった。だが農民を何か特別な存在と見立てて、愛したり憎んだりするようなまねは、彼にはできなかった。なぜなら彼は単に農民とともに暮らし、農民との間に全面的な利害関係を持っているだけではなく、同時に自分自身をも農民の一部と感じていて、自分にも農民にもなんら特殊な長所や欠点を見出そうとはしなかったし、自分を農民の対極におくこともできなかったからである。」

そして城戸は、彼が思想的に親近感を抱く人々が、在日問題に関わろうとする時には、しばしばリョーヴィンが、兄のコズヌィシェフを、「ちょうど田舎生活というものを自分の憎む生活の対極にあるものとして愛し、褒めそやしていたように、農民のことも彼は自分が嫌う階層の人間たちの対極にある存在として愛していた」と批判するような居心地の悪さを感じるのだった。

城戸はとにかく、カテゴリーに人間を回収する発想が嫌いで、在日という出自が面倒なのも、それに尽きていた。当たり前の話だが、在日の中にも、善人もいれば悪人もいて、またその善人の中にも嫌なところがあり、悪人の中にも、恐らくは彼の知らない善いところがあるのだった。

リョーヴィンが、コズヌィシェフを「兄にせよその他の多くの社会活動家にせよ、けっして心の声に導かれて公共の福祉への愛に目覚めたのではなく、その仕事に携わるのが良いことであると理性によって判断し、ただそれゆえにその仕事に携わってきたのである。」と批評するのは、まったく的を射ていると思われた。ところが、これこそは、城戸自身の「公共の福祉への愛」を妻が信用できない理由そのものなのだった。

彼は、今また、その矛盾に思い当たって、ソファで片膝を抱えながら、考え込んでしまった。

勿論、自分自身が当事者である問題は複雑だった。しかし、帰化する以前から、ほとんど完全に日本人として成長した彼は、そもそも自分が、コリアン・タウンの在日の問題の当事者なのかどうかさえ、甚だ心許なかった。彼は自分と彼らとの間に、リョーヴィンが、一日ヘトヘトになるまで農民と汗を流し、あの得も言われぬ美しい夜に感じたような「陽気な共同作業」への心からの愛が芽生える日が来ようとは、どうしても想像できないのだった。

城戸は、考えることに疲れてしまい、半ば無意識的に再度テレビをつけた。画面は既にスタジオに戻っていて、コメンテイターが、関東大震災時の朝鮮人虐殺に言及しながら、近頃のテレビでは珍しく、はっきりとした態度で排外主義を批判していた。

関東大震災は、一九二三年の出来事なので、去年が九十年という半端なタイミングだった。しかし、城戸は百年にあと十年足りないというそのことに、何となく、気味の悪さを感じた。

将来の南海トラフ地震や首都直下型地震は、ほぼ確実視されている。来れば日本も終わりだと嘯《うそぶ》く者もあるが、それがいつなのかはわからない。この辺りも、建物の倒壊だけでなく、津波の被害が心配だった。運良く家にいれば、九階の自宅は大丈夫だろうが、颯太と山下公園ででも遊んでいたなら、走って逃げても間に合わないのではないか？

町の被害は甚大だろう。関東大震災から、丁度、百年後——あと十年経つ頃には、今は鬱憤晴らしか、悪ふざけの誇大広告のつもりなのだろう、あの「朝鮮人を殺せ！」という叫びを真に受けて、自分や自分の家族を、恐怖に駆られながら殺しに来る馬鹿もいるのかもしれない。弁護士であろうが、一児の父親であろうが、音楽好きであろうが、「いい人」であろうが、或いはそのすべてであろうが、一切関係なく。却って、そうした恵まれた特徴のすべてが、一層、その憎悪を刺激するのではあるまいか？……

　城戸は、考えすぎだと自嘲してその懸念を打ち消そうとしたが、強ばった頰が震えてしまい、どうしても笑顔を作れなかった。彼は、関東大震災の記録を幾つか目にしていたが、立件された朝鮮人殺害事件だけでも五十三件あり、当時の司法省によれば、その被害死者数は二百三十三人とされていた。実際には——異説も多いが——恐らくその数倍だろうと推定されている。更に、中国人も殺されていた。しかも、その殺し方がまた、どうして？と吐き気を催すほどに惨たらしかった。

　彼は、それだけの数の惨殺死体を想像し、存在を奪われた彼らのその冷たさが、直接皮膚に触れるような悪寒を感じた。確かに、それは自分の同胞だろうという気がした。彼は、司法修習生時代の同期が急死し、通夜に出席した日の帰りの新幹線の中で感じた深甚な不安を思い返した。出生以後、肉体のかたちと体積を通じて、特に誰の許可を必要とするわけでもなく空間的に独占していた自分という領域を、なきものにしようとするようなあの圧迫感。在日として、彼はその被害者感情に、自分が今、ほとんど同一化しつつあるのを意識した。しかし同時に、既に日本国民である彼は、加害者としてその歴史的な責任を引き受けてゆかねばならないのだった。

CMに入ったタイミングでテレビを消すと、先ほど来、考えてきたことを反芻して、自分は間違っていると感じた。

在日に色んな人間がいるというのは、その通りだった。けれども、今美涼がカウンター・デモに加わっているのは、在日を理想化しているからでも何でもなく、その存在自体が危機に瀕しているからだった。日本という国自体が、おかしなことになっていて、彼女に「あんな連中をのさばらせてる日本人こそが、自国の問題として行くべき」と言ったのは、彼自身だった。自分こそ、一番に駆けつけるべき日本人であるにも拘らず。――

城戸は、考えているうちに、また具合が悪くなってきて、横になって顔を伏せ、とにかく、考えることを止めようと思った。

そして、気を紛らそうとするように、美涼と美術館を訪れた日のことを思い出して、また彼女に会いたいと感じた。

ほど経て、香織がリヴィングに戻ってくると、「なんであいうの、見せるの？」と夫を非難した。

昨年末に、香織が関西出張に行った後、クリスマス、正月とイヴェントが続いて、颯太や実家の両親の手前、表面的にでも明るく言葉を交わしているうちに、夫婦関係も多少上向いていたので、城戸は妻の険しい目つきに、このあとの会話を案じた。そして、努めて呑気な調子で、「見てたら起きてきたんだよ。」と言った。

「消したらいいじゃない、すぐに。」

城戸は、頷いたものの、ウンザリした顔になっているのが自分でもわかった。香織は、立ったまま夫を見ていたが、やがて、これだけは言っておきたいという風に口を開いた。

「あなたのルーツのことはわたしだって理解してるし、その上で結婚してることも知ってるでしょう？　こんなこと言いたくないけど、反対がなかったわけじゃなかったし、だけど、わたしは説得したの。――でも、現実として、さっきみたいな人たちもいるんだから、颯太のことは守ってあげないといけないでしょう？　あなたのルーツのことは、もっと大きくなってから話すってことでいいって言ってたじゃない？」

城戸は、座り直すと、ソファの背もたれ越しに立ったままの妻を見つめた。話し合わねばという思いと、幾分かは、もうなるようになれという気持ちとから、口にすべき言葉を探したが、どこから手をつけて良いのかわからなかった。

妙なことに、城戸はまるで、他人を見ているかのように、香織をつくづくきれいだなと感じた。

事務所では、「城戸さんの奥さんは美人」ということになっていて、こども園の保護者の間でも、どうやらそういう評判らしかった。颯太はそれを自慢にしていたし、城戸自身がそう思って結婚したことは間違いなかった。そして、そんなことが今になって急に意識されるのは、別れ話の前触れとしか思えず、彼はいよいよ言葉に窮した。

黙っている夫を見ながら、さすがに香織の目も不安げに張り詰めた。これまで互いに踏み越えずに来た一線を、夫が越えようとしているのではと感じたらしかった。

城戸は、妻の方が先走って覚悟を決めてしまうのを恐れて、ともかく口を開いた。

「――辛くなってる、今の状況が。……結婚生活は続けたいから、状況をよくするための話し合いをしたい。」

香織は、口許に、ほとんど見間違えのように微かに笑みを過ぎらせた。そして、

「わたし、今、そんな話したっけ？」

とぎこちなく首を傾げた。城戸には意外だったが、彼女は、離婚の意思を持っていない様子だった。数ヶ月前には、今にも自分から切り出しそうな雰囲気だったが。――そして、夫がそう打ち明けざるを得なくなったことに同情さえしているような眼差しになった。

城戸も、少し表情を和らげて静かに言った。

「まず、これまで何度も言ったけど、俺は浮気はしてないよ。」

「それはもう、いいの。――最近は、言ってないでしょう、何も？」

「無言は無言で不気味だよ。」

「被害妄想ね。」

「よく言うな、自分から疑っといて。」城戸は頬を歪めて苦笑した。「……ただ、浮気じゃないけど、この一年、とある人物のことをずっと調べてて、それにのめり込んでたから、そう見えたかもしれない。女性じゃなくて、男だよ。仕事に関係のある話だから、言わなかったけど。」

「誰なの？」

「――死刑囚の一人息子なんだよ。……」

城戸は、このところ、パソコンに向かって執筆を続けてきた原誠の人生について、初めてまとまったかたちで人に語った。小林謙吉の生い立ちから始めて、その殺人事件の内容、原誠が受けたいじめ、母親に捨てられて施設に入ったこと、ボクシング・ジムに通い、プロデビューした後、〝事故〟でその夢が潰えてしまったこと。……

香織は、そんなことをどうして自分に話しているのかと、最初は怪訝そうな顔をしていた。夫があまりに熱心に語るので、聴いているというより、その様子を見守っている風だった。

それでも、原誠の戸籍交換に話が及ぶと、「そんなことって、あるの？」と、半ば気遣いめいた興味を示した。里枝のことは曖昧にぼかしたが、彼がその後、子供を亡くした不遇な女性と結婚し、短いながらも幸福な家庭を築き、最後は林業の伐採現場で事故死したことは話した。

香織は、最後までつきあったものの、やはり不可解そうに、

「数奇な運命だけど、……彼の人生が、あなたにとって何なの？」と尋ねた。

城戸は、妻らしい身も蓋もない問いかけに、自嘲的に言った。

「さァ、……最初は何でもなかったんだよ。ただ依頼者の境遇が不憫で引き受けた仕事ってだけで。そのうちに、他人の人生を生きるってことに興味をそそられていって、彼が捨てたかった人生のことを想像して、……現実逃避かな。面白い小説でも読んでる気になってるんだろう。」

「悪趣味ね。」

「そう？」

「何から逃避したいの？」

城戸は、妻の顔を見たが、返答に詰まった。

「……色々だよ。何だかんだで、……震災の後遺症もあると思う。自然災害だけじゃなくて、さっきテレビでやってたみたいなこともあるから。……」

城戸は、それらに起因する夫婦の関係の悪化を当然に考えたが、口にはしなかった。

「あなただけじゃないでしょう、それは？」

「そうだね。……君のストレスも、もっと気遣うべきだったと思う。」

「カウンセリングにでも行ってきたら？」

「何？」

「そんな大袈裟に考えなくても、話を聴いてもらうだけでも、気分が変わるんじゃない？　あなたの仕事、そうでしょう？」

「俺はカウンセラーじゃないけど、当人同士で解決できないから、相談に乗ってるんでしょう？　わたしに話しても、多分、駄目でしょ、あなた？」

「そりゃ、お互い様だよ。俺たちは、ハッキリ言って、何か、うまくいかなくなってる。とにかく、話し合うことが必要だと思ってたけど、君の言う通りかもしれない。話し合うにしても、そのあとだろう。俺だけじゃないよ。君も行くんだよ、カウンセリングに。」

「わたしは大丈夫。」

「どうして？」

「適当に人に相談してるから。」

「専門家じゃないだろう？　話すべきことを話してないよ、きっと。」

「何、例えば？」

「……俺はとにかく、颯太に優しく接してやってほしい。叱りすぎだよ。」

「どこが？」

「夫にそう言われたってところから、カウンセリングが始まるよ。」

香織は、呆れたように首を横に振った。

城戸は、彼女を見つめて、少し頬の強ばりを解いた。今この場で、何かを解決しなければならないという圧迫感から解放されると、安堵したように、口から言葉が漏れ出てきた。

「突き詰めれば、どれもこれも、具体的に取り組むべき問題だよ。だけど、考え出すと、具合が悪くなるんだよ。自分の存在が、まったく保障されてないみたいな苦しさを感じる。それで、……さっき話した人のことを調べてる間は、気が紛れるんだよ、なぜか。自分でもわからない。とにかく、他人の人生を通じて、間接的になら、自分の人生に触れられるんだ。考えなきゃいけないことも考えられる。けど、直接は無理なんだよ。体が拒否してしまう。だから、小説でも読んでるみたいだって言ったんだ。みんな、自分の苦悩をただ自分だけでは処理できないだろう？　誰か、心情を仮託する他人を求めてる。ま、……陰気な顔をしてるだろうから、君が一緒にいて楽しくないのもわかるよ。」

香織は、椅子に腰掛けると、腕組みしたまま、先ほどとは違った風に親身な様子で微かに首を振った。

「だけど、あなたとその人、全然、境遇が違うじゃない。」

「だから良いんだよ、きっと。距離が安心させてくれてるんじゃないかな。」

「わからない。」

「――でも、とにかく、俺は君とはうまくやっていきたいんだよ、本当に。この一言を言うのに苦労したけど、君には愛想を尽かされたくない。俺は困るんだよ、それは。散々考えたけど、やっぱり困る。けど、無理強いするわけにもいかないし、どうすれば君に愛されるかって自問自答を、結婚十二年目にして、出会った頃よりも遥かに深みのある悩み方で反復してるんだよ。」

城戸は、そう言うと、自分でおかしくなって少し笑った。香織も、夫のその軽口めいた言い草に、失笑したが、こんな冗談めかした、真らしいやりとりは、久しぶりだった。彼は、妻の表情に、久しく見なかった喜びの色を認めて嬉しくなった。

香織はそれから、夫を見つめて、「悪い方に考えすぎよ。」と言った。城戸は頷いた。

「――大丈夫？」

「何が？　大丈夫だよ。……」

「……本当に？　変なこと考えてない？　嫌よ、勝手なことされたら。」

城戸は、何のことを言っているのか、本当にわからなかったが、妻の深刻な面持ちからようやくそれを察して茫然とした。それこそは、浮気を疑われるよりも、更に突拍子もない疑心暗鬼なので、

「大丈夫だよ。何だよ、変なことって。颯太もいるのに、そんなわけないだろう？」

と呆れたように言った。彼は、原誠のプロボクサーとしてのキャリアを終わらせた〝事故〟を思い出しながら、そんなことを懸念していたのだろうかと、驚きを隠せなかった。

香織は、少し青褪《あおざ》めた顔のまま、夫の言葉の真意を確かめようとするように目を逸らさなかった。

「だったら、いいけど。……」

城戸はしかし、その危機は、ひょっとすると、妻の心をこそ何度か過ったのではあるまいかと考えて急に心配になった。

二人とも、しばらくそのまま黙っていた。

城戸は、話に区切りをつけるように、両膝を打つと、

「話せて良かったよ。ま、それぞれにカウンセリングに行くことだね。」

「……いいわよ、別にそれに拘《こだわ》らなくても。わたしにはよくわからないけど、気が晴れるなら、その男の人の調査、続けたら。その分、家では元気でいて。」

「もうすぐ終わるよ。――君も、カウンセリングでも、俺にでもいいから、何かあるなら話して。」

「わたしは大丈夫。……ありがとう、話してくれて。……じゃあ、お風呂に入ってくる。」

城戸は、リヴィングを出て行く妻の背中を見守った。

それから彼は、しばらくベランダを見つめていたあと、ソファに突っ伏してゆっくり頭を振った。胸に溜まっていた息が大きく抜けていった。

18

城戸が担当した過労死事件の民事訴訟は、二月十五日に和解が成立し、被告の居酒屋チェーンとその役員個人は、併せて八千二百万円の支払いと、八項目からなる再発防止策の実行を約束した。完勝と言って良い内容だった。

城戸は、二十七歳で自殺した息子の遺影を携えた遺族と記者会見に応じ、終了後に一緒にイタリア料理を食べに行って三時間ほど歓談した。裁判の話はあまりせず、世間話が多かったが、別れる際には両親から、両手で強く握手され、感謝された。

城戸は嬉しかったが、二人の老後を想像すると、心からの喜びとはほど遠い感慨だった。そして、これほど悲惨な事件でありながら、自分が、最後までほとんど動揺することなく、弁護士然として仕事を終えたことを思った。

香織との話し合いの後、城戸は改めて、原誠の人生を追い続けることにも、どこかで区切りをつけるべきだろうと考えるようになった。そのためには、どうしても、谷口大祐を探し出して無事を確認し、出来れば、原誠に会った時の話を聞きたかったが、捜索は依然として手詰まりのままだった。

事態が急転したのは、ニュースでカウンター・デモの映像を見たのをきっかけに、数ヶ月ぶりに美涼《みすず》に連絡をしてからだった。

美涼は、自分がテレビに映っていたとは知らなかったようで、驚きつつ、「二回、行きましたよー。」と弾むような調子で返信をくれた。だからどうだという、くどくどしい説明はなく、すぐに「そう言えば、年末にSunnyを辞めました。色々あったのですが、また今度、お話ししますね。」と続けてあった。

あの飲み屋に行っても、もう彼女には会えないのかと、城戸は寂しく思った。一月末に、北千住のボクシング・ジムを訪れたあとは、久しぶりに覗いてみようかと思わないでもなかったが、行ってみても、彼女は既にいなかったのだった。

美涼からのメールには、それとは別に、意外な話が含まれていた。

昨年、美涼と谷口恭一が、「谷口大祐」の名前で取得したフェイスブックのアカウントは、何者かの報告により、凍結されてしまっていた。解除は難しくなかったが、美涼は元々気が進まないままやっていたのと、恭一との関係が「難しくなった」ので、その後は放置していた。

最近になって、彼女は自分自身のアカウントのメッセージ機能で、「友達リクエスト」という通常とは別のフォルダーがあるのを知り、開けてみて、数年分の未読のメッセージを発見し、驚いた。そこで、「谷口大祐」宛ての「友達リクエスト」のフォルダーも開いてみたところ、「Yoichi Furusawa」という名前の、写真もなく、ほとんど投稿もしていないアカウントから、「警告文」なるメッセージが届いていたのに気がついた。

内容はこうだった。

「あなたに代理人として警告します。ただちに、このなりすましの偽アカウントを削除してください。対応がなされない場合は、しかるべき方法で、法的に対処いたします。」

誰の「代理人」なのかは省略されていた。

このアカウントは今も存在しているが、更新されている様子はなく、結局、何の対応もしなかった「谷口大祐」のアカウントに対しても、「法的に対処」がなされた形跡はなかった。凍結は、恐らくこの人物の仕業なのだろう。

美涼は、このメッセージが、谷口大祐本人から送られている気がする、と言うのだった。

「なんか、一生懸命、恐そうに書いてるけど、詰めの甘いところが、いかにもダイスケって感じなんですよねー。」

城戸はむしろ、小見浦の関係者が、戸籍交換者たちのためにしている一種の〝アフターケア〟なのではないかと疑ったが、いずれにせよ、この人物にコンタクトを取ってみることにした。

美涼のメッセージは、最後に、「城戸さんはお元気ですか？」という、平凡だが余韻のある問いかけで終わっていた。

城戸は、谷口大祐を探すのに、恭一の手を借りることを諦めていた。

恭一は、小林謙吉についてネットで検索し、その凄惨な事件の内容にいよいよ激しい拒絶反応を示していて、とにかく、もう関わりたくないといった感じだった。何度となく、城戸に「別世界」という言葉を用い、せっかく恵まれた環境で生まれ育ったのに、わざわざそんな連中のいる場所に足を踏み入れていった弟は、救いようのない馬鹿で、自業自得だ、と以前よりも一層辛辣に罵倒した。下手に関与して、自分までこの事件に巻き込まれるのは真っ平だと吐き捨てた。

この事件を唯一相談していた事務所の中北は、谷口大祐探しに、恭一はともかく、美涼を関与させることには首を傾げた。

「城戸さん、ちょっと迂闊だと思うよ。だって、その人は元カノでしょう？　ストーカーとかだったらどうするの？　谷口大祐って人だって、本当は彼女から身を隠すために逃げてるのかもしれんよ。今までの話だと、実家の関係が悪くなって、戸籍を捨てたってことになってるけど、……どうかな？　色々理屈をつけて、ストーカーが行方を捜すっていうのはあるよ。」

城戸は、思いがけない指摘に黙ってしまった。美涼に限ってそんなことは考え難かったが、しかし、何の根拠もない思い込みだと言われればそれまでだった。そして、中北の一言が、この一年間、彼の心をあれほどまでに捉えていた美涼の印象にさえ、暗い影を広げてゆこうとすることに、やりきれなさを感じた。

誰も、他人の本当の過去など、知ることは出来ないはずだった。自分の目の前にいない時、その人が、どこで何をしているのかも。いや、たとえ目の前にいたとしても、本心などというものは、わかると考える方が思い上がっているのだろうか。……

中北は、自分のデスクに戻ろうとする城戸に、唐突に、「――大丈夫、城戸さん？」と尋ねた。

城戸は、妻だけでなく、なぜ彼まで同じことを訊くのだろうと訝りながら、微かに目を見開いて、「どうして？」と頬を緩めてみせた。


城戸は、「代理人」と連絡を取るに当たって、その方針を整理した。

もし彼が谷口大祐本人なら、恐らく今は「曾根崎義彦」と名乗っているはずだった。そして、弟である彼は彼で、恐らく恭一とは、接触を持ちたくはあるまい。同時に、中北の意見も尤もで、美涼の名前を出すことも慎重にすべきだった。

相手の素姓もわからぬまま、こちらを信用してもらう文章を書くというのは、骨が折れた。関心を惹起するには、いずれにせよ、すべて説明し尽くさない方がいいのかもしれない。「曾根崎義彦」という名前も出さず、「S.Y.」というイニシャルを用いることとにした。

城戸が書いたのはこうである。

「突然ご連絡差し上げます無礼を、どうぞ、お許しください。

昨年十月八日に、谷口大祐氏のアカウントに送られたメッセージの件でご連絡差し上げました。

私は、谷口大祐氏のご夫人より依頼を受け、代理人を務めております弁護士の城戸章《あき》良《ら》と申します。神奈川県弁護士会に登録しており、以下の弁護士事務所で共同パートナーを務めております。詳しくは、リンク先のホームページをご覧いただければ幸いです。

実は、谷口大祐氏は、三年前の九月に事故により死亡されています。詳しいことはここでは申せませんが、生前縁のあった方の中で、S.Y.氏とコンタクトを取りたく、調査をしておりましたところ、谷口氏名義のアカウントを発見し、管理者と連絡を取り、Yoichi Furusawa 様よりの削除要請のメッセージを拝見した次第です。

大変失礼なのですが、Yoichi Furusawa 様は、S.Y.氏の代理人ではございませんでしょうか？

もしそうであれば、どうしてもお伝えしたい件があり、ご返事いただけましたら幸いです。

こちらの一方的な勘違いでしたら、失礼をお赦しください。このメッセージは、どうぞ、読み捨ててください。」

我ながら怪しげな文面で、返事はあまり期待できなかった。しかし、幾ら捨てた戸籍とは言え、かつての自分が死んだと知らされれば、やはり気になるのではあるまいか。城戸は何となく、彼が、今はやはり、どこかで、自分のかつて捨てた人生を懐かしんでいるのではという感じがしていた。

それに、一回目の戸籍交換後、しばらく「曾根崎義彦」と名乗っていた原誠が、本当に谷口大祐と二回目の戸籍交換をしているなら、今、「曾根崎義彦」と名乗っている彼は、遺された原誠の妻を通じて、その事実が露見することを不安がるのではあるまいか？

Yoichi Furusawa からは、翌日の午前二時過ぎに返事が来た。寝ていた城戸は、朝になってフェイスブックの新着メッセージに気がつき、思わず、「おお、……」と声が漏れた。

当然のことだが、非常な警戒心で、平静を装いつつ、動揺を隠せぬ様子だった。

城戸も、ここに至って、ようやく美涼の直感を共有した。つまり、この「代理人」は、恐らくは「曾根崎義彦」、つまりは、探し続けてきた谷口大祐なのだろう。そうして見ると、偽名を初めとする彼の小細工の不器用さが、ありありと看て取れて、少しく同情的な気持ちになった。

Yoichi Furusawaは、まず彼が弁護士だということが信用できないと書いていた。確かにリンク先には、城戸章良という弁護士がいるが、それがあなたと同一人物であると、どうして証明できるのか、と。それに、「S.Y.」とイニシャルで書いているのは、一体誰のことなのか。「谷口大祐」のアカウントの開設者は誰なのか。どのような関係なのか、云々。……

城戸は、スカイプでのやりとりを提案した。こちらの顔が見えれば、自分が確かに城戸章良であることを理解してもらえると思う。そちらの映像はオフにして、音声だけで構わない。出来れば「S.Y.」氏と直接やりとりしたいが、一度、Yoichi Furusawaさんの方で、確認してもらってからで構わないと書いた。

メッセージはすぐに読まれたようだったが、返信は夕方届いた。日中は仕事をしているのであろうと想像されるような沈黙だった。

内容はこうだった。自分が誰の「代理人」かは言えないが、依頼人は、「谷口大祐」のアカウントを消去したがっているし、谷口大祐の死亡についても知りたい。ついては、今日の午後十一時にスカイプに連絡する、と。

城戸は、どんな服を着るべきか迷ったが、結局、ワイシャツにジャケットという、普段の職場の格好にした。入浴を済ませ、颯太を寝かしつけたあとに、アイロンのかかったシャツに袖を通すのも妙な感じだった。

午後十一時を五分ほど回ったところで、Yoichi Furusawa からの着信があった。

「はい、こんばんは。城戸です。……もしもし？」

「……。」

「フルサワさんですか？　こちら、見えます？」

初対面の依頼人と接する時のように、城戸は笑顔に満たない程度に表情を和らげた。反応がなかった。一瞬、切られてしまって、もう二度と接触が出来ないのではと心配になった。

「城戸です、見えますか？　フル……」

「はい、……見えてます。」

「あ、……」

城戸は、真っ暗な画面の向こうから聞こえてきた、その震えるような一声に慄然とした。

これが、一年以上にも亘って探し続けてきた、本物の谷口大祐なのだろうか？　固唾を呑み、返事をしなければと、相手を怯えさせないように爽快に応じた。

「見えてますか？」

「はい。」

「よかったです、ご連絡いただけて。ありがとうございます。」

「いえ、……」

声の背後は静まり返っていて、狭い一人住まいのアパートのような反響があった。

中年らしいくぐもった声だが、わざと声音《こわね》を変えようとしているようなぎこちなさを感じた。フェイスブックのメッセージの文面は些か厳めしかったが、電話口では、臆病な猜疑心を隠し果《おお》せない様子だった。それが、滑稽な感じがし、また何となく哀れを誘った。城戸は不意に、マイケル・シェンカーのファンなら「絶対いいヤツ」に違いないという、中北の断言を思い出した。

単刀直入に「曾根崎義彦さんの代理人をされてるんですよね？」と尋ねると、「……はい。」とあっさり応じた。

城戸は、拍子抜けしつつ、あまりに頼りないので、ひょっとすると本人ではなく、友達か何かなのだろうかと今度は逆の疑いを持った。

「ご連絡しました通り、谷口大祐さんが三年前に亡くなられたんです。それで、奥様が、生前のことで知りたがっていることがありまして。」

「谷口……さん、は、……結婚してたんですか？」

「はい。お子さんもいらっしゃいます。」

「奥さんは、何をしてる人ですか？」

「文房具店で働かれてます。」

「そうですか。……何を知りたがってるんですか？」

「詳しいことは、曾根崎さんご本人じゃないとお話しできません。」

「……僕、……私は、代理人なんですが。」

「それは、確認できませんから。」

城戸は、微笑して言った。

「城戸さんは、……どの程度のことを知ってるんですか？」

「多分、ほとんどのことを知ってます。私は、曾根崎さんとの面会を希望しています。実現して、もし曾根崎さんが望まれるのでしたら、何が起きたのかをお話しします。」

「……。」

「私自身は、谷口さんと曾根崎さんとの間で行われたやりとりについては関知しません。ただ、死というのは、必ず訪れますから、何が問題となるのか、法律家の立場から曾根崎さんに助言することは出来ます。そういう機会は、あまりないと思いますので、お役に立てると思いますよ。」

城戸は、反応から半ば相手が、谷口大祐本人であることを確信し直して、説得するように言った。黒い画面の向こうでは、また沈黙が続いたが、何かを考えているような、舌打ちに似た口を動かす音が聞こえた。

やがて、本物の「代理人」である城戸の話し方が移ったような口調で、相手は唐突に、思いがけない話を切り出した。

「城戸さんは、後藤美涼さんとは、会ったことがあるんですか？」

「ええ、……ありますけど。」

「後藤さんは、フェイスブックの偽アカウントの人を、谷口大祐さんだと本気で思ってるんですか？　大体、誰なんですか、あの管理人は？　谷口恭一ですか？」

「それも、曾根崎さんご本人とお話しします。」

「いや、……ちょっと待ってください。私の依頼人が、後藤さんがお元気かどうかを気にしています。」

「元気そうです、私の見た限りでは。」

「だったら、伝言があります。」

「誰からのですか？」

「私の依頼人からです。」

「何でしょう？」

「……謝りたいと言ってます。」

城戸は、言葉もなく、しばらく真っ暗な画面を見つめていた。相手からは自分が見えていることを一瞬忘れかけていた。

「はい。伝えておきます。」

「それから、依頼人は、谷口恭一には、この連絡先を決して教えないでほしいとも言っています。」

「わかりました。――いずれにせよ、曾根崎さんに面会して、詳しい話をさせていただきたいのですが、ご本人にお伝えいただけますか？　場所は、どこでも伺いますので。」

「はい。……」

「よろしくお願いします。」

「はい、……じゃあ。……」

回線が切れると、城戸は天を仰いで、しばらくそのまま、ぽかんと口を開けていた。美涼がストーカーだったら、という中北の尤もな懸念は、杞憂のようだった。「謝罪」というのが何を意味しているのかはわからないが、恐らくは、何も言わずにいなくなってしまったことだろう。

言葉少なの会話だったが、城戸は、彼の中に、美涼に対する強い未練を感じた。しかもそこには、近年になって寧ろ膨らんできているような艶があった。

城戸は、あまりいい生活をしていそうにない彼に同情しつつ、かつて宮崎のバーで、「谷口大祐」と名乗って、見知らぬバーテンに美涼との恋愛関係まで喋った自分を思い出し、羞恥心を抱いた。そして、自分の中に、嫉妬と呼ぶより他はない感情の燻《くすぶ》りを感じた。

翌日の日中、美涼に電話をかけ、やりとりの内容を伝えると、

「絶っ対、それ、ダイスケですよ！　なんかもー、目に浮かぶ。……第一、わたし、曾根崎義彦なんて人、知らないですし。」

と言った。彼の謝罪の言葉を伝えると、美涼はただ、力なく笑っただけだった。

「城戸さん、会いに行くんですか？」

「そのつもりですけど。先方は多分、承諾すると思います。僕も、そろそろこの〝探偵ごっこ〟を終わらせたいですし。」

「わたしも、一緒に行こっかな。」

「ああ、……行きます？　訊いてみましょうか。」

「嫌だって言ったら、『謝るなら、ちゃんと会って言ってほしい。』って、わたしからのメッセージ、伝えてください。絶対、わかったって言うと思う。」

城戸は、Yoichi Furusawa に美涼の意向を伝えた。彼の依頼人である「曾根崎義彦」は、会いたくないと言っているらしく、美涼に言われた通りのことを伝えると、しばらくして、「曾根崎氏は、後藤さんも来ることに同意しました。」という返事が届いた。

三月第一週の土曜日を指定された。面会場所は、名古屋だった。

19

城戸は、美涼と連絡を取り合い、名古屋行きののぞみは、隣同士の座席にした。

彼女は東京からで、城戸が新横浜で指定席の車両に乗ると、軽く手を振って笑顔で迎えられた。

「髪切ったんですか？」

「昨日。」

「え、今日のために？」

「ううん、たまたま。」

ニット帽から覗いている髪は、辛うじて肩に届く程度で、色はダーク・ブラウンに染め直されている。格好は以前と変わらず、この日は、ミリタリー風のジャケットに細身のデニムを合わせていた。城戸は、美涼に会うのは三回目だったが、隣に座ったのは初めてだった。甘い苦みを含んだような柑橘《かんきつ》系のコロンの香りがした。

城戸自身は、ネクタイなしでスーツを着てきた。

九時台の新幹線だったが、乗客は疎らで、彼らの二人席の前後は空いていた。名古屋までは一時間半で、しばらくは、この数ヶ月ほどの間、どうしていたのかを互いに語り合った。

美涼は、バーを辞めた話をしたが、その理由は、「マスターの猛攻を凌《しの》ぎきれず。……」と苦笑した。

「最初は冗談半分だと思ってたけど、段々、口説き方が本気になってきちゃって。」

「本気なのは、一目瞭然でしたけど。」

「わかりました？」

「それは。……でも、気持ちはわかりますよ。あんな狭い店で、隣にこんな美人がいたら、好きにもなるでしょう。」

「そういう好かれ方をするのが、わたしの人生なんですよ。浅ーい感じ。」

美涼は、おかしそうに言った。城戸は、その大きな笑顔を横から見つめた。

「わたし、それに、あの人たちの会話について行けないんです。カウンター・デモに行ったあたりから、なんかもう、あのお店にいるのが面倒臭くなって。元々、お金のためっていうより、趣味でやってただけだったし、楽しくないのにいても仕方がないから。深夜までずっと立ってるのも辛くなってきて。もう若くないですよー。」

「辞める前に、もう一度、飲みに行きたかったなあ。ウォッカ・ギムレット、すごく美味しかったから。」

「えー、あんなの、いつでも作りますよ。でも、お店だとわたしが飲めないから、どっか飲みに行きましょうよ、今度。」

その一言の扱い方次第で、未来が変わるような夢想が、城戸の中に一瞬烟《けぶ》ってすぐに消えた。そして、

「飲んでましたよ、僕が行った時も。」と受け流してしまった。

美涼も、特段それを気にする風でもなく、

「あの時だけですよ。いつもはカウンターの中で、飲まないんです。」と笑った。

それから美涼は、「谷口大祐」名義のフェイスブックの偽アカウントも、恭一にしつこく言い寄られて大げんかになり、放置していたのだと呆れながら言った。

「あの人、ダイスケを探したいっていうより、アレで、わたしと連絡を取り続けたかったんですよ。結局、本当にダイスケが連絡してきたから、複雑な心境ですけど。」

「弟が殺されてるかもしれないってあれだけ言ってたのに、そういう風になるのかな。……僕は、あの人は悪い人だとは思わないけど、そういうところがよくわからないんです。」

「今回のことで、そうなったわけじゃないんですよ。昔から。……言ってなかったけど、あの兄弟の仲違いには、わたしも多分、ちょっと関係してるんです。わたし、恭一くんに好かれてたから。」

「ああ、……やっぱり、そういう話ですか。」

「恭一くんはモテるんですよ。わたしはチャラすぎて駄目なんですけど。ダイスケは、不器用で、風采も上がらないし、けっこう人からバカにされるタイプで。本人も、悪いんですよ。からかわれ役を喜んでるようなフリをするから。いつもニコニコ笑ってるのに、どっかで我慢できなくなって、爆発するんです。そしたら、みんな引くでしょう？何なのこいつ、急に？って。でも、急にじゃないんですよ。」

城戸は、美涼が語る谷口大祐の人物像は、恭一が語るそれとも、里枝が原誠から伝え聞いたそれとも、まるで違うのを感じた。

「例の生体肝移植の話も、そういう性格的なことが背景になってるんですかね？」

「そうでしょ、きっと？　でも、同級生がお金貸してって頼むのとは、わけが違うから。」

「勿論。」

「恭一くんは、弟をバカにしてたから、わたしがダイスケとつきあいだしたことが、どうしても許せないんです。」

「プライドが高そうですからね。」

「それもあるし、……」と、美涼は情けないような苦笑を浮かべて、周囲を気にしながら続けた。「高校生くらいの男の子って、性欲がすごいじゃないですか。」

「はは、まぁね。」

「だから、ダイスケがわたしとセックスしてるってことが、もう我慢できないんですよ。

なんか、彼の中で何かが猛り狂って、暴れ回ってる感じ。」

城戸は、思わず吹き出して、しばらく笑った。美涼も、つられたように笑い出した。

「だから、その頃から、わたしのこと、ずっと好きでいてくれたとかって、そういうきれいな話じゃないんですよ。とにかく、わたしとやりたいんですよ。もうこんなおばさんになってるから、何にもいいことなんかないのに、今のわたしがどうとかって関係なくて、一回でもやったって事実がないと、収まりがつかないって感じで。」

「自分の過去の屈辱を、それでチャラにしたいんでしょうね。……」

「わかります、そういうの？」

「うん、……理解を絶してる、とも言えない。」

「わかります!? えー、城戸さんもそういう征服欲みたいなのって、あります？」

「いや、程度の問題だろうけど、ないと言ってはいけないんじゃないかな。女性をそういう風に傷つける可能性がある以上、自覚しててもしてなくても、反省しないといけないと思う。あと、男同士のそういう惨めな嫉妬と競争心も。……『三角形的欲望』って知ってます？　ルネ・ジラールだったか。人間は、一対一で欲望するんじゃなくて、ライヴァルがいるからこそ、自分もその相手をいいと思うんだって話。」

「あー、……でも、そのライヴァルは、どうしてまず最初にその相手を好きになるんですか？」

「ん、鋭いね。……錯覚するんじゃないですか？　ライヴァルがいるって。それか、一種の天才か、変人か。」

「じゃあ、ダイスケも、恭一くんへの対抗心からわたしを好きになったんですか？」

「うーん、……失礼、いい話じゃないね、これは。」

美涼は、城戸の顔を見ていたが、笑みの名残を片づけかねているかのような曖昧な表情をしていたあとで、

「城戸さんって、真面目ですよね。」と言った。

「そうかな。いいとこ見せようとしてるんだと思う。」

「色んな顔があるんですもんね。」

「したね、そんな話。」と城戸は笑った。勿論、美涼という存在への意識のために、自分が谷口兄弟に対して抱いていた心情的な屈折などは、おくびにも出さなかった。そして、それを隠そうと、ルネ・ジラールなどを持ち出してくる自分を、つくづくみっともなく感じた。

美涼は、それとなく窓の外に目を遣って、しばらく続いた殺風景のあと、遠くに富士山が見えてきたのを、特に何も言わずに眺めていた。そして、徐《おもむろ》にまた振り返って話を続けた。

「わたし、そういうのが多いんです。自分の顔、嫌いじゃないんですけど、なんかいつも、わたしの人生を良くない方向にばっかり導いていくんですよ。全然、有効活用できなくて、それが課題なんです。」

「そういう苦労もあるんでしょうね。……」

「人に話すと、わたしに隙があるからそう見られるんだとか、逆に説教されたり。マスターだって、仕事終わりの誘い方がもう露骨で。客で行ってた時には、全然そんな感じじゃなかったのに。」

「隙があるとは思いませんけど。」

美涼は、苦笑していたが、やや間を置いて、急にいいことでも思いついたように、

「わたし、……この一年くらい、好きな人がいたんです。」

と言った。

「ああ、そうなんですか。」

城戸は、平静を装って応じたが、軽いショックを受けている自分に呆れた。

それは、好きな人くらいはいるだろうと、当然のこととして受け止めようとする気持ちの一方で、女性のその気配を、まったく感じ取れないことに関しては、十代の頃からふしぎなほど進歩がなかった。その告白はいつも唐突で、噂を耳にするのは意外だった。

自分がただ、バーで会い、谷口大祐のことで連絡を取り合っているのとは別の美涼がいるということは、それこそわかりきっている。しかし、フェイスブックでも、あれだけの〈友達〉を見ているはずなのに、自分の嫉妬が、谷口兄弟やバーのマスターといった、手近なところにしか向かないのは、まったくおめでたいと言うより外はなかった。

そして、その会ったこともないライヴァルのお陰で、彼女を通じて思い描いていた〝別

の人生〟への夢想が、唐突に「三角形的欲望」に刺激されそうな感じがした。

「お店に来たんです、ある日、その人が。……わたしの周りって、大体、わたしのことを『お前』って言ったりするような粗野な男ばっかりなんですけど、その人は、今まで知らなかったタイプの知的な感じの人で。わたしに対する態度も、すごく紳士的なんですよー。ネットでやりとりしてても、真面目で、言葉づかいも丁寧で、頭も良いし。」

城戸は、「お前」と呼ばない程度なら、俺でもそうだなと相槌を打ちながら聴いていた。

「それで、お店に出てても、待つようになっちゃったんです。また来ないかな、とか。その人のフェイスブック見て、〈いいね！〉を押したりしながら。でも、その人もすごく忙しそうな人だし、その後は全然お店にも来ないから、自分でご飯に誘ったりして。」

「幸せな男ですね。何してる人なんですか？」

城戸は、美涼が躊躇っているのを見て、

「ああ、いいですよ、何となく訊いただけなんで。」と気遣った。

「仕事がどうっていうより、……その人、妻子持ちなんですよ。わたし、こう見えても不倫だけはしたことがなくて。」

「こう見えてもって。」

「ほんとなんですよ！　四十代で独身で、結局そっちに行っちゃうのもなあ、みたいな。……それに、その人、忙しそうなだけじゃなくて、なんか、人生も充実してる感じがして、わたしに特別な関心がある様子もないし。……この半年くらい、実はずっと辛かったんです。もー、わたし、四十代にもなって、どうしちゃったんだろうってくらいに。」

「……それで？」

「最近、……ちょっとした出来事があって、それをきっかけに、もう諦めることにしたんです。お店辞めたのも、その人を待っちゃうのが辛いっていうのもあって。もー、三勝四敗なんて言ってたけど、ちょっと負けが込んできてるんですよ、今。」

「……相手には、その気持ちを伝えたんですか？」

美涼は、長い睫《まつげ》を、水鳥が物音に驚いて飛び立つ時のような忙しなさで羽搏《はばた》かせた。城戸は、その素早い瞬きの意味がわからなかったが、閉ざしたままの彼女の口許に、ほのかに笑みが過《よぎ》ったので、彼もただ同じように微笑して、それ以上は尋ねなかった。

そして、自分によく似たような男が、もう一人いたんだなと思った。

その後は、しばらく二人とも黙っていた。

美涼は、「城戸さん、何かすることあったらしてくださいね。」と気を遣い、城戸も同じことを言った。

「寝ても良いですよ。起こしますから。」

「一つ、訊いてもいいですか？」

「どうぞ。」

「原誠っていう人、どうしてダイスケになりすましてたんですか？　自分の戸籍が嫌だったのはわかりますけど、どういう生い立ちだったかとかは、別に自分で好きなように考えれば良かったんじゃないですか？　わざわざ生体肝移植の話とか、自分の話にして生きていかなくても良かったんじゃない？って思うんですけど。」

「もちろん、適当な作り話で過去を隠してる人もいると思いますけど、……共感したんじゃないですか、大祐さんに。小説読んだり、映画見たりって、そうでしょう？　自分で好きな話を考えて、それに自分の気持ちを込められるっていうのは、一種の才能ですよ。なかなか、みんなが出来ることじゃない。――それにやっぱり、他人を通して自分と向き合うってことが大事なんじゃないですかね。他者の傷の物語に、これこそ自分だ！って感動することでしか慰められない孤独がありますよ。……」

城戸は明らかに、自分の原誠への興味に重ねながら話していた。

「うーん。その説明はわかる気がしますけど、……なんか、わたしの知ってる昔のダイスケがいて、そのあと、宮崎で素敵な家庭を築いて、林業の現場で事故死しちゃった『谷口大祐』さんがいて、あと、これから会う本物のダイスケの人生があってって、……ふしぎです。」

「未来のヴァリエーションって、きっと、無限にあるんでしょう。でも、当の本人はなかなかそれに気づけないのかもしれない。僕の人生だって、ここから誰かにバトンタッチしたら、僕よりうまく、この先を生きていくのかもしれないし。」

「なんか、企業の社長の交代みたいですね。サッカーチームの監督の交代とか。」

「法人は、ローマ帝国の時代からそういう考え方ですよ。人民が変わっても国家は同一だって。今の民法の基礎になってるローマ法も、ローマ帝国が永遠に続く前提でしたけど、実際は、ローマ帝国は滅びて、法律の寿命の方が長かったんですが。……」

城戸は、ついそんな話を始めてしまったが、面白そうに聴いている美涼をちらと見て、

「いや、まあ、だから、個人となるとまた違いますよね。まず死があるし、寿命がある。それに、原誠さんはやっぱり谷口大祐さんではないわけで。……」

「でも、原誠さんのままでもないでしょう？」

「そうですね、……大祐さんの人生と混ざっていくのか、同居してるのか。――そうなると、僕たちは誰かを好きになる時、その人の何を愛してるんですかね？……出会ってからの現在の相手に好感を抱いて、そのあと、過去まで含めてその人を愛するようになる。で、その過去が赤の他人のものだとわかったとして、二人の間の愛は？」

美涼は、それはそんなに難しくないという顔で、

「わかったってところから、また愛し直すんじゃないですか？一回、愛したら終わりじゃなくて、長い時間の間に、何度も愛し直すでしょう？色んなことが起きるから。」と言った。

城戸は、彼女の顔を見つめた。その表情に点る芯の強い繊細な落ち着きが、無性に愛しかった。通念に染まらぬ一種の頑なさと、それが故の自由な、幾らか諦観の苦みのあ

る彼女のものの考え方に、自分はこの一年ほどの間、ずっと影響を受けてきたのだということを改めて意識した。

城戸は、彼女の至極当然のように語ったその愛についての考えに心を動かされていた。

「そうですね。……愛こそ、変化し続けても同じ一つの愛なのかもしれません。変化するからこそ、持続できるのか。……」

間もなく名古屋に到着するというアナウンスが流れた。美涼と会うのも、これで最後だろうと思うと、名残惜しかった。

城戸は、彼女の語っていた最近の失恋話のことをまだ考えていた。そして、窓から外を眺めている彼女の横顔を、彼自身も景色を眺めるふりをしながら見ていた。

おめでたい勘違いを自嘲しながら、鈍感であることに努めて留まろうとしていた。

彼は、妻との関係を立て直したいと願っていた。そして、美涼の告白の中にあった「もう諦めることにしたんです。」という言葉を、そのまま受け止めるべきなのだと自分に言い聞かせた。

日帰りのつもりだったので、二人とも特に大きな荷物があるわけではなかった。しかし、それにしても、車両が停車するぎりぎりまで、どちらも席を立たなかった。

ほんの一瞬、城戸の中には、このまま名古屋で降りずに、一緒にどこかに行ってしまいたいという気持ちが芽生え、俄かに高ぶった。心拍は、それを言い出すものと思い込んでいるかのように速くなった。しかし彼は、先ほど恭一に対して彼女の語った「もうこんなおばさんになってるから、何にもいいことなんかないのに」という言葉を、その意図には背きつつ、つくづく共感しながら反芻した。

俺も、もう「こんなおじさん」になっていると城戸は思った。なるほど彼女の言う通り、きっとお互いにとって「何にもいいことなんかない」はずだった。

未練を断ち切るように、最後は城戸が先に立って、「行きましょう。」と声を掛けた。

美涼は、振り返ると、またあのどことなく物憂いような明るい表情で頷いた。

城戸は手を差し伸べた。美涼は破顔して彼の手を握り、「よいしょ。」と立ち上がった。

そして、城戸の気遣いを喜び、本心を疑わせぬ声で礼を言った。

20

「曾根崎義彦」との待ち合わせは一時だったので、城戸と美涼は、駅ビルのレストランで簡単に昼食を摂り、そこで一旦別れた。

最初は城戸が一対一で面会し、あとから美涼が合流する段取りになっていた。場所は、名古屋駅から歩いて十分ほどの場所にある「コメダ珈琲」を指定されたが、周辺に何軒も支店があり、この辺りに不案内な城戸は、約束の時間に五分ほど遅れた。

「曾根崎義彦」が谷口大祐なら、写真で顔を知っていたが、それも十年以上前のものであり、すぐにわかるかどうか不安だった。

店員に待ち合わせを告げると、あちらではないかと、喫煙席を促された。隣と木の衝《つい》立《たて》で仕切られた四人がけの席に、何となくちぐはぐなスカジャンを着て、グレーのニット帽を被った男が座っている。

こちらを見ていた。城戸は、声にならない吐息を漏らした。そして、スカイプで初めてその声を聴いた時と同様に胸を高鳴らせた。歳は取っていたが、間違いなく、谷口大祐だった。

『――ちゃんと生きてる。……』

城戸は、自分が最後まで捨てなかった原誠への信頼を思い、上気したように頬に熱を感じた。

タバコの煙とコーヒーの入り混じった臭いが一帯に立ち籠めていた。席に辿り着くと、城戸は名刺を差し出して挨拶をした。男は、恐ろしく緊張した面持ちで無言で頭を下げ、名刺の裏表をしげしげと見ていた。

「谷口大祐さんですよね？」

城戸が尋ねると、「曾根崎義彦」のはずの男は、一瞬、不愉快そうな顔になり、躊躇した後に「そうです。」と言った。城戸が微笑むと、反射的にぎこちなく頬を歪めた。

年齢は、城戸よりも三つ年上の四十二歳のはずだったが、浮腫《むく》んだ肌には艶がなく、酷く疲れた目をしていた。コーヒーを注文すると、「あの、」と向こうから口を開いた。

「曾根崎で呼んでもらえます？　あと、タバコ、いいですか？」

「どうぞ。すみません、曾根崎さんとお呼びします。」

谷口大祐は、一服すると、少し落ち着いたように続けた。

「経験してない人にはわからないでしょうけど、戸籍を交換して、一年も経ったら、本当に別人になるんですよ。谷口さんって言われても、正直、アレ、俺のこと？みたいな感じで。過去も一緒に全部入れ替えてしまうから。俺も、戸籍交換するまでは、谷口家の人間のこと、憎んでましたけど、今はもう、他人事ですね。フェイスブックで谷口恭一さんを見ましたけど、田舎の温泉のイタい社長にしか見えませんでしたし。」

「昔のこと、思い出したりもされないんですか？」

「人間関係も断って、その土地から離れたら、自然と忘れていきますよ。──いや、ただ忘れようとしても、忘れられないですよ、嫌な過去がある人は。だから、他人の過去で上書きするんですよ。消せないなら、わからなくなるまで、上から書くんです。」

コーヒーが来ると、城戸は頷きながら口をつけた。彼が考えていたような、他者の傷の物語を生きることで自分自身を生きるといった話とはまるで違っていて、そういうものだろうかと思うしかなかったが、それにしても、ここに来るまでの間、美涼から聞いていた谷口大祐の印象とは随分と異なっていた。顔だけ見ると本人に間違いないが、城戸には彼が語る通り、同一人物とは思えなかった。

「曾根崎さん……は、その、どちらの出身なんですか？」

「山口県のとある町ですよ。元々は、ヤクザの子供です。」

「……なるほど。曾根崎さんは、……何て言ったらいいのかな、その戸籍を誰と交換したかは知ってますか？」

「原誠さんでしょう？」

谷口大祐は、意外にも当然のことのように言った。

「そうです。仲介したのは、小見浦っていう男ですか？」

「そんな名前だったかな、……フグみたいな顔した、いかにも怪しい感じの。」

「ああ、じゃあ、そうですね、多分。」

「なんか、二百歳まで生きた人間を知ってるとか、メチャクチャ言ってましたよ。」

城戸は、思わず吹き出して、手に持ったコーヒーを零しそうになった。

「僕には三百歳って言ってましたよ。」

谷口大祐は、ニヤッと笑って、初めて打ち解けた様子を見せた。

「あの人、今何してるんですか？」

「刑務所に入ってます。」

「本当ですか？　何やったんですか？」

「詐欺罪です。」

大祐は、片目を瞑って、また愉快そうにタバコの煙を吐き出した。

「原誠さんの生い立ちはご存じですか？」

「知ってますよ。父親があの殺人犯でしょう？」

「そうです。彼は、二回、戸籍を変えたってことですね？　最初に曾根崎義彦になって、
そのあと、……」

「俺と交換したんですよ。」

「なぜ二回交換したんですか？」

「なぜって、結構、あの界隈では普通だったんですよ、それが。俺みたいに一回だけっ

ては、どっちかって言ったら少数派じゃないですかね。」

「そうですか。」

「原さんの経歴は、ヘビーだから、交換相手は選べなかったみたいだけど、曾根崎が暴力団員の子供だったってことより、どっちかって言うと、本人に会って好きになれなかったみたいですよ。」

城戸は、なるほどと納得した。田代というあの知的障害を持つ人物に、「原誠」の戸籍を押しつけたのは、その男のはずだった。

大祐は、右手で百円ライターを弄りながら続けた。

「『谷口大祐』の戸籍は、人気があったんですよ。犯罪歴もない、きれいな過去だったから。何回か戸籍を変えて、わらしべ長者みたいに俺の戸籍に辿り着いた人までいましたからね。俺もその頃は、とにかくあの家族と縁を切りたい一心で、相手は誰でも良かったんですけど、前科があるのは嫌だったし、財産目当てで、あとで谷口家と悶着を起こしそうなヤツも困るし。で、原さんに会って、色々話をして、この人の人生が良くなるならって思って。」

「原さんの方は、谷口大祐さんの過去に共感したんですか？」

「してましたよ。すごく親身に話を聞いてくれましたし、がんばって、その続きの人生を僕なりに生きてみたいって言ってくれましたし。どうせなら、そういう人に人生を譲りたいですよ。俺は、二度しか会ってないけど、好きでしたよ、あの人。純粋な目をしてたし、苦労してきた人だから、優しそうだったし。せっかくこの世界に生まれてきたのに、こんな人生で終わるのは嫌だって気持ちが、ひしひしと伝わってきて。」

「原さんはその頃は、曾根崎義彦と名乗ってたと思いますけど、原誠のそもそもの人生については話してました？」

「話してました。ボクシングやってたとか。あと、二回自殺未遂してるとか。」

「二回？」

「――って言ってましたけど。」

件《くだん》の転落事故を、原誠自身は、「自殺未遂」と語っていたのだった。それにしても、二回目があったとは。……

「ボクシングを辞めたあとは、どうやって生きてたんでしょうね？」

「いや、しばらくは飲食店とか、色んなとこで働いてたみたいですけど、ネットで情報が出回り始めてから、段々難しくなってきて、あとはずっと派遣だったみたいですよ。」

淡々と答える大祐を見ながら、城戸は、この人が殺害されているのではないかと疑ってきた、この一年数ヶ月のことを思い返していた。

「曾根崎さんは、……今は何されてるんですか？」

「俺は、……まあ、色々。いいじゃないですか、それは。」

「すみません。」

「いいですよ。」

「いや、暴力団員の子供っていうのは、それはそれで不自由なんじゃないかと思いまして。」

「それは隠してますよ、もちろん。リアルにヤクザの息子だったとしても、カタギで生きていきたい人たちはそうじゃないですか？」

「ええ。」

「一回だけ、職場の飲み会で、あんまりうっとうしいヤツがいたんで、言ったことあるんですよ。大きな組だから、具体名も出して。それ以来、俺に対する態度が全然変わって。俺もなんか、自信になってるところもあるんですよ。本当は、スゴいヤバい家に生まれてるけど、それを隠して、まっとうに生きようとしてるって思うと。」

「……なるほど。」

「昔の俺とは違いますよ、だから。――俺は、本物の曾根崎さんに会ってないから、イメージ湧かないんですよね。だから正直、原さんがベースになってるんですよ。原さんがもしヤクザの息子だったらって考えて、そこからイメージを膨らませて。俺も昔、ボクシングしてたことになってるんですよ。」

城戸は複雑な笑みを過ぎらせた。

「才能あったみたいですよ、原さんは。東日本の新人王トーナメントで優勝してますから。」

「マジですか？　へえー、それは言ってなかったな。……けどもう、その、……」

「亡くなってます。」

「かわいそうに。……ま、でも、谷口大祐が、もうこの世に存在してないと思うと、清々しますけどね。原さんにはがんばってもらいたかったけど、どっかであの一家の次男が生きてると思うと、正直、気持ち悪かったし。」

「その件ですけど、事情がわかって、谷口大祐さんの死亡届は取り消されてます。まだ生きていて、行方不明者ということになってます。」

「え、そうなんですか？……」

大祐は苦虫を嚙み潰したような顔をしたが、幾つか質問をしながら、そのことの意味を改めて考えている風の表情をした。そして、

「原さんは、……谷口大祐になったあとは、大体、どうしてたんですか？」と尋ねた。

城戸は、原誠がS市で里枝と出会ってから亡くなるまでのことを掻い摘まんで話した。

大祐は、腕組みして、しきりにタバコを吸いながら、神妙な面持ちで聞いていた。子供がいるという話をすると、目を瞠って、しばらく上を向いて考えごとに耽っていた。

「因みに、その奥さん、美人なんですか？」

「え？　ああ、まあ、かわいい感じの人ですよ。目がくりくりっとしてて。」

「へぇー。そっか。いいな。……ふーん。俺がそのS市に行ってたら、俺がその人と結婚することになってたのかな。」

「それは、……どうでしょうね。」

「早死にしたのは気の毒だけど、羨ましいですよ、幸せな家庭が築けて。……ふーん。失敗したかな。……」

「ご結婚は？」

「出来ないですよ、金もないし。」

「谷口家に戻られる気はないですか？　遺産もありますし、お母様は会いたがってるみたいですけど。法的な問題は、僕が、……」

「嫌だね。そういう話なら帰るよ。」

大祐は俄かに不機嫌になって、手に持っていたライターをテーブルに投げ出した。城戸は謝って、ただ、相続権についての一般的な説明をしたが、大祐はその話に集中できなかった。

「俺はホームレスになったって、あの家の人間とは会わないですよ。『谷口大祐』は、戸籍上、どうだろうと、もう死んだってことでいいじゃないですか。……ただ、美涼には、もう一度だけでいいから、ずっと会いたかったんですよ。自分が死ぬところを想像して、誰に見舞いに来てもらったら嬉しいかっていったら、美涼ですよ。あいつだけ。本当に、そういう場面、何度か想像してたんですよ。バカでしょう？　城戸さん、会ったんでしょう？」

「ええ。」

「今もまだかわいいですか？　歳取ってます？」

「あと、十五分くらいで来ますよ。美人ですよ、今でも。」

「結婚してます？」

「それはご本人に訊いてください。」

「ってことは独身？　ヤバいな。……俺が人生でつきあった中でも、ダントツでかわいい彼女ですよ。『谷口大祐』のことはもうほとんど忘れてるけど、美涼とつきあってた時のことだけは、今もよく思い出すんですよ。——エロいこととか。……」

大祐は、そう言って、気が滅入るほどいやらしい笑い方をしてみせた。

城戸は、見た目こそ違うが、結局のところ、恭一と彼とは似たもの同士の兄弟なんじゃないかと感じた。少なくとも、美涼とつきあっていた時の大祐は、そうではなかったらしいが。……ヤクザの子供だという〝自信〟が、彼をそうさせているのか。それとも、無意識に、どこかで兄の態度を模倣しているのか。いずれにせよ、彼の性質にのみ帰すことは出来ないような、境遇の不幸が齎《もたら》した、一種の精神的荒廃を感じた。

後悔しているのだと、城戸は思った。〝塩漬け〟にしておいた株が、損切りした途端に値上がりしたのを知った素人投資家のような顔をしていた。谷口家の人間には、もう決して会いたくないというのは本心だろう。けれども、もっと別の良い人生と交換していればと、自分の浅慮を恨んでいる風だった。

城戸は、ここに来るまで、美涼と大祐との再会の光景を想像し、若干《そこばく》の悋気《りんき》を抱いていたが、それが些か感傷的すぎたことを思った。

十年という時が、二人の間に広げた人生の隔たりを感じたが、彼が今は、別人の人生を生きていることを思えば、当然だった。

城戸は、恭一が今もどうしても美涼と寝たがっているという話と、今し方の大祐の言葉とが頭の中で結び合って、言い知れぬ不快感を催した。彼が谷口家を飛び出した事情には、心からの同情を寄せていた。そして、その過去を、ひたむきに自らの過去として生きた原誠の人生を思い、遣る瀬ない気持ちになった。

城戸の携帯が鳴った。美涼からの着信で、今向かっているのだという。城戸はふと、それでも美涼と再会すれば、彼もまた、何かが変わるのかもしれないと思った。美涼が幻滅し、深く傷つくのか、それとも、力になってやるのかはわからなかった。或いは、「愛し直す」のか。——いずれにせよ、城戸はその光景に耐えられない気がした。

同席するつもりだったが、もう自分は関知すべきではないのだと考え直して、「後藤さんが来られるみたいなんで、僕はここで失礼します。」と頭を下げた。

「え、帰るんですか？」

「ええ。ちょっと、このあと予定があって。」

「そうですか。ヤバいな、緊張してきた。……いやあ、城戸さんに会うのも、最初はどうなることかとドキドキしてましたけど、良かったです、気になってたことも聞けて。」

手を差し伸べられて、城戸は先ほど触れた美涼の手のことを思いながら、握手に応じた。そして、この汗ばんだ、荒れた手は、つまりは、誰の感触なのだろうかと考えた。

七年前、「曾根崎義彦」の名でこの男と会った原誠も、「谷口大祐」としての新しい人生を手に入れ、最後はこうして握手でもして、別れたのかもしれない。城戸は、その時のことを内からなぞるように想像しながら、会計を済ませて独り足早に店をあとにした。

21

谷口大祐に会い、原誠との戸籍交換について話を聴いた後、城戸は、中断していた、里枝に渡すための報告書を書き上げた。原誠については、まだ知りたいこともあったが、一年三ヶ月に亘ったこの調査を、ともかくも一旦、終わらせる必要を感じていた。

城戸は、香織に言われた通りに、職場近くのクリニックで、臨床心理士のカウンセリングを受けたが、質問の仕方に職業的な関心が向いてしまい、根掘り葉掘り尋ねて会話は盛り上がった。またいつでも、と言われたものの、結局、足を運んだのはその一回きりだった。

香織は、それを聞いて安堵したが、いざ自分となると腰が重かった。それでも、城戸が約束を無理強いしなかったのは、あの日の話し合い以来、彼女の態度に変化があり、颯太が叱られて泣く機会も目に見えて減っていたからだった。

必ずしも、自然に、というわけではなく、城戸はむしろ、妻の方にも家庭を立て直そうとする意思と努力を感じた。震災だけでなく、排外主義の拡がりに、彼女の立場で感じている精神的負担を改めて共有したあとだけに、彼も出来るだけ、協調的でありたかった。気遣いの至らなかったことにはすまないという気持ちがあり、また、感謝もしていた。

城戸のその思いは、今に至るまで揺らぐことはない。

従って、里枝との再会の三日前に起きた次のような出来事は、とある平凡な週末の取るにも足らない記憶として、彼の中では既になかったことになっているのである。

その心境が、理解できないという人もいれば、わかる気がするという人も恐らくはいるであろうが。

城戸の家族は、朝から颯太がずっと行きたがっていたスカイツリーを訪れていた。東横線と半蔵門線を乗り継ぎ、十一時頃に到着したが、二年前の開業時の混雑も、そろそろ解消されているのではという呑気なアテは外れ、取り分け、春休みの週末だけに、整理券の配布だけでも二時間待ちと告げられた。

窓の外には、快晴のめざましいほどに青い空が広がっていた。

いい休日だなと、城戸はそれを見つめながら思った。

昔、何かの小説で読んだ「ああかかる日のかかるひととき」という嘆声が脳裡を過った。まさにそんな気分だったが、誰の本だったかは、どうしても思い出せなかった。

香織は昨夜は会社の飲み会で、城戸も寝てしまったあとの深夜に戻ってきたが、その割に二日酔いもなく、起きてからずっと機嫌が良かった。

「どうする？ ならぶ？」

母親に笑顔で尋ねられた颯太は、親指の爪を噛んでその目を見ると、しばらく迷う風にクネクネしていたあとで、「やっぱり、すいぞっかんにいく。」と言った。

城戸は本当にそれでいいのかと確認したが、

「いいから、いこー。」

と腕を引っ張られた。大人の顔色をよく見るようになったが、それが年齢相応なのか、過敏なのかは城戸にはわからなかった。スカイツリーは、真下から見上げただけで満足することにした。

城戸は香織に、遠くから見てもありがたみのない鉄塔だが、間近で見てもふしぎなほど感動しないと、思った通りのことを言った。香織も、「ほんとね。」と同意して笑った。颯太が途中で、ガチャガチャを一回どうしてもしたいというので、城戸が小銭を出してやった。鎧兜《よろいかぶと》のミニチュアだった。

水族館は、同じ建物に入っていて、こちらも混んではいたが、行列は短かった。三人で、八景島のシーパラダイスには行ったことがあるが、ここは、城戸も香織も初めてだった。

中は、今風の薄暗いデート向けの照明で、颯太は小躍りして人混みを歩いたが、クラゲや小魚などには見向きもせず、少し高い水槽のラッコを見せてやろうと抱きかかえても、「もういい。」と素っ気なかった。サメやエイが見られる水槽は、最近、シネコンでよく見る巨大スクリーンのように壮観で、ここが見所だと人集《ひとだか》りが出来ていたが、颯太は今度は、「こわい。」と言って足早に通り過ぎた。城戸は、香織と顔を見合わせて苦笑した。

ペンギンのゾーンは、大きなプールを上から見下ろす作りになっていて、颯太はその構造に興奮したようだった。青い水槽には人工の岩場が設けられており、下の階に降りると、目の高さで水中を泳ぐペンギンを見ることが出来る。

群れをなして泳ぐその影が床に落ちて、それらだけを見ていると、飛翔しているようだった。水槽の外から見上げる水面は、絶え間なく攪拌されていて、天井から注ぐ光を揉みしだいている。皆が同じ方向を向いて泳いでいるのに、ほんの数羽が深く、斜めに反対方向へと突き進んでゆくと、やがて群れ全体が方向を転じる様を、城戸は面白く眺めた。

そして、気がつけば、颯太と香織の姿はなくなっていた。

二人を見失った城戸は、しばらくペンギンのゾーンをうろうろしていたが、見つけられなかった。携帯で連絡すると、もう出口付近のグッズ売り場にいるという。なんだ、と行ってみると、颯太は「おとうさん、まいご！」と、姿を見るなりおかしくて堪らないという風に飛び跳ねて笑った。城戸が顔を顰めてみせると、いよいよ止まらなくなった。記念に何か買ってやるつもりだったが、散々物色した挙句、欲しいものがなかったらしく、昼食後に他の店で探してみることになった。

レストランフロアは、どの店も気が滅入るほど長い列が出来ていたが、七階の世界のビールを集めた店だけはすぐに入れそうだったので、颯太の食べられるものがあるか確認して、そこにすることにした。

案内されたテーブルは、意外に窓からも近く、彼方に皇居が見える青空の下の広大な東京の街を眺めながら、スカイツリーに登らずとも、ここからの景色で十分だったと城戸は改めて思った。

座ると、三人ともほっと一息吐いた。一時間半ほど歩いただけだったが、電車の移動もあり、心地良くくたびれていた。

店内は家族連れやデートの客で賑わっていて、酒のせいで話し声も大きかった。これなら颯太が椅子にじっとしていられなくなっても、あまり周りに気を遣わずに済みそうだった。

颯太には、ハンバーグがついたお子様ランチとオレンジ・ジュースを、城戸と香織はサラダやスペアリブを注文し、それぞれにシメイの白と、名前の読み方もわからない、珍しいドイツのピルスナーを選んだ。

飲み物はすぐに来て、ひとまず三人で乾杯した。城戸は、一気に三分の一ほどを飲んで、一番風呂にでも入っているかのような、寛いだ、長い息を漏らした。シメイの奥行きのある果実風の苦みが舌に広がった。

「うまいなァ、久しぶりに飲むと。」

更に三分の一ほどを飲んで、おくびを堪えた。

颯太が父親を真似て、ジュースを飲んでから、

「はあー、うまいなあ、ひさしぶりにのむと。」

と言って、おかしそうに笑った。城戸も香織も笑った。

「飲んでみる？ こっちもけっこう美味しい。」

そう言って、香織はグラスを差し出した。城戸は軽く口をつけると、「ほんとだ。さらっと飲めるね。」と後味を確かめながら頷いた。

食事は、サラダだけが来て、なかなかあとが続かず、ほど経てスペアリブが来たが、肝心のお子様ランチが出てこなかった。颯太にスペアリブを食べさせようとしたが、「からい。」と言って、一口で、突き刺した肉をフォークごと皿に戻してしまった。

「ねえ、ママ、スマホのゲームであそびたい。」

香織は、仕方ないという風に、颯太の好きなパズルゲームの画面にして手渡した。

肉を食べながら、二杯目のシメイをもうほとんど飲んでしまった城戸は、少し酔って、ますます気分が良くなった。

「ごめん、ちょっといい？」

香織は、席を立ちながら、携帯をどうしようか迷っている風だったが、そのまま颯太

に預けていった。

城戸は、「おそいね、おこさまランチ。」と颯太に声を掛けながら、一昨年の冬、渋谷で谷口恭一に初めて会った日の夜のことを思い出した。あの時、子供部屋で颯太を寝かしつけながら感じた強烈な幸福感のことを考え、今も自分は幸福なのだと胸の内で呟いた。

『――どこかに、俺ならもっとうまく生きることの出来る、今にも手放されそうになっている人生があるだろうか？……もし今、この俺の人生を誰かに譲り渡したとするなら、その男は、俺よりもうまくこの続きを生きていくだろうか？　原誠が、恐らくは谷口大祐本人よりも美しい未来を生きたように。……』

そして、原誠の夢であった「普通」であるということの意味を改めて考えた。その観念が、どれほど多くの安堵と苦しみを、人に与えてきたかを。

城戸は、下を向いて、小さな人差し指で器用にタッチパネルを操作する颯太を見つめた。自分の子供の頃に、顔も性格もよく似ていると思った。一体、子供が親に似ているというのは、自然淘汰の考え方からすると、有利なことだったのだろうか？　似ていればこそ、親はまるで自分自身のように子供を大事に育てるのか？

彼はたちまち、養子をかわいがる両親など、その反証を無数に思いついて、自分の当て推量を取り下げた。颯太が自分に似ていることに強い喜びを感じていることは事実だったが、息子にとっては、将来、苦悩の原因にならぬとも限らなかった。

自分は、真っ当に生きなければならないと城戸は思った。そして、この子を譲り渡すという決断を想像して、胸が張り裂けそうになった。

『俺は、それをきっと身悶えして後悔する。谷口大祐のように。――しかし、原誠ではなく、別の誰かだったなら、谷口大祐の続きの人生も、あれほどの幸福には恵まれなかっただろう。……』

彼はグラスの底に残った、もう気の抜けてしまったビールを飲んで、唇を嚙み締めた。そして、今のこの人生への愛着を無性に強くした。彼は、自分が原誠として生まれていたとして、この人生を城戸章良という男から譲り受けていたとしたなら、どれほど感動しただろうかと想像した。そんな風に、一瞬毎に赤の他人として、この人生を誰かから譲り受けたかのように新しく生きていけるとしたら。……

「ねえ、おとうさん、まあーだー?」

「おそいなあ。もういっぺん、いってやろう。」

城戸はせわしなく空いたグラスを運んでゆくウェイトレスを呼び止めて、もう一度、急ぐように言った。

そして、ふと、そう言えば、あの時に颯太から尋ねられた、ナルキッソスはどうして水仙の花になってしまったのか、という質問に、結局、まだ答えていなかったことに気がついた。颯太自身も忘れているが、折角だから、今度調べてやろうと携帯にメモをした。

隣のテーブルには、二歳くらいの女の子と生後五ヶ月ほどの男の子を連れた夫婦が座っていて、泣き出した下の子供のために、母親が急いで粉ミルクを作っていた。

「……すみません。」

ぼんやりと見ていた城戸に、父親が申し訳なさそうに頭を下げた。

「いえいえ、全然。」

「泣き出すとなかなか止まらなくて。」

「普通ですよ、それが。」

城戸は笑って、相変わらず、ゲームに夢中になっている颯太に目を遣った。まだ五歳だが、大きくなったなと感じた。里枝の二人目の子供は、この年齢をさえ生きることがなかったのだった。彼女はその死の悲しみを経験している。自分には、とても耐えられないだろうと心底思った。

香織はなかなか戻って来なかった。しばらくすると、颯太が、

「あっ、おとうさん、へんながめんになっちゃった。」

と、スマホを差し出した。城戸が見ると、他のゲームの広告ページになっていた。

「ああ、どっか、さわっちゃったんだな。」

そう言いながら、画面を操作してやっていると、丁度、携帯にラインの着信があった。上部にバナーが表示されて、見る気もなかったのに目に触れてしまった。

「昨日の夜」という言葉と、子供向けのシールのようなハートの絵文字がちりばめられたそのメッセージを、城戸は反射的に、何か壊れやすいものの上に落ちている埃のように、親指でそっと払い除けた。スワイプして画面から消えたあとも、送り主である香織の上司の名前が頭に残っていた。しかし、それはまだ、脳の中の「短期記憶」と呼ばれる領域に留まっているに過ぎないはずだった。そして、ありがたいことに、それはほどなく、覚える必要のないこととして、跡形もなく消え去ってしまうはずだった。

画面が暗転すると、城戸は、何事もなかったかのように、それをテーブルの上に伏せて置いた。

「おとうさん、ゲーム、もっとやりたい。」

「もうおわり。ほら、ちょうどおこさまランチ、きたから。たべなさい。」

「えー、……じゃあ、たべおわったらいい？」

「おかあさんにききなさい。」

城戸は、温《ぬる》くなったシメイを飲み干すと、ウェイトレスに更にもう一杯を注文した。

やがて、香織が帰ってきた。

「もう、女子トイレが、すごい行列で。——あ、来た、おこさまランチ？」

「うん、いまきたよー。もう、ぼく、まちくたびれたよ。」

「三杯目じゃない、それ？　大丈夫？　帰れる？」

「帰れるよ。ビールだし。」

城戸は笑って、颯太のハンバーグを腕を伸ばして小さく切ってやった。

隣の子供は、ようやくミルクにありついて、夢中で哺乳瓶を吸っていた。

窓の外には、快晴のめざましいほどに青い空が広がっていた。

いい休日だなと、城戸はそれを見つめながら思った。

昔、何かの小説で読んだ「ああかかる日のかかるひととき」という嘆声が脳裡を過った。まさにそんな気分だった。

そして、確かそれは、梶井基次郎じゃなかったかと、ビールのグラスをゆっくり口から離しながら、ようやく思い出せたと、音も立てずに小さく膝を打った。

22

羽田から宮崎までの二時間弱のフライトの間、城戸は、窓の外を眺めながら独り考えごとに耽っていた。

四月の春らしい陽気の日で、宮崎はもっと暖かいだろうと思うと胸が躍った。

窓からは、水平の視線の先に青空が広がっていて、薄い雲が、巨大な地図めいた日本列島を、繊細なレースのように覆い隠している。北側の窓なので、眩《まぶ》し過ぎず、ただ明るいばかりの光だった。

機体が安定し、シートベルト着用のサインが消えると、城戸は少しだけ背もたれを倒して、機内に持ち込んだオウィディウスの『変身物語』のページを捲った。幸い隣が空席だったので、独りの時間をくつろいで過ごすことが出来た。彼は、二年越しの宿題に回答すべく、あれからすぐにネットで検索し、その岩波文庫版を本屋で買い求めていた。

ナルキッソスの神話には、幾つか異説があるらしかった。城戸が『変身物語』を選んだのは、ギリシア・ローマ神話を知るにはそれが一番詳しく、わかりやすいとネットに書いてあったからだったが、いざ手にしてみると、颯太にはとても説明できないような複雑を極めた象徴の世界が広がっていて当惑した。
しかし、彼は自分自身の楽しみとして、この本に強く魅了されつつあった。

オウィディウスによると、ナルキッソスは、そもそも河の神ケピソスが、「青い水に住む妖精《ニンフ》レイリオペ」を「うねった流れ」に巻き込み、「水の中に閉じ込めて乱暴を働い」て出来た子供らしかった。城戸は、その出生の秘密を初めて知って仰天したが、そうなると、長じて彼がじっと水を見つめていることの意味も、単なる自己愛とはまったく違うのではないかと感じた。

水はつまり、彼の両親そのものであり、同時に両親の間で起きた事件であり、しかもそれはあるべきではなかった暴力なのだった。彼はしかも、その暴力がなければそもそもこの世界に存在していないのである。ナルキッソスは、自分を見ようとすれば自分の出生を見ないわけにはいかなかった。そして、いずれにせよ、その過去を、なかったことにすることは出来ず、彼はそれに触れることも、そこに帰ることも出来ないのだった。

ナルキッソスの神話は、勿論、恋の物語である。彼はずっと、そんな自分に対する「恋の炎」に身を焦がしている。けれども、彼を愛していたのは、山というまったく異なる世界に住んでいた妖精《ニンフ》のエコーだった。

エコーは、女神ユノーによって、相手の「話の終わりを繰り返す」ことしか出来なくされている。

つまりこういうことだった。

ナルキッソスは、ただ自分の姿の反射だけを見て、自分しか愛することが出来ない。エコーはと言うと、他人の声を反響させるだけで、自分自身の存在を愛する人に知ってもらうことが出来ないのである。

自分だけの世界に閉じ込められているナルキッソスと、自分だけこの世界から閉め出されているエコー。――けれども、この孤独な二人は、ナルキッソスが死ぬ瞬間、ただ、「ああ！」という嘆きの声で呼応し合い、「さようなら。」という別れの挨拶は交わすことが出来たのだった。

哀れなナルキッソスは、最後に歓喜しただろうか？　水に映った「虚しい恋の相手だった少年」から、遂に同じ嘆声が漏れ聞こえたことに。しかし、エコーは？　その「ああ！」という悲嘆も、「さようなら。」という別離の言葉も、それまでとは違って、愛するナルキッソスの言葉でありながら、同時に、その時、彼女が真に発したかった言葉ではなかったか。……

そして、最後には、水に映っているのが自分自身だと気がついて、「ああ、この僕の体から抜け出せたなら！」とナルキッソスが叫ぶ件《くだり》を読みながら、城戸が考えていたのは、原誠のことだった。もしそれが可能なら、ナルキッソスは、自分自身を愛することが出来る。原誠は勿論、その体から抜け出し、自分ではない誰かになり、他の誰かを愛し、またその誰かから愛されたかったはずだった。しかし、赤の他人になることで、結局は彼も、自分自身を愛せるようになりたかったのだろうか。そもそもは、原誠という固有名詞とともに、この世界に存在を開始したはずの自分を。

　南向きの窓から差し込む太陽の光が、通路を経て、城戸の顔を眩しく射た。それを、機内サーヴィスのCAが遮った。城戸は、コーヒーを注文した。そして、プラスチックのフタを外して、香りを嗅ぎつつ、少し啜《すす》ると、また窓の外の青空と、細動し続けている翼を眺めながら考えた。

『変身物語』には、タイトルの通り、ありとあらゆる変身譚が収められているが、なぜ変身するのか、という颯太の子供らしい素朴な疑問に、城戸は結局、答えを見出せなかった。

　彼は、太陽神たる父親の金色燦然たる馬車を乗りこなせず、世界中を焼き尽くさんばかりに暴走し、最後はユピテルの雷に射貫《いぬ》かれて死んだかわいそうなパエトンを思い出した。彼の姉妹である「太陽の娘たち《ヘリアデス》」は、弟の死を悲嘆し、慟哭《どうこく》し続け、遂には美しい涙の琥珀《こはく》を残して樹木へと姿を変える。

　英雄アクタイオンは、たまたま、森の女神ディアナの水浴を見てしまったというだけで、その激しい怒りを買い、牡鹿に姿を変えられて、主とも気づかぬ飼い犬たちに嚙み殺されてしまう。

クピードの矢に射られたアポロンは、愛されることを知らないダプネを追い回し、彼女は自らの美しさを恨んで、月桂樹へと変身する。……

取り留めもなく、思い出すがままに、それらの神話を脳裏に過ぎらせながら、城戸は、原誠だけでなく、小見浦の仲介で戸籍を交換していた一群の人々のことを考えた。彼らもまた、悲しみが極まって、或いは追い詰められて、或いは無理矢理に、違う自分へと変身せざるを得なかったのではあるまいか。そして、ある者は、そのために愛され、幸福を手に入れ、またある者は、更なる淪落《りんらく》を経験している。――

宮崎が近づき、高度が下がってくると、東京を発って以来の快晴が嘘のように雲が増え、雨の水滴が窓を打っては、幾条もの細い軌跡を走らせた。

着陸すると、曇天の小雨だったが、気温は低くなかった。

以前と同様に、空港でレンタカーを借りて宮崎市内のホテルにチェックインし、昼食を摂った。

里枝との約束は、実は翌日だった。報告書自体は、メールに添付すれば済むことだったが、彼は、直接会って彼女に説明したかっただけでなく、どうしてももう一度、この地を訪れたかった。それで、自分にけじめをつけるつもりだった。

彼がこの日の午後、面会の約束をしていたのは、かつて原誠が勤務していた伊東林産の社長だった。

城戸はただ、原誠がどういう場所で働いていたのかを見てみたかったのだが、社長の伊東は、里枝に紹介を頼むと、最初、何ごとかと身構えていた様子だった。尤もらしい理屈をでっち上げても却っていかがわしいので、城戸は率直に、「林業に興味がある」と伝えた。伊東は、それでほっとしたらしく、山を案内してくれることになった。

作業現場は、4WDでなければとても行けないというので、清武町《きよたけ》にある宮崎市役所の支所で待ち合わせをして、伊東の車に同乗させてもらうことになった。

駐車場で借りている車を降りると、黒い傘を差した、恰幅のいい、五分刈りに薄いサングラスの男が、「城戸先生ですか？」と声をかけてきた。名刺を渡して挨拶をし、東京から持ってきた菓子折を渡すと、「ああ、これはご丁寧に。」と甚《いた》く恐縮された。腹の底から出ているような、よく響く声だった。

山はそこから四十分ほどの場所らしく、原誠が亡くなった現場ではないが、そう遠くはない、似たような場所だという。

道中、城戸は、里枝の依頼で「谷口大祐」さんの遺産の処理などを手伝ううちに、林業に興味を持つようになった、色々な依頼者がいるので、珍しい職種の人に会った時には、その都度、知識を身につけておくようにしていると、改めて簡単に説明した。伊東は、わかったようなわからないような顔をしていたが、「ほう、そうですか。」と愛想良く相槌を打っていた。城戸は、心の中ではもう、里枝の夫を「原誠」と呼び慣わしていたが、この辺りの人の間では、彼は今もまだ、「谷口大祐」のままなのだった。

伊東は、色黒の強面《こわもて》だったが、話し好きの、さっぱりとした好人物だった。小さな音でFMラジオをかけながら、城戸の関心を探るように、最初は林業一般の話をした。

伊東林産は、基本的には国有林の伐採の権利を買っているらしく、五ヘクタールくらいの場所を大体三ヶ月で伐採し終える計算で、二年先くらいまでは仕事が入っているという。補助金で成り立っている事業で、外材との競争も厳しいが、バイオマス発電所が出来て、どんな木でも売れるようになり、景気は悪くないとのことだった。

「弁護士の先生なら、ちょっと興味を持たれるかもしれませんけど、最近は質の悪い新規参入業者もいて、そういうの中には、盗伐したりとか、メチャクチャやってるとこもあるんですよ。」

「そうですか。」

「山は、今は遺産相続でも嫌がられるから、ネズミ算的に権利者が増えて、もう、誰の所有かわからなくなってるようなのが、あちこちにあるんです。悪徳業者は、そういう山のすぐ隣の小さい現場を買うんですよ。で、その所有者不明の山の木まで全部伐《き》って持ってっちゃうんです。」

「ヒドいですねぇ。」

伊東が面白いでしょう？と言わんばかりに語るので、城戸も思わず笑って言った。

「業界の問題でもありますからね。どうかしないと。私たちも、古い山の持ち主を確認するために、戸籍を見ることがあるんですが、権利者が枝分かれして、もうグチャグチャなんですよ。」

「そうでしょうね。」

城戸は、「戸籍を見る」というのは、「登記簿を見る」の間違いだろうと思ったが、敢えて口にはしなかった。それよりも、原誠は生前、伊東とこんな話もしたのだろうかということの方が気になった。

周囲の住宅は少しずつ疎らになっていって、やがて木立に囲まれた未舗装の山道に入った。

「ちょっと揺れますよ。……さっき通ってきた辺りの民家、ああいうのは大体、昔ながらの林家《りんか》ですよ。」

「そうですか。」

山だから、ということでもないだろうが、雨が強くなって、ワイパーの動きが忙しくなった。前方は木立に覆われているが、頭上は開いているので、光はよく差した。背の低い雑木の繁茂が、時折フロントガラスをくすぐり、車体が揺れる度に、泥水の翼が、タイヤの下で驚いたように羽ばたいた。尻に伝わってくる振動には、冒険的なものがあった。

杉は、まっすぐ垂直に伸びるので、濡れそぼった窓からは、霞の中に浮かび上がっているその足許だけが見える。急峻な道を走っているので、今日は霞んで見えないが、その木々の先には、ただ空だけがあるはずだった。

道は大きくうねっていて、時々視界が開けると、遥か遠くの下方に、先ほど通ったらしい道が見えた。意外と高いところまで、登って来ていた。

「雨でも作業はするんですか？」

「まあ、これくらいなら。あんまり大雨だと事故もありますし、やりませんけどね。早目に切り上げたり。」

城戸はふと、原誠が里枝の文房具店を二度目に訪れた日が、豪雨だったという話を思い出した。恐らくは、仕事が休みになったか、途中で引き上げた日だったのだろう。

「あー、こういう現場は、ちょっといただけませんなあ。汚いでしょう、伐採のあとが。うちだったら、こんなことしませんよ。立つ鳥跡を濁さずで、きれいにしていきますから。——もうすぐですからね。」

「暗くなると、この辺の道は恐いでしょうね。道も細いし、さっきみたいな対向車が来ると。」

「でも、ここはまだ、良い方ですよ。もっと急峻な現場もありますから。私はあんまり難しい現場は買わないんですよ。事故が恐いですし、効率も悪くて、結局、儲けも少ないですから。」

「なるほど。」

それからしばらく、黙っていたあとで、伊東はぽつりと呟いた。

「谷口君は、かわいそうなことをしました。今でも毎朝、仏壇に手を合わせてますよ。私は、親父からこの仕事を継いでから、今まで一遍も大きな事故を起こしたことがなかったものですから。本当に辛いです。……あの時に限って、丁度、どうしても断れない人から頼まれた条件の悪い現場でしてね。」

「そうだったんですか。……労災は多いですね、林業は。」

「ええ、飛び抜けて多いです。百人に三人ですから。伐採だけじゃなくて、機械が崖から落ちたりとか。あと、蛇とかスズメ蜂とか。」

「ああ、そういうのもあるんですね、……確かに。」

「祖父の代には、朝鮮人の労働者も働きに来たりしてたんですよ。」

城戸は、思いがけない話に、ほう、という顔をした。しかし、伊東はそれに気づかず、特に続きを話すわけではなかった。

「——谷口さんの事故は、どういう状況だったんですか？」

「私は現場にいなかったんです。……難しいんですよ、木の倒れる方向ばっかりは、どれほどベテランになっても読めないところがあって。特に曲がった木とかがあると、それに引っかかったりして。とにかく事故だけは気をつけろって、毎朝、口を酸っぱくして注意してるんですがね。……」

城戸は、小さく頷いて、しばらく伊東の気分が落ち着くのを待った。悄然とした声で、敢えて見なかったが、涙ぐんでいる気配を感じた。

「原誠」という本名でのつきあいだったボクシング・ジムの会長もそうだったが、その死が、交友を持った人たちに、深く悲しまれていることを城戸はつくづく感じた。誰一人として、彼を悪く言う者はなかった。そして、彼らのそれぞれの心に残り続けている傷の存在も知った。

ほどなく、前方に車が駐まっているのが見え、ブルーシートや山積みになった木材などが見えてきた。伊東は、「ここです。」と言いながら、対向車が辛うじて通れそうな場所に絶妙に車を駐めた。

傘を差して降りると、伊東は、

「あんまり先に行くと危ないんで、気をつけてください。この辺からで、大丈夫ですかね？」

と城戸に現場の入口付近を案内した。

伐採して、トラックが出入りできるように開かれたスペースの先で、オレンジ色の首の長いクレーンのような機械が、材木を一本一本咥《くわ》えて持ち上げては、その枝を落としている。三人ほどの人影が見えた。更に奥を見渡すと、伐採された平地が続いていたが、その向こうには何もなかった。急な斜面になっているらしい。

「大体、樹齢はどれくらいなんですか？」

「まあ、五十年くらいで伐ってしまいますね。それから、建材になって家屋になってからまた五十年。だから、私は一本の木を百年くらいで考えてますよ。山で五十年、人間と一緒にあと五十年。従業員にもそう言ってます。」

「なるほど。……そっか。……」

「あ、こっちです。気をつけてください、そこ。——今日は、こんな天気なんで、伐採はせずに、ああいう作業ばっかりです。林業も、今は全部機械化されて、暑さ寒さはありますけど、体力的には大分楽になりました。伐採はやっぱり大変ですけどね。」

「谷口さんも機械の操縦を？」

「してましたよ。大体、三年くらいで一人前になる業界なんですよ。『緑の雇用』っていう国からの育成の助成金も出るんですが、谷口君は一年半ぐらいで仕事を全部覚えてしまいましたからね。真面目だったし、判断力も良かったし。細身だったけど、意外と体力もあって。」

「——何か、運動とかされてたんですか？」

「いや、スポーツは興味なかったんじゃないかなあ。子供の頃は、剣道をしてたらしくて、私も実は有段者ですから、いつか勝負しようなんて話してましたけど、笑ってただけでしたね。」

懐かしそうに語る伊東に、城戸は微笑して頷いた。剣道は、実際には、谷口大祐の幼時の習いごとのはずだった。そんなことまで、改変せずに自らの過去としていたのか、と城戸は私《ひそ》かに驚いた。

「よく絵を描いてましたよ、彼は。昼休みとかに。あんまり上手じゃなかったけどね。」

伊東は笑った。

「奥様から見せてもらいました。」

「ああ、そうですか。谷口君らしい、素直な絵ですよ。ああいうのは、生まれながらの性格が出るんですなあ。」

「——ええ。……」

「あ、ちょっと失礼。……はい、もしもし？　ああ、どうも、先日は！　はい、……」

伊東が電話でその場を離れたので、城戸は、しばらく独りで、雨に濡れそぼつ杉の木立を眺めていた。

静かだった。玉のような大粒の雨が傘を打ち、また、地面を打つ音の狭間で、城戸の呼吸音が澄んだ。

白く霞がかった緑が、雲を透いて注ぐ光に淡く滲んでいる。山々は、折り重なるようにぼんやりと連なっている。

今日は恐らく、ずっとこのままの天気だろう。

原誠は、ここで日々、何を思いながらチェーンソーを握っていたのだろうかと、城戸は想像に耽った。

一本の杉が成長する五十年という時間のことを考えた。そこから先の別の五十年というさっき伊東がしていたような話を、原誠も意識しただろうか？　その木を植えたのは、数代前の人間であり、彼が植えた木を伐るのは、また数代後の誰かだった。

そうした時間のただ中で、彼は出生後、ここに至るまでの時間をどんな風に回想しただろうか？　いや、彼の心を占めていたのはただ、早く仕事を終わらせて、里枝と二人の子供に会いたいということだけだったのではないか。恐らくは彼も、一日酷使した体を布団に横たえ、傍らの二人の子供を寝かしつけながら、自分は今、幸福だと心底感じたのではなかったか。そこに至るまでの不遇が尋常でなかっただけに、それは強烈な実感だっただろう。……

城戸は、自分自身を完全に見失ってしまうような恍惚を覚えた。瞼を閉じると、そのままひっそりと時間が止まって、雨の中で頭を垂れる彼をいつまでも何も言わずに待っていた。

どれくらい、そうしていただろう？

再び目を開けた時、彼は、遠くで雨に濡れながら現場を歩いている一人の作業員を、一瞬、原誠と見間違った。

本当にここに彼がいたなら、何と声をかけるだろうかと城戸は考えた。

二度自殺を試みた末に、彼は、生きるために生き直したのだった。そのことに理解を示してやりたかった。

「――ずっと探してたんですよ、心配して。……」

つと立ち止まった彼が、こちらを向いて、微笑する姿が目に浮かんだ。ただその背中だけを追いかけ、横顔だけを見ていた彼と、初めて正面から向き合った気がした。

これまで、なぜかふしぎと考えなかったことだが、城戸は、会ってみたかった男だったなと思った。

23

弁護士の城戸章良と面会した日の三日後、里枝は、このところますます部屋に籠もって本ばかり読んでいる悠人に、お風呂から上がったら、話があるからと伝えた。

里枝は先に花と一緒に入って、前歯が一本、グラつき出したという、うれしそうな、気恥ずかしそうな報告を聞いた。

「よかったねぇ。みせて？　あ、ほんとだ。はやいんじゃない、クラスのなかでも？」

「うん、はとぐみでは、ひなのちゃんだけ。――あのね、はなちゃんね、きょう、ひなのちゃんって、よぼうとしたのに、まちがって、ひののちゃんっていっちゃって、はしもとせんせいから、わらわれたんだよ。はなちゃんって、ばっかー。」

花は最近、この「はなちゃんって、ばっかー。」が気に入って、ほとんど毎日のように口にしていた。その度に、里枝は「ばかじゃないでしょう、はなちゃんは。」と頭を撫でてやるのだったが、ひょっとすると、そうして欲しくて言っているのだろうかという気もした。

ほんの半年ほど前までは口癖だった「はなちゃん、こうおもうよ。」は、このところ、すっかり耳にしなくなっていた。成長が、娘をめまぐるしく変化させているので、一年前がどうだったかという記憶は、自分でもふしぎなくらいに曖昧だった。花らしさというのは、あるにはあるはずだが、それも一般的な子供らしさと見分け難いところがあった。

それでも、里枝にとっての救いは、花の〝笑い上戸〟だった。父親が早世しているだけに、こども園でも、花の明るさが殊に気に懸けられていたが、どの保育士に会っても、「花ちゃんはいつもニコニコしてて元気ですね。」と言われた。クラスで一番明るいと、保護者からも言われることがあり、里枝はそれが何よりも嬉しかった。

悠人が風呂を上がったのは、十時頃だった。花はもちろん、祖母ももう就寝していて、リヴィングには里枝だけが残っていた。パジャマを着た悠人は、彼女を素通りしようとしたが、

「こーら、話があるって言ったでしょう？　待ってたのよ。」

と声を掛けた。

「……何？」

悠人は、面倒臭そうだったが、近頃では、そうして率直に感情を表してくれる方がいいのかもしれないと思っていた。難しい境遇だけに、独りで抱え込んで、気がつけば処

置の施しようがないほどに拗《こじ》れてしまっている、というのが寧ろ不安だった。思春期の反抗も、離婚した夫、死んだ夫の分まで受けて立とう、という気でいた。

悠人は、母の表情から、何ごとかを察したように椅子に座った。

「何？」

「三日前にね、一昨年《おととし》からずっと、お父さんのことを調べてくれてた弁護士さんが来てね、……やっと全部わかったの。どうして名前を変えてたのか。……」

悠人は、母の手許にある伏せられた書類に目を遣った。その端を摘まんで、里枝は先ほどから無意識に、丸めたり伸ばしたりしていた。

「誰だったの？」

「悠人にどこまでのことを話したらいいのか、お母さん、迷ってるの。だから、悠人に訊こうと思って。——全部知りたいか、今はまだ、知らなくていいか。」

悠人は、しばらく黙っていたが、

「お父さん、悪いことしてるの？　警察に捕まるような？」

と尋ねた。里枝は、首を横に振った。

「ほんの少し。——名前を変えてたことだけ。……」

「どうして？」

「ここに書いてある、全部。弁護士の先生がまとめてくれたの。」

「じゃあ、読む。」

「すごく、……何て言うか、……ショックを受けると思う。お母さんも、まだ受け止めきれてないの。」

「遼が死んで、お父さんが死んで、……それよりショックなことなんかないよ。」

悠人は手を差し出すと、城戸のまとめた資料を受け取って、パラパラと分量を確かめた。意外と多いという風に、「上で読んでくる。」と、一旦二階の自室へと下がってしまった。里枝は、木の階段を上っていく息子の跫音《あしおと》からその心情を探った。

声変わりもして、近頃では、うっすらと髭も生えてきたようで、死んだ父親の電気カミソリをどこからか引っ張り出してきては、見よう見まねで使ってみたりしていた。DNA鑑定でも、その電気カミソリの中に残っていた髭が役に立ったのだったが。自分に白髪が増えるはずだと、里枝は息子のからだの成長を見ながら、つくづく思った。

城戸の調査結果を知らせるべきかどうかは悩んだが、既に偽名であることは伝えていたので、ある程度は話すより他はなかった。

それに、里枝は、他の十四歳の男の子ならともかく、悠人には、隠さずに話した方が良いのではと考えていた。

彼女は最近、息子を子供扱いすることを、努めて止めようと心がけていた。

一つに彼女は、母子家庭という環境で、悠人が〝マザコン〟になってしまうことを真面目に懸念していた。思春期になり、息子の方も同じことを気にしている風で、彼がこのところ、母親との距離を摑みかねているのは、恐らくそれもあるのだった。尤も、その意味では、むしろいつまでも子供扱いしている方が気が楽なところもあった。子供でないとすると、大人の男性が一人同居していることになり、父親が不在の家庭では、それはそれで、余計な意識の元となるからだった。

しかし、里枝が悠人の見方を改めないといけないと思うようになったのは、息子の中に、何か自分にはわからない部分があることに気づいたからだった。それは、理解できないことというのではなく、彼女の知らないことだった。そして、息子がいつの間にか、自分とはかなり違った人間になっていることに驚き、喜びを感じ、一人の人間として尊重しなければならないと思うようになっていた。

もちろん、年長の最も近しい人間として、言うべきことは言ったが、注意するという口調を止め、自分の不満が何かを説明するようにしていた。

里枝の心がそんな風に変わったのは、悠人の文学熱のせいだった。

彼女は、古墳群公園で悠人に教えてもらった芥川龍之介の『浅草公園』を読んでみて、深く考え込んでしまった。短編映画か何かのシナリオらしいが、看板がそのまま「サンドウィッチ・マン」になったり、円い郵便ポストが透明になって中の手紙が見えたりと、不安な夢が、そのまま書き綴られたような〝シュール〟な内容で、あまり読書家でない里枝は面喰らった。しかし、彼女が目を瞠ったのは、「十二三歳の少年」が、東京の浅草で一緒に来ていた父親とはぐれてしまい、心細く探して回るというその話自体だった。少年は、仕舞いには、石灯籠に「腰をおろし、両手に顔を隠して泣きはじめる」。しかし、その時に、少年の知らぬところでは、はぐれてほどなく父親と見間違った「マスクに口を蔽った」、「何か悪意の感ぜられる微笑」を湛えた男が、いつの間にか、本当に見失った父親に変化するのだった。

里枝には、全体にこの話の意味がわからなかった。しかし彼女は、その少年が泣き出すところで、自分も思わず泣いてしまった。彼がかわいそうだからと言うより、悠人がこの場面を共感しながら読んでいるところを想像して、涙が出てきたのだった。特に最近は、辛いとも、寂しいとも訴えるわけではなかったが、そうでないはずがなかった。

それにしても、彼女が驚いたのは、悠人がこれを読んでいたのが、父が実は「谷口大祐」という人間ではないと教える前だったことだった。

たまたまだろうか？　それとも、自分の知らないところで、何かを感じ取っていたのだろうか？

悠人は一体、どんな気持ちでこの話を読んでいたのだろう？

里枝は、「急げ。急げ。いつ何時死ぬかも知れない。」といった唐突な一文に息を呑んだ。悠人はしかも、これが父親と離れ離れになる話だとは里枝に言わず、少年と鬼百合との奇妙なやりとりに言及しただけだった。それでも、彼はやはり、これを読んでいるということを、恐らく母親に知ってほしかったのではなかったか。

里枝は、作品そのものの理解は覚束なかったが、悠人が感情移入し、婉曲な方法で母親とそれを共有したがっていたことを通じて、息子という人間のことが、以前よりも深く理解できるようになった。——少なくとも、その内面の深みを知ることが出来た。そして、こんなに毎日、直接に顔をつきあわせているのに、一冊の本を介することで、却って息子の心に近づけたことがふしぎだった。

彼女は昔から、読書家という人々に一目置いていて、しかも残念ながら、自分だけでなく、前夫も亡夫も、その資質を欠いていた。つまり悠人は、父親とも母親とも違った人間として、いつの間にかそうなっていたのだった。その理由は、きっと彼の境遇のためだろうが、彼女はそのことを、瓦礫《がれき》からいつの間にか芽吹いていた花のように、美しいと感じていた。

家族に対しては無口になっていたが、その代わりに、ノートに何か文章らしきものをしきりに書いている様子だった。里枝はもちろん、それが気になったが、勝手に見ることが、息子との信頼を二度と恢復できないほどに傷つけてしまうことを恐れて、手をつけまいと決心した。

ほどなく、しかし、里枝は、敢えて盗み見るまでもなく、悠人が表現しようとしているものの一端に触れることとなった。

昨年の秋、彼が夏休みの宿題として提出していた俳句が、新聞社が主催する全国的なコンクールの中学生の部で最優秀賞に選ばれ、表彰されたからである。

悠人はそのことでさえしばらく黙っていたので、里枝は受賞記念の大きな楯が部屋の片隅に転がっているのを見つけて、随分と経った頃に初めて知ったのだった。

その句は、こういうものだった。

蛻《ぬけがら》にいかに響くか蟬の声

里枝は、この句の出来映えを自分では評価することが出来なかった。しかし、悠人がこれを作ったというのは、いかにも信じ難かった。あとから億劫そうに見せてくれた「選評」には、「衒気《げんき》が鼻につく」と難点も指摘されていたが、一方で「早熟の才能」という思いがけない言葉があり、「受賞のことば」には、悠人自身のこんな説明が付されていた。

「古墳群公園の桜の木に、蟬の蛻《ぬけがら》がひとつ、とまっていました。木の上では、蟬がたくさん鳴いていました。僕は、この蛻から飛んでいった蟬の声は、どれだろうかと耳を澄ましました。そして、残された蛻は、七年間も土の中で一緒だった自分の中身の声を、どんなふうに聞いているんだろうと想像しました。

蛻の背中のひび割れは、じっと見ていると、ヴァイオリンのサウンドホールみたいな感じがしました。そして、蛻全体が、楽器みたいに鳴り響いているように見えたので、僕は、この句を思いつきました。」

悠人は、弟の死のことにも、父親の死のことにも一切触れていなかった。けれども、里枝は、この「桜の木」というのは、夫が「自分の木」に決めていた、あの木のことなのだろうと思った。そして、本当に去年の夏に、彼が一人で古墳群公園を訪れ、こんな経験をしたのか、それとも、すべては空想なのかはわからなかったが、いずれにせよ、あの木の下で、蟬の鳴き声を聞きながら、独りその蛻を見つめていた息子の姿を想像して、涙が止まらなかった。「早熟の才能」かどうかはわからなかったが、ともかく、彼女は、文学が息子にとって、救いになっているのだということを、初めて理解した。それは、彼女が決して思いつくことも、助言してやることも出来なかった、彼が自分で見つけ出した人生の困難の克服の方法だった。

城戸の報告を受け取った里枝は、この一年余りもの間、失われていた夫の名前が、最終的に「原誠」だとわかって、ようやく彼と出会い直したような感じがした。とは言え、あの日、初めて店を訪れて以来、死に至るまで一緒に過ごした思い出の中の彼に、そのまま「原誠」という固有名詞を与えれば、それで済む、というものではなかった。

「大祐君」という生前の呼び名は、間違って使っていた他人の持ち物のようで、もうあまり触れたくなかったが、すぐに「誠君」と心の中で呼ぶことも出来なかった。第一、そう呼びかけることが正しいのかどうか、彼からの返事を受け取ることの出来ない彼女には、わからなかった。

城戸の報告書によると、今まで自分よりも一歳年上だと信じていた彼は、実は二歳年下らしかった。里枝はそれを知って、自分がどうしても「君」をつけて呼びたくなった理由が、今更のように納得された。

そして、城戸が帰った後、長らく見ることが出来なかった彼の写真を、久しぶりにパソコンで眺めながら、やはり彼は、いつかは本名で呼んでもらいたかったのではと感じた。「谷口大祐」としてではなく、原誠として、自分の全体が愛されることを願っていたのではないだろうか。

小林謙吉という人物を、里枝は知らなかった。有名な事件らしいので、当時はニュースを目にしていたであろうが、記憶がなかった。その内容は、目を覆うばかりの悲惨さで、悠人に見せる城戸の報告書も、そこだけは伏せるべきではないかと随分と迷った。殺人という、金輪際、無縁の世界が、知らぬ間に自分の家族の問題となっていたことが、里枝を動揺させた。谷口恭一は確かに、亡夫の凶悪犯罪の可能性を示唆していた。実際に、殺人犯の子供だったとわかって、彼は、そら見たことかと思っているだろうか？　けれども、夫本人はやはり、何の罪も犯してはいなかったのだった。

里枝は、城戸の報告書に書かれている「原誠」という人物の境遇を、つくづく、かわいそうだと感じた。そして、「谷口大祐」の不幸を通じて、自分に伝えようとしていたのは、このことだったのだろうかとやはり考えた。どうしてそんな方法だったのかは、里枝にはわからなかった。理由はどうであれ、心に深い傷があることだけは知ってほしかったのか。原因を偽ったとしても、怪我は怪我であり、痛みは痛みだった。治療方法は、その分、混乱するはずだったが。――

「原誠」が、遺伝の不安に苛まれていたというボクシング時代の関係者の証言は、花のことを考えると、里枝に新たな悩みを抱かせずにはいなかった。

花にも殺人者の血が流れている、などと、唐突に気味悪がるわけではなかった。そんな風には、意外なほどまったく思わなかったが、ただ、いつかその事実を知れば、本人は悩むのかもしれない。その点は、「原誠」と血が繋がっていない悠人とは違っていた。悠人も彼の血の繋がった子供だったなら、今日、あの報告書を見せることに、更なる躊躇いがあっただろう。

そして里枝は、自分がもし、最初からその事実を知っていたなら、果たして彼を愛していただろうかと、やはり自問せざるを得なかった。

一体、愛に過去は必要なのだろうか？

けれども、きれいごと抜きに考えるなら、自分と悠人の生活を支えるだけでも精一杯だったあの時に、それほどの苦悩を抱えた彼の人生までをも引き受けることは、出来なかったかもしれないという気がした。

――わからなかった。ただ、事実は、彼の嘘のお陰で、自分たちは愛し合い、花という子供を授かったのだということだった。

城戸からの報告で、彼女の心を最も激しく揺さぶったのは、一通り話し終えたあとの次のような一言だった。

「亡くなられた原誠さんは、里枝さんと一緒に過ごした三年九ヶ月の間に、初めて幸福を知ったのだと思います。彼はその間、本当に幸せだったでしょう。短い時間でしたが、それが、彼の人生のすべてだったと思います。」

城戸の報告書は、大変な労作で、どうして彼が、自分のためにこんなことまでしてくれるのか、里枝は今更ながら訝った。おまけに、メールや電話でも済みそうなものを、わざわざ会いに来てくれた。

しかし、この励ましに満ちた、力強い言葉を聴いた時、里枝は彼が、ただこのことを直接伝えたくて、来てくれたのだろうということを悟った。なぜそうなのかは、結局のところ、わからなかったが、それはもう詮索しないことにした。

悠人は、一時間ほど部屋に閉じ籠もっていた。里枝は、そろそろ様子を見に行ってみようかと思っていたが、その矢先に、二階から降りてくる跫音が聞こえた。

「――読んだ。」

そう言うと、悠人はぶっきらぼうに書類の束を母親に手渡した。

「もういいの？」

「うん。」

悠人は、無表情のまま立っていたが、そのまま黙って部屋に戻ろうとした。

「悠人、」

「……。」

「大丈夫？」

「別に、……お父さんが人殺したわけじゃないんでしょう？」

「そうね。」

「……かわいそう……だね。お父さん。」

「優しいね、悠人は。」

「お父さんが、どうして僕にあんなに優しかったのか、……わかった。」

「……どうして？」

「お父さん、……自分が父親にしてほしかったことを僕にしてたんだと思う。……」

里枝は、息子のいたいけな表情に、目を赤くして口許を固く結んだ。

「そうね。……でも、それだけじゃなくて、やっぱり悠人が好きだったからよ。」

「お母さん、……ごめんね。」

「どうしてあなたが謝るの？　ん？」

悠人は、立ったまま下を向くと、到頭、泣き出してしまった。しゃっくりで肩を震わせながら、腕で涙を拭って、必死でそれを堪《こら》えようとしていた。里枝も一緒に泣いた。ハンカチを貸してやろうとすると、悠人は掌で濡れた顔をこすって、真っ赤に腫れた目で母親を見た。

「苗字は、……それで結局、どうなるの？　原になるの？」

里枝は、努めて現実的なことを話そうとする彼に、笑顔で、

「原は名乗れないかな。……武本でいいんじゃない？」と言った。

悠人は、呟き込んだあと、小さく頷いた。

「お父さんのお墓、どうする？」

「どうしようかね。……遼とおじいちゃんと同じお墓に入ってもらおうか。」

「いいと思うよ、その方がみんな寂しくなくて。」

「悠人、……」

「何？」

「お母さんこそ、ごめんね、色々黙ってて。」

悠人は首を振って、気分を落ち着かせるように深呼吸をした。そして、真剣な顔で、

「花ちゃんには言うの？」と訊いた。

「どう思う？」

「今言ってもわからないよ。」

「そうね。……」

「守ってあげないと、花ちゃんは。」

里枝は、また泣きそうになるのを堪えて、気丈な息子の目を見つめながら頷いた。大

きくなったなと思った。

「辛かったら、悠人もお母さんに言ってよ。」

悠人は、小さく頷いて、

「お母さんも。……じゃあ、おやすみ。」と言った。

「おやすみなさい。また明日。」

リヴィングを出て行く息子の後ろ姿を見ながら、このあとの一晩をどう過ごすのだろうかと想像し、里枝は胸を詰まらせた。けれども、今はただ、そっとしておくことしか出来なかった。

独りになってから、彼女はダイニング・テーブルに肘をついて項垂《うなだ》れ、しばらく目を瞑っていた。

壁掛け時計が時を刻む音だけがしていた。

それから、顔を上げると、食器棚に飾られた父と遼の遺影を見つめ、家族四人の写真に目を遣った。

彼はもういない。そして、遺された二人の子供は随分と大きくなった。

その思い出と、そこから続くものだけで、残りの人生はもう十分なのではないか、と感じるほどに、自分にとっても、あの三年九ヶ月は幸福だったのだと、里枝は思った。

主要参考文献

『戸籍と無戸籍「日本人」の輪郭』（遠藤正敬著　人文書院）
『九月、東京の路上で　1923年関東大震災　ジェノサイドの残響』（加藤直樹著　ころから）
『アンチヘイト・ダイアローグ』（中沢けい著　人文書院）
『帝国日本の閾　生と死のはざまに見る』（金杭著　岩波書店）
『在日一世の記憶』（小熊英二、姜尚中編　集英社新書）
『在日二世の記憶』（小熊英二、高賛侑、高秀美編　集英社新書）
『在日朝鮮人　歴史と現在』（水野直樹、文京洙著　岩波新書）
『関東大震災朝鮮人虐殺の記録――東京地区別1100の証言』（西崎雅夫編著　現代書館）
『新版　在日コリアンのアイデンティティと法的地位』（金敬得著　明石ライブラリー）
『極限芸術～死刑囚は描く～』（櫛野展正編著　クシノテラス）
『極限の表現　死刑囚が描く―年報・死刑廃止2013』（年報・死刑廃止編集委員会編　インパクト出版会）
『死刑肯定論』（森炎著　ちくま新書）
『死刑廃止論』（団藤重光著　有斐閣）
『加害者家族』（鈴木伸元著　幻冬舎新書）
『ルポ　母子避難――消されゆく原発事故被害者』（吉田千亜著　岩波新書）
『避難する権利、それぞれの選択　被曝の時代を生きる』（河﨑健一郎、菅波香織、竹田昌弘、福田健治著　岩波ブックレット）

その他、関連文献には可能な限り、目を通した。

引用

『芥川龍之介全集6』（ちくま文庫）
『アンナ・カレーニナ』（トルストイ著　望月哲男訳　光文社古典新訳文庫）
『梶井基次郎全集　全一巻』（ちくま文庫）
『変身物語』（オウィディウス著　中村善也訳　岩波文庫）
※但し、引用に当たっては表記変更等、手を加えた。

また、本書の成立には、数多くの取材協力者の存在が欠かせなかった。この場を借りて、篤くお礼を申し上げたい。

平野啓一郎（ひらの・けいいちろう）

1975年、愛知県生まれ。北九州市出身。
1999年、京都大学法学部在学中に投稿した『日蝕』により芥川賞受賞。
以後、数々の作品を発表し、各国で翻訳紹介されている。
2020年からは芥川龍之介賞選考委員を務める。
主な著書は、小説では『葬送』『滴り落ちる時計たちの波紋』
『決壊』（芸術選奨文部科学大臣新人賞受賞）
『ドーン』（Bunkamuraドゥマゴ文学賞受賞）『かたちだけの愛』
『空白を満たしなさい』『透明な迷宮』『本心』、
エッセイ・対談集に『私とは何か 「個人」から「分人」へ』
『「生命力」の行方 変わりゆく世界と分人主義』『考える葦』
『「カッコいい」とは何か』などがある。
2016年刊行の長編小説『マチネの終わりに』（渡辺淳一文学賞受賞）は累計60万部を超えるロングセラーとなった。2019年に映画化。
2019年、本書で読売文学賞受賞。

平野啓一郎公式サイト　https://k-hirano.com
「本心」特設サイト　https://k-hirano.com/honshin/

初出誌　「文學界」二〇一八年六月号
単行本　二〇一八年九月　文藝春秋刊

文春文庫

ある男《おとこ》

定価はカバーに表示してあります

2021年9月10日　第1刷
2024年7月5日　第16刷

著　者　平《ひら》野《の》啓《けい》一《いち》郎《ろう》
発行者　大沼貴之
発行所　株式会社　文藝春秋

東京都千代田区紀尾井町 3-23　〒102-8008
TEL　03・3265・1211㈹
文藝春秋ホームページ　http://www.bunshun.co.jp
落丁、乱丁本は、お手数ですが小社製作部宛お送り下さい。送料小社負担でお取替致します。

印刷製本・大日本印刷

Printed in Japan
ISBN978-4-16-791747-0

（　）内は解説者。品切の節はご容赦下さい。

沼田真佑
影裏《えいり》
ただ一人心を許した同僚の失踪、その後明かされた別の顔――崩壊の予兆と人知れぬ思いを繊細に描き、映像化もされた第一五七回芥川賞受賞作と、単行本未収録二篇。（大塚真祐子）
ぬ-3-1

花房観音
愛の宿
京都の繁華街にひっそりとたたずむラブホテル。ある夜、偶然泊まり合わせた数組の男女の性愛の営みと、思いもよらない本音を、官能と情念の名手が描き出す短編集。（逢根あまみ）
は-55-1

畑野智美
神さまを待っている
真面目に働いていた大卒26歳の愛。派遣切りに遭い、あっという間にホームレスになり、出会い喫茶を知るが……。「助けて」と言えない私がいけない？　傑作貧困女子小説。（佐久間由衣）
は-57-1

樋口有介
あなたの隣にいる孤独
「あの人」から逃げるために母と二人、転々と暮らしてきた無戸籍児の玲菜。そして母の失踪。初めて出来た友人・周東とその祖父とともに母を追い、辿り着いた真実とは――。（伊藤沙莉）
ひ-7-10

ヒキタクニオ
バブル・バブル・バブル
バブルのまっただ中、福岡出身で二十代の俺は汐留の大型ライブハウスの内外装の責任者に大抜擢、モデルと結婚して絶頂の日々も、長くは続かなかった。青春の実話ノベル。（日比野克彦）
ひ-16-5

平野啓一郎
マチネの終わりに
天才クラシックギタリスト・蒔野聡史と国際ジャーナリスト・小峰洋子。四十代に差し掛かった二人の、美しくも切なすぎる恋。平野啓一郎が贈る大人のロングセラー恋愛小説。
ひ-19-2

平野啓一郎
ある男
愛したはずの夫は、全くの別人だった――弁護士の城戸は、かつての依頼者・里枝から「ある男」についての奇妙な相談を受ける。人間存在の根源に迫る、読売文学賞受賞作。二〇二二年映画化。
ひ-19-3

東山彰良
小さな場所
台北の猥雑な街、紋身街。食堂の息子、景健武は、狡猾で強欲なだらしない大人たちに囲まれて、大人への階段をのぼっていく……。切なく心に沁み入る傑作連作短編集。（澤田瞳子）
ひ-27-3

藤崎彩織
ふたご
彼はわたしの人生の破壊者であり、創造者だった。異彩の少年に導かれた孤独な少女。その苦悩の先に見つけた確かな光とは。第158回直木賞候補となった、鮮烈なデビュー小説。（宮下奈都）
ふ-46-1

深沢　潮
海を抱いて月に眠る
親戚にも家族にも疎まれながら死んだ在日一世の父。遺品の中から出てきた古びたノートには、家族も知らなかった父の半生が記されていた——。新しい在日文学の傑作。（斎藤美奈子）
ふ-47-1

古市憲寿
平成くん、さようなら
安楽死が合法化された現代日本で、平成《ひとなり》くんは、平成《へいせい》の終わりとともに死にたいと恋人の愛に告げる——いまの時代を生き、死ぬことの意味を問い直す意欲作。著者の新たな用語注解付き。

ふ-48-1

堀江敏幸
オールドレンズの神のもとで
日常を一時停止させる小さな事件、しずかに痛む記憶、いつの間に開く別世界の扉。短篇小説の名手がおくる至高の18篇。執筆時の依頼等を作者自らが解説する「文庫版あとがき」つき。

ほ-26-1

丸谷才一
樹影譚
自分でもわからぬ樹木の影への不思議な愛着。現実と幻想の交錯を描く、川端康成文学賞受賞作。これぞ、短篇小説の快楽！「鈍感な青年」「樹影譚」「夢を買ひます」収録。（三浦雅士）
ま-2-9

町田　康
くっすん大黒
すべては大黒を捨てようとしたことから始まった——爆裂する言葉、堕落の美学。日本文学史に新世紀を切り拓き、熱狂的支持を得た衝撃のデビュー作。「河原のアパラ」併録。（三浦雅士）
ま-15-1

（　）内は解説者。品切の節はご容赦下さい。

町田　康
きれぎれ
俺は浪費家で酒乱、ランパブ通いが趣味の絵描き。下手な絵で認められ成功している厭味な幼友達の美人妻に恋慕し、策謀を練ったが……。「人生の聖」併録。芥川賞受賞作。（池澤夏樹）
ま-15-3

松浦理英子
最愛の子ども
それぞれのかかえる孤独ゆえに、家族のように親密な三人の女子高校生。手探りの三人の関係は、しだいにゆらぎ、変容してゆく。泉鏡花文学賞受賞の傑作。（村田沙耶香）
ま-20-2

丸山正樹
漂う子
行方不明の少女・紗智を探すことになった二村直は「居所不明児童」という社会の闇、子供を取り巻く過酷な現状を知る。親になるとはどういうことか、を問う問題作。（大塚真祐子）
ま-34-2

又吉直樹
火花
売れない芸人の徳永は、先輩芸人の神谷を師として仰ぐようになる。二人の出会いの果てに、見える景色は。第一五三回芥川賞受賞作。受賞記念エッセイ「芥川龍之介への手紙」を併録。
ま-38-1

宮本　輝
愉楽の園
水の都バンコク。熱帯の運河のほとりで恋におちた男と女。甘美な陶酔と底知れぬ虚無の海に溺れ、そして脱け出そうとする人間を描いて哀切ここにきわまる宮本文学の代表作。（浅井愼平）
み-3-6

宮本　輝
青が散る（上下）
燎平は大学のテニス部創立に参加する。部員同士の友情と敵意、そして運命的な出会い――。青春の鮮やかさ、野心、そして切なさを、白球を追う若者群像に描いた宮本輝の代表作。（森　絵都）
み-3-22

皆川博子
U《ウー》
第一次大戦中に展開された独軍のUボート極秘作戦と、一七世紀オスマン帝国が誇ったイェニチェリ軍団。ハンガリー、ルーマニア、ドイツ生まれの三人の少年の時空を超えた数奇な運命。
み-13-11

三崎亜記
30センチの冒険
ある日突然、遠近の概念が狂った世界に迷い込んでしまったユーリ。奇妙な現象に苦しむ人々を助けるため、ユーリは立ち上がるが……。切ない記憶を呼び覚ます、異世界ファンタジー。

み-54-2

宮内悠介
カブールの園
カリフォルニアのベンチャー企業で働く日系三世のレイ。祖父母がいた強制収容所跡を訪ねたレイは問う――世代の最良の精神はどこにある？　三島賞受賞の鮮烈な感動作。（鴻巣友季子）
み-60-1

向田邦子
あ・うん
神社に並ぶ一対の狛犬《こまいぬ》のように親密な男の友情と、親友の妻への密かな思慕が織りなす情景を、太平洋戦争間近の世相を背景に描く。著者が最も愛着を抱いた長篇小説。（山口　瞳）
む-1-20

向田邦子
隣りの女
平凡な主婦の恋の道行を描いた表題作をはじめ、嫁き遅れた女の心の揺れを浮かび上がらせた「幸福」「胡桃の部屋」、絶筆となった「春が来た」等、珠玉の五篇を収録。（浅生憲章・中島淳彦）
む-1-22

村上春樹
TVピープル
「TVピープルが僕の部屋にやってきたのは日曜日の夕方だった」。得体の知れないものが迫る恐怖を現実と非現実の間に見事に描く。他に「加納クレタ」「ゾンビ」「眠り」など全六篇を収録。

む-5-2

村上春樹
レキシントンの幽霊
古い館で「僕」が見たもの、いや、見なかったものは何だったのか？　表題作の他「氷男」「緑色の獣」「七番目の男」など全七篇を収録。不思議で楽しく、底無しの怖さを感じさせる短篇集。

む-5-3

村上春樹
パン屋再襲撃
彼女は断言した、「もう一度パン屋を襲うのよ」。学生時代にパン屋を襲撃したあの夜以来、かけられた呪いをとくために。〝ねじまき鳥〟の原型となった作品を含む、初期の傑作短篇集。

む-5-11